中國語言文字研究輯刊

十 五 編

許 錟 輝 主編

第 5 冊

東漢經師音讀系統研究（下）

邱 克 威 著

花木蘭文化事業有限公司

國家圖書館出版品預行編目資料

東漢經師音讀系統研究（下）／邱克威 著 -- 初版 -- 新北市：

花木蘭文化事業有限公司，2018〔民107〕

目 4+210 面；21×29.7 公分

（中國語言文字研究輯刊 十五編；第 5 冊）

ISBN 978-986-485-452-3（精裝）

1. 漢語 2. 聲韻學 3. 東漢

802.08　　　　　　　　　　　　　　　107011325

ISBN-978-986-485-452-3

9 789864 854523

中國語言文字研究輯刊

十五編　　第 五 冊　　　　　　ISBN：978-986-485-452-3

東漢經師音讀系統研究（下）

作　　者　邱克威
主　　編　許錟輝
總 編 輯　杜潔祥
副總編輯　楊嘉樂
編　　輯　許郁翎、王　筑　美術編輯　陳逸婷
出　　版　花木蘭文化事業有限公司
發 行 人　高小娟
聯絡地址　235 新北市中和區中安街七二號十三樓
　　　　　電話：02-2923-1455 ／傳真：02-2923-1452
網　　址　http://www.huamulan.tw 信箱 hml810518@gmail.com
印　　刷　普羅文化出版廣告事業
初　　版　2018 年 9 月
全書字數　299398 字
定　　價　十五編 11 冊（精裝）　台幣 28,000 元

東漢經師音讀系統研究（下）

邱克威　著

目次

第五章　東漢經師音讀系統的音系分析（一）

5.1　統計結果的總體規律

　　從總體統計結果來看，非常明顯的同質互注，即屬於相同成分之間的音讀還是佔絕對大多數的。這從所有綜合音讀材料通轉表都能看出來，其中橫穿於各表的，代表同質互注的對角線的主導規律是極強的，其數據也是各成分通轉的數據中數量最多的。而同樣重要的一點，就是除了同質線上的絕對多數以外，佔次要地位的基本都是集中在以雙線劃定的，表示正常演變規律的方框以內。比如，聲母表十「經師綜合音讀材料聲母通轉表」中，唇音聲母「幫、滂、並、明」的通轉關係中，雙位數的互注音讀材料都集中在同部位聲母之間的，尤其明顯的是塞音「幫、滂、並」三母之間的互注數量總數爲 338 條，佔了這三個聲母材料總數 381 條的 89%。這樣的規律性在整個聲母通轉表中是很明顯的。當然，有一些偏離於本框之外的數據也是不容忽視的，而且仔細探討這些材料還可以爲我們揭示出許多關於東漢經師音讀系統的特點。比如端組聲母和章組之間、莊組與精組之間通轉的數據都是很值得注意的，另外就是見組塞音與端組塞音、章組塞音之間的通轉數量也是要特別考察的。這些將在聲母系統分析中進行討論。

　　當然，一旦我們著眼於那些偏離規律的數據的時候，就會發現似乎例外的音讀數量是相當可觀的，而且遍及於整個通轉表。但是，只要我們仔細觀察，不難看出除了少數幾個聲母的通轉關係是有代表性的以外，其餘的都是個別的例外。這樣的例外又大多數是屬於非音讀注釋材料的例子，因此不影響我們的結論。其實，從統計數據的分析來說，偏離於總體規律以外的例外情況越是複雜和零散就越表示這一規律的可靠性。因爲如果這些例外情況都是零星而無規律性的，就是說這些例外並沒有任何足以成爲演變規則的條件影響其偏離於總體規律。簡單地說，就是這些零散的數據都是由一些偶然的不可複製的條件造成的，而所謂「不可複製的條件」都是一些特殊情況，如糾正誤字、解經改字等等。我們舉例說聲母表十中的「明母」，從其互注關係來看，屬於同部位通轉關係以外的互注包括了舌尖塞音和鼻音、舌根塞音和擦音、邊音，還有禪母、書母、影母等等，其中涉及了多個發音部位和發音方法。而且這些例外的數據中也並沒有特別突出的規律性，或者佔絕對主導傾向的。因此，這也就更顯得其總體規律，即 131 例的同母互注的可信程度了。其實，只要通過簡單的推理就能明白這些例外都是不可據以擬音的，因爲若是我們都坐實這些例外的話，那麼我們的擬音將是一個包含雙唇、舌尖、舌根等發音部位，並還包含鼻腔、爆破、摩擦等發音方法的輔音叢。這是完全不可想像的。反觀一些有規律可循的異母互注，比如日母與泥母、心母的互注數據分別爲 14 條與 13 條，各佔其異母互注總數 40 條的三分之一強，這裏就顯示出很強的規則性，因此也就值得我們特別注意。其實這正符合王力認爲上古日母是一個包含舌尖鼻音與擦音成分的 nʑ 的構擬。雖然說這是淺顯而易懂的道理，然而恰是像明母這樣零散而無明確規律的例外情況的存在，才致使一些學者或有意或無意地進行各種輔音叢的假設。我們前章提過的包擬古、柯蔚南、蒲立本等人的擬音多爲如此，一來這些例外情況遍及於各類聲母，足夠他們利用作爲各種輔音叢的「證據」；二來這些例外都是零星的，因此即使要對其構擬進行反駁而提出不同主張，所能用的材料也只是同樣零星的「孤證」。所以終於只能是各說各話。這樣的現象我們在柯蔚南書中關於聲母音值的討論裏經常見到，詳見以下關於聲母系統的若干問題討論中。

　　其實，這裏的問題很明顯，那就是他們都無視於這麼顯著而突出的總體規

律卻反而利用那些例外情況大做文章。

　　至於韻部通轉表的總體情況也是一樣，對角同質線的數據也是佔絕對多數的。尤其值得注意的是，由於統計表中韻部排列順序的關係，除了全表的對角線以外，各雙線框以內的對角線實際上表示的是各韻部間陰陽入對轉的關係。而這樣的整齊規律在韻部表九中顯得異常突出，尤其是陰聲韻部與入聲韻部之間。我們知道先秦韻部對轉關係與中古的不同在於，不論從《詩經》押韻或者諧聲關係來看，先秦陰聲韻與入聲韻之間的關係密切，而《切韻》所代表的中古韻部格局則是陽聲韻與入聲韻之間有比較整齊的配對。而韻部通轉統計表的結果也清楚地表明經師音讀材料的韻部格局仍是屬於上古的，即陰聲韻與入聲韻之間關係密切。不論如何，入聲韻與陽聲韻之間雖然通過陰聲韻的關係也彼此構成對應關係，但彼此卻很少直接交涉，這一點從統計表中也清楚顯示出來，即韻部表九中入聲韻與陽聲韻交叉的方框內的材料數量極少，而且也呈現出紊亂而不規則的分佈。其中應該注意的是較大數量的音讀材料都集中在元部與月部的對轉，以及與元部關係密切的文部、眞部。這一點將在韻部系統分析中進行討論。

　　另外，關於韻部表的數據解讀，還有一點非常關鍵，即我們在第一章「研究方法」中提到的，東漢經師音讀的基礎音問題。王力以及羅常培、周祖謨的研究都曾對先秦至兩漢的韻部演變情況有過非常細緻入微的描述，包括各韻部內韻字的轉移情況以及韻部的遠近關係的變化。正如我們第一章所述，對音表與統計表的字音所根據的是王力先秦韻部系統，據此我們可以統計表中韻部通轉關係與兩漢詩歌押韻的韻部進行比較，如果是一致的，那就表示經師音讀的基礎音正是東漢的語音系統，與當時的詩歌押韻相一致。

　　至於開合四等與聲調的統計表，還是能看出其中的總體規律的，即對角同質線的數量仍是佔多數。然而似乎例外的情況的數量也都很可觀。尤其在聲調的統計當中更是如此。這裏的情況比較複雜，其中一個重要原因自然是第三章所提到的，四聲理論在東漢還未提出，加上掌握聲調規律本來就是不容易的，更何況還有方音的影響，這些因素都會導致聲調的偏差。尤其我們以《切韻》的聲調作爲參照對象，這樣的偏差就更增添了一層個人審音標準的問題在內了。另外還有一個原因，就是從純粹統計學角度來看，聲調只有四個，那些不

符合總體規律的例外情況所能進入的選項本來就不多，因此雖然不至於是非此即彼，然而分屬於個別特殊情況的材料之間偶然進入同一個選項的機率自然就高出許多。所以說並不是這二百多條的平聲與上聲之間的通轉具有多大的代表性，這純粹只是統計表的格局所造成的現象。當然，其中也不排除聲調間的通轉關係或許也帶出一些調值之間的遠近信息只是這方面的材料實在不多。其實，如果我們僅僅以符合總體規律的數量的比例進行計算，聲調系統所表現出來的規律性並不遜色於聲母與韻部系統的，比如以平聲爲例，平聲同聲調互注的例子 900 條，佔總體互注數量 1558 條的 58%。而唇音聲母的情況則是：幫母同聲母互注 92 條、佔其總數 213 條的 43%，滂母 24 條、佔其總數 91 條的 27%，並母 93 條、佔總數 207 條的 45%，明母 131 條、佔總數 181 條的 72%。這樣的數據是很能說明問題的。

當然，我們絕對不能這樣簡單地以統計數字來解釋，其中值得挖掘的信息還是相當豐富的，這就需要我們進行詳細的材料辨析工作。

另外還需要提的是，除了總體規律以外，其實各經師的音讀都各有一些特點。其中鄭玄音讀材料的性質本身就比較複雜，而且是兼採諸家解說而融爲一爐的，這就需要我們仔細辨析材料，哪些是其自身的音讀、哪些只是並舉的異讀；當然情況往往是這樣的區別並不是很分明的。其他經師的音讀材料雖然是以表示字音的注釋居多，然而仍是須要進行謹慎辨析才能確定其性質的。所以我們接下來所作的聲韻系統分析中，通過深入挖掘材料，詳盡而細緻的考證，仍是可以找出一些個別經師音讀系統的特點的。其實，僅僅通過前章所列的統計表，就已經足以看出一些端倪了。比如服虔、應劭二人就很有特點。我們只要對比一下聲母通轉表，服、應二人偏離於同質線外的音讀例子非常少。我們知道，上古音系最棘手的問題就是聲母的通轉，尤其常會發現一些不同發音部位聲母之間的通轉，這在我們的材料中也有不少，我們下面會重點對各種通轉的複雜情況進行深入分析，尤其是對這些材料作仔細的辨析與考證。但是服、應二人的聲母通轉關係卻異常地整齊。這一點只要比較他們二人的聲母表與材料數量相當的杜子春、鄭眾的聲母表就能看出反差了。這裏就牽涉到服、應二人材料的性質問題。正如我們前章所論，服、應二人的材料多數是顏師古《漢書注》中轉引的，而顏氏作爲出生於「一言訛替，以爲己罪」的語言規範主義

者的家族中的一員，且又是「蕭顏多所決定」中顏之推後人，他對於字音自然有所選擇，所以可以肯定的是經過他篩選的服、應音讀，以代表官方字音規範的《切韻》來進行對音，其差距自然是不會太遠了。這就是服、應二人的統計結果如此整齊地符合規範的原因了。至於其他經師的音讀特點，則在下文分析的具體內容中進行討論。

5.2　東漢經師音讀的基礎音分析

在分節討論聲母、韻部等問題之前，我們必須先解決東漢經師音讀系統的基礎音問題。正如上文所介紹的，先秦至兩漢的韻部演變是考察經師音讀的基礎音的關鍵。以下我們具體分析。

首先，從陰聲韻的演變來看，先秦歌部三等字轉入支部、侯部一等轉入幽部、三等轉入魚部、幽部一二四等轉入宵部、魚部二三等麻韻字轉入歌部（1985：109-111）。這幾條韻部演變幾乎都體現在我們的韻部通轉表中。比如韻部表十中，幽部與侯部、宵部的互注數量很大，分別為 15 條與 21 條。其中幽侯通轉17 條，許慎佔了 5 條、鄭玄 11 條、高誘 1 條，幽宵通轉 21 條，許慎 7 條、鄭玄 8 條、服虔 4 條、應劭 1 條、高誘 1 條。其中如許慎《說文解字・牛部》「牧讀若滔」，「牧、滔」二字都是透母、開口一等平聲字，從先秦韻部來看，「牧」字屬宵部、「滔」字屬於幽部。漢代的韻部變化之一就是幽部一等豪韻字轉入宵部，因此許慎的讀若正反映了這一變化。又《木部》「楛讀若皓」，「楛」屬宵部、「皓」是幽部一等而漢代轉入宵部者。侯部的情況也是一樣，如鄭玄《禮記・檀弓》「設簍翣」，注：「《周禮》簍作柳。」按「簍」字為侯部一等轉入漢代幽部者，「柳」為幽部三等。這裏鄭玄不辨聲誤、字誤，顯然並存二字。我們參照《周禮・天官・縫人》就更加清楚，其正文「衣翣柳之材」，注曰：「故書『翣柳』作『接檽』。鄭司農云『接讀為澀，檽讀為柳。』」鄭玄也接受鄭眾釋讀為「柳」。所以可見二字在鄭玄音讀系統中是同音的。或者以為漢代經師辨音未必那麼細，而只是以音近字讀之，不足以證明韻部轉移。但如我們前章所論，經師音讀都應該是實際按其字讀經的。更何況從許多例子來看，經師辨字音確實非常細，以這裏討論的幽宵二部來說，《禮記・檀弓》「咏斯猶」，注：「猶當為搖，聲之誤也。秦人猶、搖聲相近。」這兩個字都是三等字而分屬上古幽、宵

二部。鄭玄這裏說秦人二字音近，如同其辨「衣讀如殷，聲之誤也，齊人言殷聲如衣」，所以可以知道鄭玄系統中幽、宵二部不同音。又如許慎《說文解字·片部》「牏讀若俞，一曰若紐」，「牏、俞」同屬侯部三等字轉入漢代魚部者，而「紐」爲幽部三等字，彼此不同聲也不同部，因此許慎說「一曰」，與其本身音讀不同。這是其辨魚、幽兩部不同韻。

下面看一看歌、支二部的情況。從韻部表十來看，二部字互注的有 13 條，其中杜子春 1 條、鄭眾 1 條、許慎 5 條、鄭玄 3 條、服虔 2 條、高誘 1 條。舉例如《禮記·士冠禮》「束帛儷皮」鄭注：「古文儷爲離。」又《禮記·月令》「宿離不貸」，鄭注：「離讀如儷偶之儷。」其中「離」爲歌部三等支韻字，漢代轉入支部。類似例子如《周禮·秋官·小司寇》「以八辟麗邦法」，鄭注：「杜子春讀麗爲羅。」其中「羅」與「離」爲《廣韻》同小韻。再舉許慎的例子，《說文解字·走部》「趍讀若池」，又《鬲部》「鬵讀若嬀」，其中「池、嬀」都是歌部三等支韻字，而與支部字互注。又《冎部》「脾讀若罷」，這正可與鄭眾的音讀相印證，《周禮·夏官·司弓矢》「恆矢痹矢用諸散射」，鄭注：「鄭司農云『庳矢，讀爲人罷短之罷。』」這裏的「罷」字讀《廣韻》支韻「符羈切」，而漢代已由歌部轉入支部。同時，我們也能以此證明許慎《金部》「鑼讀若嬀」的「鑼」字也是讀支韻「罷，倦也」，而非見於《廣韻》二等蟹韻「薄蟹切」。或者至少許慎的「鑼」字音讀與顏之推等人編《切韻》時的審音標準不同。

此外，還有鄭玄三條《儀禮》注的音讀很值得注意。如《鄉射禮》「則皮樹中」，注：「今文皮樹，繁豎。」又《聘禮》「陳皮北首」，注：「古文曰陳幣北首。」又《既夕禮》「設披」，注：「今文披皆爲藩。」這裏的「皮、披」都是歌部三等字，按韻部變化應該轉入漢代支部，然而這裏的陰入與陰陽對轉關係來看，則似乎仍保留其先秦的對應格局。當然，其中今文「皆爲藩」，而又作「繁」，則正是《顏氏家訓·音辭篇》所批評的：「璵璠，魯人寶玉，當音余煩，江南皆音藩屏之藩。」

首先，這裏涉及到關於經師音讀材料中歌元對轉的問題。這一點韻部表十中的數據就很突出，一共 26 例。而更值得注意的是，鄭玄一人就佔了 16 例，此外杜子春 2 例、鄭眾 2 例、許慎 1 例、高誘 3 例、應劭 2 例。可見這樣的對轉關係大部分都出現在《三禮》中。如果我們綜合材料來看，這樣的讀音與「齊

人言殷聲如衣」的現象一致，這就是我們前章所一再提到的，齊地爲秦漢禮學的重鎮，因此齊師音讀在禮學著作中的影響極大。而顯然這樣的方音讀經是不符合鄭眾、鄭玄等古文經學家的，因此其注中多改讀，比方說《周禮》中改「果」爲「祼」就有 5 條，如《春官‧大宗伯》「則攝而載果」，注：「果讀爲祼。」又《春官‧小宗伯》「以待果將」，注：「果讀爲祼。」又《秋官‧大行人》「王禮再祼而酢」，注：「故書祼作果。鄭司農云『祼讀爲灌。』」又《考工記》「祼圭尺有二寸」，注：「祼之言灌也。或作淉，或作果。」尤其後二條說「故書」、「或作」云云，顯然有版本異文。其實這 5 例「果、祼」除了韻部歌元對轉以外，更重要的還涉及到第三章所討論的古文字省形的問題，我們在下一節討論聲母系統時將詳細分析。這裏我們能夠看出，鄭玄不論從音讀或者字形，都按其師授選用「祼」字，因此前二條雖然是沒有版本異文卻不擅自改字，而只說「果讀爲祼」。這就是前章一再提到的漢師嚴守師音卻不改經文所形成的注釋體例上的特點。鄭玄的這幾條注釋體現無遺。另外，還有鄭玄注中 3 條「獻讀爲莎」，如《周禮‧春官‧司尊彝》「鬱齊獻酌」，注：「鄭司農云『獻讀爲儀。……』玄謂……獻讀爲摩莎之莎，齊語聲之誤也。」又《禮記‧郊特牲》：「汁獻涗于醆酒」，注：「獻讀當爲莎，齊語聲之誤也。」又《儀禮‧大射》「兩壺獻酒」，注：「古獻讀爲莎。」這裏就明言是「齊語聲之誤」了，只是《儀禮》注中並未說出來，這也可證明前面舉的「果讀爲祼」雖沒有說是「齊語聲之誤」，但仍可以相信這同樣也是齊地禮學經師的方音所致。這裏另有一點要注意的是，鄭眾以「獻」讀「儀」在聲母上還是比較和諧的，而鄭玄改讀「莎」則顯然也是方音的影響，這其實也是《顏氏家訓》裏所批評的：「通俗文曰『入室求曰搜』。反爲兄侯。然則兄當音所榮反。今北俗通行此音，亦古語之不可用者。」我們在聲母分析中將進行詳細討論。

關於歌元對轉的問題，我們已經證明了都是屬於齊地方言的特點。所以對於上述「皮、繁」與「披、藩」的互注就可以解釋了。這樣的例子鄭注中還有，如《禮記‧禮器》「犧、獻」、《禮記‧內則》「酏、饘」都是如此，其中的陰聲韻歌部都是三等支韻字。這可能是因爲這些異文產生的時間較早。又或者是齊地歌部三等字仍未轉移至支部。另外，這樣的現象卻幾乎不見於許慎的音讀中，這一點很關鍵。當然，其中一例歌元互注「萑讀若和」中的「萑」字除了元部

以外還有微部異讀。如前所述，許、鄭二人的音讀材料數量佔了總數量的將近三分之二，他們的通轉數據是能夠影響全局的，而且如此龐大的數量確實是足以展現其音讀系統的所有特點的。其中鄭玄的音讀性質比較複雜，而許慎的則就單純得多，即多數仍然是表示被注字的字音的「讀若」。所以許慎音讀中不見歌元或者歌月對轉，對我們理解漢代音系格局有很大幫助。我們參照羅、周的兩漢用韻統計表，也發現歌部不再與月部合韻（1958：46、56）；而王力漢代音系格局也發生了變化，歌部從先秦「歌—月—元」的對轉關係變成了「歌—鐸—陽」（1985：89）。雖然歌鐸、歌陽押韻也同樣不見於羅周的用韻表中，但我們可以相信這樣的韻部格局變化並不是沒有根據的，而恰恰在許慎的「讀若」音讀中就有歌鐸互注的例子，如《言部》「譇讀若笮」，其中「譇」字《廣韻》去聲「千過切」，上古歌部一等；「笮」為「在各切」，也是一等，屬於上古鐸部，二字聲母相近，聲調也是屬於上古的長短入。又《糸部》「絫讀若阡陌之陌」，「絫」字《廣韻》「胡瓦切」，屬於歌部，「陌」則是鐸部。此外，王力漢代音系格局的「月、元」仍是相承的（1985：89），而漢師音讀中月、元互注的例子遍及於所有經師，而許慎就有 5 條例子。這不僅能夠證明王力漢代音系韻部格局的合理性，同時也能說明漢代經師音讀系統的基礎音確實是漢代的語音系統。

當然，不得不注意的是，雖然我們說起基礎音是漢代音系，但是應該指出其中仍是有一些因素是與漢代音系不同的。就以上述討論的這幾部發生變化的韻部來說，統計表中記錄的 21 條幽宵互注的例子中，其實還包括很多非轉移宵部的幽部本部字。如許慎《魚部》「魥讀若幽」，「魥」字《廣韻》蕭韻「於堯切」，漢代轉入宵部，而許慎讀若「幽」。又《走部》「趙讀若鐈」、《女部》「嬈讀若《詩》糾糾葛屨」都是，「趙、糾」都是漢代幽部字，而與宵部「鐈、嬈」互注；另如鄭玄《禮記・郊特牲》「繡黼丹朱中衣」，注：「繡讀為綃。」其中「繡」為幽部三等宥韻字，並不轉入宵部，而鄭玄讀與宵部「綃」字同。這一點只要反觀上引鄭注「秦人猶、搖聲相近」的「聲之誤」就更見其中的複雜程度，即若不是有實際方言為基礎形成的音讀，鄭玄絕不至於如此前後矛盾地既說二部不同、又將兩部字同讀。所以，我們見到像這樣宵幽二部混同的異文在鄭注中還是不少的，如《王制》「周人養國老於東膠」，注：「膠或作䊷。」又《深衣》「要縫半下」，注：「要或為優。」可見當時這二部在各方言中的演變情況的確很不一

致。另外值得注意的是，羅、周似乎將這種幽宵混同的情況歸之於蜀地方言的特點，說：「幽宵兩部通押主要是蜀人，如司馬相如、王褒、揚雄等人的文章裏都有這種例子。」（1958：47）而據鄭玄注來看，這又是秦地方言的特點。〔註1〕更何況，高誘注《淮南・本經》：「牢，讀屋霤，楚人謂牢爲霤。」我們在第三章的討論中曾經指出這是楚地幽部一二四等還未轉入宵部，又或者可以解釋爲楚地宵幽也混同了。這一來還可以解釋《說文》中「赳讀若鐈」、「嬈讀若糾」的音讀。

另外，除了與漢代通語音系不同的韻部演變情況外，還有一些似乎是保留了漢以前音系特點的音讀，如許慎《玉部》「璆讀若柔」，「璆」爲先秦幽部一等豪韻字而轉入漢代宵部者，「柔」爲幽部三等字，若是按照漢代韻部演變，二字應屬不同部。又如《禮記・投壺》「若是者浮」，鄭注：「浮或作匏，或作符。」這裏的「匏」是幽部二等字。又《儀禮・鄉射禮》「白羽與朱羽糅」，鄭注：「今文糅爲縐。」這樣的異文也都是代表漢以前的語音特點的。

再說幽侯的關係，有不少例子顯示侯部二等字也轉入幽部，如《糸部》「絢讀若鳩」、《犬部》「狂讀若注」，其中「絢、注」都是侯部三等字。又鄭玄音讀如《春官・宗伯》「禂牲、禂馬」，注：「玄謂禂讀如伏誅之誅。」又《周禮・考工記》「休於氣」，注：「休讀爲煦。」這都是侯部三等與幽部字同讀。當然，異文中也有不少，如《禮記・聘義》「孚尹旁達」，注：「孚或作姇，或爲扶。」其中「姇、扶」都是侯部三等字，而上舉《禮記・投壺》注：「浮或作匏，或作符。」其中「符」也是侯部三等。

另外，與此相關的還有一條材料，《淮南子・說山》「譬若樹荷山上」，高誘注：「荷，讀如燕人強秦言胡同也。」這裏「荷、胡」分屬歌部、魚部一等，高誘說燕、秦方言同音，可見其讀經音是不同的。我們看羅、周用韻表中歌、魚

〔註1〕所以，如果我們帶著這樣的理解來看鄭玄這條注釋的時候，就有了更深層的認識。《周禮・地官・大司徒》「其植物宜膏物」，注：「玄謂膏當爲藁，字之誤也。蓮芡之實有藁韜。」首先，「膏」爲宵部、「藁」字爲幽部一等轉入漢代宵部者，二字只在韻部上有細微的差別。鄭玄說「字之誤」而不說「聲之誤」，我們很難說二字是同音還是不同音，但可以肯定鄭玄主張這個錯誤與聲音無關，而是字形上的訛誤。至於何以如此明顯的「聲之誤」鄭玄卻堅說是「字之誤」，這確實值得思考。

兩部通押的例子相當多，西漢共有 10 例、東漢則有 23 例。（1958：46、56）然而，經師音讀中卻只有 5 條二部字互注的，而且除了高誘上引一條，其餘 4 條都在《三禮注》中。其中杜子春、鄭眾各一例，《周禮・春官・巾車》「疏飾」，注：「故書疏爲揟，杜子春讀揟爲沙。」又《周禮・春官・典瑞》「疏璧琮以斂屍」，注：「鄭司農云『……疏讀爲沙。』」這裏「揟、疏」都是先秦魚部開口三等字，漢代轉入歌部，因此與「沙」同。另外二例是鄭玄的音讀，《禮記・喪大記》「加僞荒」，注：「僞當爲帷，或作于，聲之誤也。」又《儀禮・聘禮》「賄，在聘于賄。」注：「于，讀曰爲。」鄭玄注《儀禮》主要是今古文經互校，很少注「讀曰」。因此這一條，加上《禮記》的「聲之誤」，可以相信鄭玄音讀系統中歌魚二部字有混同的。這是與其他經師的音讀材料很不同的，也可以說是鄭玄音讀材料的一個特點。

綜合以上的分析，我們得出的結論是東漢經師音讀系統的基礎音是漢代的音系。至少在韻部系統上與東漢詩歌押韻有較大一致性，而種種韻部演變的情況都說明這個音讀系統與先秦的韻部格局是不同的。然而，其中有包含一些存古的字音，而更重要的是，由於方音等因素的影響，其中又有不少字音是與當時通語的音讀不同的。這樣的區別有時甚至不單單局限於只是個別字音，而是會影響韻部的遠近分合的。比如上舉侯部三等也與幽部混同、歌部不與魚部互注等現象都是如此。

5.3 聲母系統分析

在具體討論個別聲母的問題之前，我們先從整體上總結一下聲母的特點。這一點，我們在第一節的總體規律上已經做過一些分析，如同部位聲母間的互注佔據主導地位，以及端章的互注、和莊精的互注，這些都是可以直接從聲母表十中觀察到的規律。此外，統計表中所表現出來的與王力等人關於漢代聲母相一致的特點還包括，日母與泥母、心母互注的數量都是相當顯著的，這在上文提過，因此王力構擬爲 nz 是可信從的。還要特別提的是余母，王力在《漢語語音史》的「先秦聲母」中較大篇幅地討論了這個聲母的音值而最後擬定爲ʎ（1985：19-21）。我們在統計表中也看出王力擬音的依據，即其與影、曉、匣、邪母的互注和端、透、定以及章、昌的互注都是比較明顯的。然而，另有一種

互注關係也是值得我們注意的，即余、心互注有 8 例。其中 7 例見於鄭玄《三禮注》，許慎 1 例。其實，這是屬於齊地的方音現象，我們在下面討論「心、曉」互注時進行分析。

　　這裏針對總體聲母規律還要特別提的一點是，在各組的塞音與塞擦音聲母中，全清聲母與全濁聲母之間的互注數量非常突出。這在上文提到過，如鄭玄《儀禮注》中「今文披皆爲蕃」、「今文皮樹，繁豎」就是一個例子。《顏氏家訓》曾提出過批評：「璵璠，魯人寶玉，當音余煩，江南皆音藩屛之藩。」我們具體看一下數據，如「幫：並」69 例，而「幫：幫」91 例、「並：並」93 例；又「端：定」48 例，而「端：端」50 例、「定：定」115 例；又「精：從」45 例，而「精：精」67 例、「從：從」36 例；又「見：群」40 例，而「見：見」200 例、「群：群」49 例。其中甚至有清濁互注多於全清、全濁本身的。唯一的例外似乎是章組與莊組。其實二者情況是不一樣的，只是共同的一點是船母與崇母數量都不多。先看莊組，我們只要聯繫此前提到的莊精二組之間的密切關係就不難看出，莊、崇的互注情況與其他組的並無不同。最突出的是，「精：崇」10 例，甚至比崇母自注的 6 例還多，其數量也接近於莊母自注的 11 例。再加上莊精互注 9 例、莊從互注 5 例、崇從互注 4 例，就更可以肯定莊組聲母與精組一樣是塞擦音。從莊初崇山四母的通轉數據來看，可以相信經師音讀系統中莊精之間有不少混同的。我們看莊組四母的通轉總數爲 146 例，其中莊組同組互注 45 例，而莊組與精組的互注則有 68 例，佔了 47%。這樣的數據很值得注意。

　　至於章組的情況則不同，章昌二母與端組塞音關係比較清楚，王力、李方桂等都將其構擬爲塞音，這是比較肯定的。然而船書禪三母就比較不一致了。從數據來看，似乎書母與端組塞音的互注較多，禪母與章母、定母的互注也不少。關於章組各母的互注情況及其構擬問題，我們下文將專節進行討論。

　　這裏討論的塞音、塞擦音清濁互注的情況，還有一點值得注意的是，次清送氣聲母與二者的分別相當分明。這從數據上也相當突出。這似乎顯示經師音讀中送氣與不送氣的對立比清濁的對立更爲明顯。當然，從顏之推的角度來看，似乎江南人都把濁聲母清化了，他所舉的「煩、蕃」正是我們統計表中清濁互注最多的幫並二母。但是我們並不主張經師的全濁聲母清化。當然，我們不是指經師音讀就是顏氏所批評的江南話，更何況他所說的江南也並不是指江南某

地方言，而是南渡以後形成的有別於「洛生詠」的北方通語。〔註2〕這一江南通語的形成因素自然是複雜的，其中包括大江南北方音的影響。只是有一點是值得注意的，顏之推在其書中所批評的，括南北多處的方音現象，在經師音讀中都有比較突出的表現。其中的原因以及當中可以幫助我們了解上古方言史的信息是很值得我們進行仔細地挖掘與推敲的。

除了上舉一條「煩、蕃」的例子，我們還引過顏氏的一些批評，如：「通俗文曰『入室求曰搜』。反爲兄侯。然則兄當音所榮反。今北俗通行此音，亦古語之不可用者。」顏氏舉的是山母與曉母的混同。我們的統計表中顯示，心母與山母關係極其密切，其互注 19 例，幾乎等同於山母自注的 22 例，而心母與曉母互注爲 13 例，也是很突出的。我們以上舉過鄭玄《周禮注》的例子：「獻讀爲摩莎之莎，齊語聲之誤也。」這裏明確指出是「齊語聲之誤」，與顏氏所說的「今北俗通行此音」的地域相符合。而這 11 條心曉互注的材料中鄭玄就佔了 10 條，另 1 條見於許慎《說文解字·角部》「觿，揮角兒，從角蠵聲。梁隝縣有觿亭，又讀若纗。」這裏段注正確地指出：「又者，蒙『蠵聲』而言，又讀若布名之纗。」（1815：185）這是作爲地名「觿亭」的特殊音讀。而陸志韋則更進一步探討其聲母變異的原因，他說：「許讀 x 與 s 實不得而知，凡若此等例者，許君從今音。」（1946：209）只是他沒有注意到顏氏這段話的聯繫，段注指出「梁隝縣」即「鄭伯克段于鄢」的「鄢」，也許其地名正是受了齊語影響，另外「隝、纗」韻部的陰陽對轉也是齊地的方言特點。總之，至少東漢經師時代這種「心、山」與「曉」之間的混同還是局限於齊地方言的，而且並不爲經師所接受，作爲方言的「聲之誤」處理；然而從許慎所舉地名來看，其影響地域似乎開始擴散，而到顏氏時代則已是「北俗通行此音」了。同時，還應該注意到「觿、纗」二字的韻部爲元部與月部，按注音的原則來說二者字音相差較大，是不能互注的。但這裏恰恰正好也證明了我們提出的這是屬於齊地的音讀。我們下一節將會分析，「纗」字屬先秦長入，這時已經變成去聲陰聲韻，而齊地正是陰聲韻與陽聲韻混同的，所以

〔註 2〕顏之推對比語音差異往往是南北並舉的，除了這裏以外，如他說「河北切攻字爲古琮」等等，乃是相對於「江南學士讀《左傳》」云云而言的，因此他所說的並非專指河北省而是泛指黃河以北地區。

說「麗亭，讀若繾」。因此，我們通過挖掘漢代的方言材料，解決了這一條讓段玉裁與陸志韋都感到頭疼的音讀。

另外，關於上面談到的余、心二母互注的 10 條例子，其實也與這裏討論的齊地方言有關。我們提過有 9 條見於《三禮注》，1 條見於許慎音讀。先看《說文解字・金部》「鋡，器也。从金，熒省聲。讀若銑」，這一條音讀確實比較費解，陸志韋也說「未詳」。（1946：192）然而我們似乎可以從意義著手看出一些端倪。段注：「謂摩錯之器也，以金爲之。」（1815：705）又同部「銑，金之澤者」，另《爾雅・釋器》「絕澤爲之銑」，郭璞注：「銑即美金，言最有光澤也。」可見，「鋡」是磨光的器具，而「銑」是磨得精光的器具，二者意義相通。應該注意的是「銑」字見於《爾雅》、《周禮》、《國語》等書，段注《說文》和郭注《爾雅》都作過徵引。然而「鋡」字卻不見於古籍中。或者許慎這裏是進行義訓，以常見字訓釋罕見字。這與第三章提過的《經典釋文》引薛琮注相同。

其實這裏重點要討論的是《三禮注》的 9 條余心互注。其中有 3 條「肆：肆」分別見於《三禮》，如《周禮・春官・小宗伯》「肆儀爲位」，鄭注：「故書肆爲肆。」又《禮記・玉藻》「肆束及帶」，鄭注：「肆讀爲肆。」又《儀禮・聘禮》「俟于郊，爲肆」，注：「古文肆爲肆。」其中《禮記》注說「讀爲」，這似乎不能看作是版本訛誤字，況且二字字音只在聲母有差異，其韻部與聲調都是相同的。另外《儀禮・聘禮》「籔：逾」二例，其一注云：「籔讀若不數之數。今文籔或爲逾。」其一云：「今江淮之間量名有爲籔者。今文籔或爲逾。」這一條注顯然指的是南北不同，則江淮音「籔」，北方的今文禮學經師讀「逾」，這與上述「獻讀爲摩莎之莎，齊語聲之誤」的聲母就聯繫上了，只是「逾」爲余母而非曉母。這裏《周禮》鄭眾的一條注釋就很關鍵了，《周禮・春官・司尊彝》「蜼彝」，注：「鄭司農云『蜼讀爲蛇虺之虺，或讀爲公用射隼之隼。』」這裏「蜼、虺」就是上述 13 處心曉互注中的一條例子，尤其重要的是「蜼、隼」也是通讀。同時我們還應該注意到統計表中的 9 例余曉互注中的 8 條也都見於《三禮注》。我們要強調的是，齊地經師的音讀中余曉也是多混同的，更何況「蜼、隼」之間陰陽對轉也正是鄭玄明白指出是齊語的特點。所以這也能同時證明我們前章說的，漢代齊地爲禮學重鎮，所以《三禮》音讀中多齊音。

　　《顏氏家訓》中還提到：「比世有人名暹，自稱爲灩〔註3〕；名琨自稱爲袞；名洸自稱爲汪。」其中「洸、汪」差別在聲母之見母、影母。從統計表來看，見母與曉、匣、影三母的互注數量非常突出，而且幾乎見於所有經師的音讀材料中，而尤以匣母與見母的互注達到 59 條之多。其中《三禮注》中就有 35 例，加上高誘 9 例。顏氏指出這是河北方言的特點，因此高誘音讀材料中也很多。從經師總體音讀來看，似乎這兩個聲母的混同現象還是比較多的。這許多顏氏所批評的語音現象幾乎都數量比較多的見於東漢經師音讀材料中，這正是我們在第三章中提到的，顏氏等人在進行《切韻》編輯審音時的取韻標準多與經師音讀不同，於是也就造成了許多按《切韻》音系核對而不相符的音讀材料。這一點也和我們在上一節通過韻部分合遠近關係討論經師音讀基礎音時的結論相符合，即從總體來說經師音讀的聲母系統是符合由《切韻》音系投射的上古聲母系統的，這表現在統計表的對角同質線的總體規律上，然而當中仍有一些偏離於這一系統之外的聲母現象，我們這裏所討論的就是其中一些現象。

　　上面我們通過統計表進行了聲母總體規律以及一些比較有規律性的例外情況。以下我們主要通過經師音讀材料的詳細辨析討論一些比較複雜而特殊的聲母特點問題，其中尤爲重要的是關於複輔音聲母構擬的討論。從我們的統計表來看，尤其如明母、心母、見母、來母與其他發音部位聲母之間的互注數量都是相當不少的。雖然我們在上一節提到過，其互注情況越複雜就越顯得總體規律的可信性，也更顯得這些例外音注是不足以作爲構擬材料的，但是作爲嚴謹的研究，我們仍然要逐一進行材料辨析以弄清楚所以形成這些例外的特殊因素。複輔音聲母作爲上古聲母系統中最多爭議的問題之一，尤其如包擬古、柯蔚南等人的著作中都不同程度地利用這些東漢音讀材料構擬了一系列複輔音聲母，所以有必要在這裏針對這些不同構擬以及其中涉及的材料進行詳盡的辨析。

5.3.1　見組與端章二組聲母的互注（兼論關於 *hl-聲母）

　　從統計表來看，見、溪、群、曉、匣等牙音聲母與端、透、定和章、昌等舌音聲母之間的互注數量相當多。而這兩方面的聲母在發音部位來說又差距較

〔註 3〕原文作「纖」，周祖謨《顏氏家訓音辭篇注補》認爲「纖」是「灩」字之誤，今
　　　　據改。（1943：218）

大，因此不像是一般的演變情況，所以柯蔚南等人就設想了一套足以涵蓋這兩套聲母的複輔音演變系列。但是須要指出的是，其實柯氏在其書中所收集的牙音、舌音互注的例子比本文的統計少得多。

首先，我們注意到柯氏在總結聲母規律時爲「許愼方言」指出了很多特點，其中大多是十分牽强的。如面對許愼音注材料「銛　thiem　　鎌 ljäm」、「婪　　ləm貪　thəm」（1983：44），他說：「中古 th- 在下列例子中與 l- 有接觸。」又說：「根據李方桂（1971：15）我們可以猜測這裏的中古 th- 是從東漢*hl- 演變而來的。」（1983：44）〔註4〕另外，他還注意到別的材料裏，「在許愼的音注中中古 th-還與牙音有接觸：37犑thâu　糗 khjəu: ；595 欲 khəm: 貪 thəm ；1150b 覵 thien: 見　kien- 」。所以他說：「根據『貪』字也在這批例子中出現這一點，我們可以主張這樣的接觸也能爲之構擬東漢 hl- 作爲中古 th- 的來源，以進行解釋。」（1983：44）

我們先從材料上進行辨析，其實「th-：l-」接觸的這兩條材料都有可疑。第一，《說文·金部》「銛，讀若棪。桑欽讀若鎌。」許愼的音讀明明是「棪」而非「鎌」，讀來母 l-音的是桑欽而非許愼。而許愼音讀顯然是不同於桑欽的，否則沒必要另舉「又讀」。第二，《說文》的「讀若」材料中「婪」字兩見，《艸部》「薆讀若婪」，與《女部》「婪，貪也。从女林聲。杜林說：卜者黨相詐驗爲婪，讀若潭。」我們注意到《女部》「婪讀若潭」，柯氏不用這條「讀若」爲證據是因爲他知道這是杜林的音讀，而非許愼；而對於上述桑欽之音讀他卻毫不猶豫地套在「許愼方言」之中。前後標準不一。至於他取「婪：貪」爲聲訓則顯然是較牽强的，更何況如前章所述聲訓本就不足以作爲構擬語音的直接材料，而最重要的還是許愼音讀中明言「薆讀若婪」，所以「婪」本來就是來母 l-。所以柯氏所舉例的「許愼方言」材料其實不能證明李方桂 *hl-聲母到了東漢末還存在；何況李方桂之構擬 *hl-聲母是用來解釋諧聲系列，而諧聲時代要遠遠早於上古音尾聲的東漢末。柯氏不考慮時間因素，生搬硬套，實在不合適。再看舌音聲母與見組互注的三條材料，首先值得注意的是前兩條「讀若」之「犑：糗」與「欲：貪」，其中兩個注音字「糗」从臭聲、「貪」从今聲，其諧聲都與

〔註4〕原文是："MC th- has contacts with l- in the following examples." 又："Following Li（1971：15） we may guess that MC th- here should be derived from EH *hl-."

被注字是同部位的聲母，即「犨、臭」均昌母字、「欲、今」分屬溪母、見母。另外，與「犨：糗」相關的還有《鼻部》「齅讀若畜牲之畜。」又《木部》「梄，從木酋聲，讀若糗。」按《廣韻》「梄」字「以周切」，然而「酋聲」字本有從母、余母二讀，所以或者「梄」字在許慎音讀中從舌齒音，如「酋」音，因此說讀若「糗」；而《切韻》編者在審音時卻僅取其余母而捨棄從母讀音，所以注曰「以周切」。上述「糗」、「齅」的情況也是。從這裏我們應該可以知道許慎音讀中「糗、齅」字均作舌齒音，與其諧聲「臭」字相同，而另一個牙音聲母的讀音或者是由不同方言的諧聲系列形成而成爲當時更通行的音讀，所以《切韻》收錄爲其字的正讀。關於這一點，陸志韋也有同樣意見，他說：「蓋許君於『臭聲』字讀古舌音。」（1946：230）至於其第三條證據，「覠：見」其實是聲訓，見於《說文·面部》「覠，面見也。從面見，見亦聲。《詩》曰『有覠面目』。靦，或從旦。」故「覠」從「見聲」，字或作「靦」從「旦聲」。從或體已可看出其音讀所經歷的變化，由 k-轉 t-，這樣由於讀音變化而別置聲符的例子在古文字中不少見，如「恥」作「耻」，而俗字中則更多；再加上「靦」字不見於後世字書、韻書，極可能正是方言俗字，極可能就是許慎楚地方言的俗字。而關於這條材料，柯氏認爲「覠、見」是聲訓，實在很牽強。我們看一看同屬《見部》的，還有「覞，小見也」、「覯，遇見也」、「覘，暫見也」、「覬，暫見也」，這一來豈非全都可能是與「見」爲聲訓的。更何況如果「覠，面見也」果眞爲聲訓，也應該是以「覠、面」爲聲訓，這才顯得出其字得義之由。

如上所舉，其實許書中這種「k-：t-」交涉的例子其實不少，陸志韋對這一現象提供了一種解釋：「如『椆』（古 tiɯg）讀若『丩』（古 kiɯg），『敆』（古 giʌk）讀若『龠』（古 diʌk），『誌』（古 kiɛd）讀若『指』（古 tiɛd），似非喉牙音與舌音直接通轉。蓋其時 ti、di 已齶化爲 tɕi、dʑi，而方言 ki、gi 亦齶化爲 tɕi、dʑi，許音實同。」（1946：164）這一現象在許慎的音讀中實在不少，所以陸氏特別進行這樣的解釋。當然，我們的統計表中還有鄭玄十餘條章見互注的例子，但這些都不是表字音的，下文進行辨析。其實，陸氏聲母齶化的說法不盡合適。從以上所述「覠」字或體爲「靦」可知，許慎方言實則是部分字聲母由 k-轉 t-，而非二母均發生齶化。另外，蒲立本亦曾援引《雞肋編》云：「據一個故事說，『甄』原來讀『堅』M.ken。三國的時候，孫權做了吳國的皇

帝（公元三世紀），因為他的父親叫孫堅，『甄』字犯諱，改作『眞』M.chiin。」
（1962：62）這正反映出楚地方言中 k-轉 t-現象之普遍。其實「甄」字犯孫堅
名諱，並非「甄」本讀 k-，而是楚地「堅」讀 t-，故與「甄」同音。許愼「犌、
糗、欨、貪」均作舌音，正是如此。

　　另外，正如我們說的，柯氏收集的牙音、舌音互注的材料實在是很不全的。
而從我們的統計表來看，實則鄭玄音讀中這兩組聲母的交涉才是最主要的。當
然，對於處處強調鄭、許方言差異的柯氏來說，或許也並不願意看到這些鄭玄
音讀材料的。尤其值得注意的是，見母與章母互注的 15 條例子中，鄭玄獨佔了
10 例。但是我們只要看一看實際材料就知道這些都不是表示字音的。比如其中
就有 8 條是我們前章討論過的鄭玄改經文「觚」為「觶」的例子，另有 2 條見
於《儀禮》，一、《士冠禮》「兄弟畢袗玄。」注：「古文袗為均也。」二、《既夕
禮》「校在南。」注：「古文校為枝。」這兩處都是訛誤字。王應麟《困學紀聞》
就曾指出：「按《後漢・輿服志》『秦郊祀之服，皆以袀玄』。蓋袀字誤為袗。」
[註5] 而「枝、校」則更明顯。至於統計表中 4 例溪、章互注，也都是屬於鄭玄
音讀，並且 4 例都是見於鄭注《儀禮》「今文湆為汁」。這其實是版本異文，二
字都是肉羹的意思，如《士昏禮》「大羹湆在爨」，鄭注：「大羹湆，煮肉汁也。」
按《說文解字・水部》「湆，幽溼也。从水音聲。」段注雖未明言，但顯然許愼
解釋字形有誤，他說：「湆从泣下日。」所以《廣韻》與「泣」同音。段氏又解
釋其意義引申：「肉之精液如幽溼生水也。」（1815：560）這兩個字或許是同源
字，然而從經師音讀系統的聲母規律來看，至少在經師音讀中它們不是同音的，
因此也不能說二者聲母相同。由此更可以證明，柯氏說的牙音與舌音相通更是
不足取信的。

　　關於柯氏的分析，還有一點必須指出的是，他以李方桂之 hl- 來解釋許愼
音讀中的舌音、牙音交涉現象實在是不合適的。李方桂的 hl- 是解釋「獺：賴」、
「體：禮」等「th-： l-」諧聲系列而設置的，而且明言：「這裏也是吐氣的透
徹與來母相諧的多，很少是不吐氣的端知。」（1971：20）而柯氏更將之引申至
「k-：t-」互注的序列中，因此為了配合李氏「吐氣」的條件，雖然許書中同系
列例子很多，而他所能舉證的卻僅有上述三條，而且其一更是無中生有的聲訓。

[註5] 《困學紀聞》卷五。

其實如果單從統計表來看，舌牙聲母的交涉更大量的都是不吐氣的「k-：t-」，因此即使不顧材料而單從形式來看，也能看出這一系列與李氏所解釋的「th-：l-」系列是不同性質的。當然，從柯氏的論述中似乎他也注意了這一問題，然而他卻沒有明說，只是他在書中援引了包擬古的解釋以支持其構擬時，委婉地做了一些表述，他說：「包擬古設置了上古漢語的一類輔音叢 **k-t（ > t ）、**kh-l（ > th ） 等等，這應該假設爲是在某方面與上古漢語 **kl-、**khl- 等不同的。」（1983：44）包擬古的這一解釋見於《原始漢語與漢藏語》，其云：「把跟中古舌根音互諧的 t- 構擬爲*k-l-。同樣的，*kh-l- 則通過中間階段 hl- 變成中古的 th-。因此，我們可以同時設置 *kh-l-和*hl- 作爲上古 hl- 和中古 th- 的來源。」（1980：144）乍看之下，似乎包擬古解決了我們指出柯氏融合李氏構擬的問題。只是柯氏對包氏的方案似乎並不領情，又或者是不理解其眞實用意，故其舉證乃堅持必是吐氣音，而且書中對包氏構擬持保留態度。且先不論包氏構擬，但說其構擬對象其實是更早於李氏的原始漢語，而柯氏不加分辨，囫圇一氣，且認眞考慮將包氏原始漢語之 **kh-l-與**k-l- 擺進自己「重建」的東漢音系中，這就簡直是張冠李戴了。

接下來看看包擬古的構擬。按其演變序列可以示圖如下：「**k-l- > t- ；**kh-l- > *hl- > th- 」。而「**k-l- > t-」序列沒有上古階段的信息，不清楚包氏是以其爲「*k-l-」或是「t-」。而若柯氏企圖以其構擬解釋許愼材料，正如其解釋「銛 hliem 鐮 ljäm」一樣，即諧聲時代的*hl-仍保留在東漢的某方言裏，則「禱：告」就只能看作是「k-l-：k-」了，也就是說包擬古「原始漢語」裏的「**k-l-」仍保留到東漢末的某方言裏。其實柯氏對包氏這樣的構擬也不是沒有意見的，只是其思路與這裏所討論的不一樣，他似乎是嫌包氏的構擬太簡單了，不夠細密，他甚至沿著包氏擴展李方桂系統的方向伸展，設想一個更龐大、包容更廣、牽涉更多輔音的構擬，他說：「然而，如果我們跟隨包擬古的構擬，比如說，東漢*g-l-（ > d-），那我們就會面對這一輔音叢將如何區別於東漢*gl-（ > l-）的問題。這將在第 5.4 節中進行討論。看來包擬古**k-l-一類聲母可能眞的牽涉到更多複雜的輔音叢，如 **skl-。這個問題須要進一步研究。」（1983：45）我們可以預見他們距離嚴學宭 *xknd-、*ɣkdl- 等複輔音叢已經不遠了。〔註6〕

〔註6〕嚴學宭《周秦古音結構體系》（《音韻學研究（第一輯）》，中華書局 1984 年）。

實則誠如李方桂所云：「上古音聲母尤其是複聲母是個很複雜的問題，有許多諧聲字還沒有解釋的辦法。」（1971：85）而其前王力《漢語史稿》就已經提過：「他（按：指高本漢）在上古聲母系統中擬測出一系列的複輔音，那也是根據諧聲揣測出來的。例如『各』聲有『路』，他就猜測上古有複輔音 kl- 和 gl-。由此類推，他擬定了 xm-，xl-，fl-，sl-，sn- 等。他不知道諧聲偏旁在聲母方面變化多端，這樣去發現，複輔音就太多了。例如，『樞』從『區』聲，他并沒有把『樞』擬成 kt´-，大約他也感覺到全面照顧的困難了。」（1956：83）包、柯二人緊跟隨李方桂的系統，且處處參照李氏的構擬然而卻沒有體會出李氏在這一問題上往往點到爲止的學術洞見。

　　以上提到柯氏對包擬古如何區別東漢*gl-與*g-l- 的質疑，其本質正是我們此前提過的如何擬定「禱：告」互注音值的問題，即包氏構擬的**k-l-、**kh-l-其實根本就不比李方桂的系統解決了更多的上古音聲母問題，反而是畫蛇添足了。

　　總之，李方桂之構擬 *hl- 不僅解釋了「th-：l-」的諧聲系列，而且在其上古音系統中也是清濁聲母相配的結構對稱性要求，即作爲與「l-、r-」相配對的清音 *hl-，以對應於「m-：hm-」、「n-：hn-」、「ŋ-：hŋ-」。故其云：「上古時代來母也應當有一個清音來配。」（1971：20）至於包氏的構擬，如前所述「th-：l-」的序列是與「k-：t-」序列性質不同的，而包氏囫圇綜合二者形成一個共同的演變序列，純粹只是追求形式上的巧妙，全不顧及證據是否充分。這正是陸志韋所曾經警示過的：「我們構擬古音，切不可以犯太巧妙的毛病。」（1947：65）而包氏時隔三十年後仍落入這一陷阱中，這是不取前車之鑒的必然後果。其實非常明顯的一個事實，甚至包氏書中所列舉的大量或成立或不成立的所謂「證據」都不曾見有一條諧聲系列或是漢外對音是將「k-：l-：t-」三組聲母同置於一個序列中的。因此我們便看到其「kh-l- > hl > th」的序列中「kh-」輔音根本就無處著落，同理，「k-l- > t-」序列中的「l-」也一樣無處著落。包、柯二人都曾受教於李方桂，且包氏《釋名》研究正是李方桂指導下完成的，故二人

如「喬」有「休必切[x-]」、「古穴切[k-]」、「女律切[n-]」、「允律切[d-]」，嚴氏構擬爲*xknd-；又「夆」有「下江切[ɣ-]」、「古巷切[k-]」、「徒冬切[d-]」、「力中切[l-]」四讀，因此構擬爲 *ɣkdl-。

書中的「前言」並都向李方桂致謝。而其構擬東漢音系也以李氏上古音系統爲依據，且諸多徵引，只是從許多方面來看，二人都更注意於追求形式上的完善與巧妙，並設計出各種從原始到先秦兩漢至於中古的演變序列，卻一來忽略了李氏原本構擬之結構系統性，二來更加無視於材料本身。但求形式的巧妙而罔顧材料或是刻意揀取材料，這都是不嚴謹的研究態度。古音構擬不是「鬼畫符」，而是嚴格的結構語言學與歷史語言學方法的結晶。同一個 *hl- 聲母，在李氏系統中與包氏、柯氏構擬中就有不同意義，前者有其結構合理性，後者則顯得矛盾重重；故索緒爾將語言中的每一個成分比喻爲「棋子」，各有其職能與功用，其云：「它不容許隨意安排；語言是一个系統，它只知道自己固有的秩序，把它跟國際象棋相比，將更可以使人感覺到這一點。」〔註7〕因爲同類問題在柯書中屢見不鮮，是以這樣進行了重點討論。

5.3.2　來母與舌音聲母的互注（兼論關於 *hrj- 問題）

我們統計表中可以看出來，來母與舌牙音端章見等組聲母的互注數量很多，而來母與舌牙音構成的複輔音聲母也是最常被提及的上古複輔音聲母，因此柯氏、包氏諸人都在其書中爲東漢音系構擬了這兩套聲母。由於這裏涉及的材料數量較多，下面我們分兩章分別進行討論與來母有關的這兩類複輔音聲母，這裏先討論來母與舌音端章等聲母的互注，下一節討論來母與牙音見組聲母的互注。

首先，不難看出的是，來母與舌音聲母互注次數最多的是許慎的音讀材料，比如其中次數最多的來母與定母互注 7 條中，許慎材料就佔了 6 條。柯蔚南也注意到了這一點，他說：「在許慎的音注裏中古 l- 與舌尖前和舌尖後塞音有些接觸。」然後列舉了 13 條證據，7 條爲「讀若」、其餘爲「聲訓」；另外又舉了 4 條《釋名》聲訓材料。接著又說：「在這些音注的基礎上我們可以設置一個東漢舌音 + -l- 的輔音叢，然而一個更簡潔的方案則是假設這個方言裏的東漢*l-是一個邊音的拍音或者閃音（參考 Ladefoged 1971：50-52）。有報告顯示現代方言中的南部閩語地區仍有這一類音，且對應於中古的 l-，其發音明顯的表現出類似 d- （袁家驊 1960：244），有可能這些方言中的 l- 的發音就代表了這裏

〔註 7〕索緒爾《普通語言學教程》15 頁，商務印書館 2007 年。

我們給許慎和《釋名》設置的音系裏同一語音的殘留。因爲在其餘音注的方言裏我們可以假設東漢 l- 只是一個簡單的邊音。」（1983：47-48）〔註8〕這裏柯氏給中古來母在東漢「許慎方言」裏所構擬的音值略似於李方桂爲上古的余母擬定的*r-，李氏云：「又因爲他常跟舌尖塞音諧聲，所以也可以說很近 d-。我們可以想像這個音應當很近似英文（美文也許更對點兒）ladder 或者 latter 中間的舌尖閃音（flapped d，拼寫爲–dd- 或 –tt- 的），可以暫時以 r 來代表他，如弋 *rək，余 *rag 等。」（1971：14）

　　我們會注意到，如前節所述，柯氏對於構擬「tl-」一組聲母的猶豫乃是因爲李方桂的系統中正就是只構擬了「kl-」而無「tl-」。而他對於 kl- 複聲母的構擬確實毫不猶豫的。（1983：49）其實如果說諧聲系列的證據，「龍 l-：寵 t- 」、「翏 l-：瘳 t- 」這都是董同龢《上古音表稿》上的例子，柯氏不可能不熟悉。而李氏之不無限擴展其諧聲系列，正如上節所述，正是他認爲「上古音聲母尤其是複聲母是個很複雜的問題，有許多諧聲字還沒有解釋的辦法。」（1971：85）而他在書中關於擬定 kl- 等，他是這麼說的：「最爲一般人注意的就是來母字常跟舌根音及脣音互相諧聲的例子。大體上我們仍然採用高本漢的說法，不過稍有更訂的地方。」（1971：24）我們可以假設李方桂在此問題上實在沒有全面展開構擬，只是採用最通行的說法略爲討論，而且其《上古音研究》中顯然是並不打算全面展開對複聲母的探討。這一點，可以從其關於上古書母的構擬中看出，他說：「中古審母三等高本漢以爲是從上古的*ś- 來的，可是從諧聲字看起來，他常跟舌尖塞音互諧，……我們以爲審母三等應當是從上古塞音來的，不過這要牽扯到複聲母問題，以後還得討論。」（1971：14）而更爲重要的是李

〔註8〕原文是： "In the glosses of Xu Shen MC l- has a number of contacts with dental and retroflex stops." 又： "It is possible on the basis of these glosses to posit EH dental + -l- clusters here, but a simpler solution would be to assume that in the dialects in question EH *l- was a lateral tap or flap（cf. Ladefoged 1971:50-52）. Sounds of this type, corresponding to MC l-, have been reported in modern dialects of the Southern Min area and are said to have a d-like quality（Yuan 1960:244）. It is possible that the pronunciation of l- in these dialects represents a survival of the same phonetic feature we posit for the languages of Xu Shen and SM. For the remaining gloss dialects we may suspect that EH *l- was a simpler lateral."

方桂所構擬的是諧聲材料所顯示的上古音系統，而柯氏則是「重建」東漢末時期的語音系統，如此照單全收式地搬用的處理方法實在顯得過於簡單化了。

　　關於這個問題，我們還是必須進行材料辨析。首先，我們看看柯氏所舉的7條「讀若」材料：「酴 dwo　盧 ljwo」、「覼liei-，liji　池 dje」、「茜djäi-　陸 ljuk」、「棆 ljwen　屯 tjwen」、「埜 ləm　潭 dəm」、「醬ljəm　甚（*dj->）dźjəm」、「坴 ljuk　逐 djuk」。（1983：47）〔註9〕其中「酴：盧」、「覼：池」、「棆：屯」、「埜：潭」、「坴：逐」爲來母與定母互注，與本文一致。「醬：甚」則本文主張按小徐本注音，又「茜：陸」本文從段注意見取「讀若俠」，並見下文分析。另外，柯氏漏收的還有一條來定互注的《魚部》「銅讀若綺襱」。下面我們對這些材料逐一進行辨析考證。

　　「酴：盧」。《說文·酉部》「酴，从余聲。」「余」字屬於上古余母，上述李方桂擬爲*r-，王力擬爲*ʎ-，其云：「現在我有新的擬測，把余的上古音擬測爲[ʎ]。這是與[t]、[t´]、[d]同發音部位的邊音，即古代法語所謂軟化的 l（lmouillé）。」（1985：20）不論是 *r- 或是 *ʎ-，其共同特點正是很近似來母的 l-，互爲音注本就合理。「余聲」字分化出舌音塞輔音 t- 系列之「涂、途」等的時代雖然不得而知，但顯然其分化過程中必然也形成了方言間的異讀，而許愼音讀系統中正是讀近 l-音的*r- 或者 *ʎ-，甚至竟已讀成了 l-。陸志韋《〈說文解字〉「讀若」音訂》提出：「『盧』疑『瘖』字之訛。」（1946：246）其實不必。而且說這裏有訛誤字，既無版本依據亦無其他旁證，何況「盧、瘖」二字又不形似，無故改經，不可從。

　　「覼：池」。《見部》「覼：求也。从見麗聲。讀若池。」陸志韋云「覼、池」二字音隔，謂：「『池』疑爲『汦』字之訛。」（1946：264）陸氏之懷疑並無文獻依據，然而《說文》「讀若池」另有二處：《走部》「趍讀若池」、《衣部》「褫讀若池」，二字均「从虒聲」，又《淮南子·時則》高注：「箎讀池澤之池」，亦「虒聲」字。可見「池」字讀定母無疑。此外，「麗聲」字見於經師音讀材料的還有幾條，如鄭玄《禮記·月令》注：「離讀如儷偶之儷」、《儀禮·士官禮》注：「古文儷爲離」、《儀禮士喪禮》「古文麗亦爲連」。又《周禮·秋官·小司寇》注：「杜子春讀麗爲羅。」可見也是確爲來母。由此來看「覼」讀若「池」確實可疑。

〔註 9〕原文「茜」字誤作「茜」。

「茵：陸」。《說文》「茵，以艸補缺。从艸西聲。讀若陸，或以爲綴。一曰約空也。」小徐本作「讀若俠」，段注本據以改字，云：「古文西字亦沾誓兩讀。」（1815：43）陸志韋則以爲大小徐皆誤，說：「韋意本作『陝』。『陸』也、『俠』也，皆爲爛文。」（1946：179）段注所謂「西字」云云，據《谷部》「西」其字有三讀：「讀若三年導服之導」、「讀若沾」、「一曰讀若誓」。按「西，从谷省象形」，而「谷，口上阿也。臁，或从肉从豦。」其字或與「缺」同源，故「茵，从西聲」而義爲「以艸補缺」，又「一曰約空」。段氏於是根據「西」字音讀而推知「茵」應該「讀若俠」而非「陸」。其實「西」字二讀：「沾」，張廉切，古音端母談部；「誓」，時制切，古音禪母月部；而「茵」字二讀：「俠」，胡頰切，匣母葉部；「綴」，陟衛切，端母月部。四字皆細音，而陸氏所主張「陝」字屬二等洪音，且謂大小徐訛字各取其半，實在是過於巧妙了。至於「沾、誓；俠、綴」四字，可注意的是「沾、綴」二字屬塞音聲母（同是端母）、「誓、俠」二字聲母爲擦音；若以韻尾論，「沾、俠」屬唇音韻尾、「誓、綴」二字爲舌音韻尾（同爲 t-）。因此形成交錯格局。從同源字派生來看，應該是「沾」tǐam 對應於「俠」ɣiap，「誓」ʑǐat 對應「綴」tǐwat。其中「沾：俠」聲母之「t-：ɣ-」正可與上節討論之許慎方言中舌音與牙音互注的現象對應。而「陸」字，力竹切，古音來母覺部 lǐəuk，不論從聲母或是韻尾來看都與「西」之「沾、誓」二音格格不入。段氏能從意義著手而斷定音讀，從而審定小徐本之「讀若俠」爲正字，這正是段注本之所以屹立於歷代說文家之首的價値體現。

「棆：屯」。這與上例「醾：盧」者略同，「侖」之諧聲系列有「綸」字，其本身即有 l-、k- 二讀。所以我們可以推知，此諧聲系列分化時也同樣形成了方言間的 l-、k- 兩系。漢師音注中如服虔《漢書注》「淪音鰥」，又高誘注《淮南子》「菌讀似綸」，皆表明漢代「侖」聲字有讀 k-聲者。尤其高誘注的例子，「菌」字爲牙音無疑，而其以「綸」字注之，顯見「綸」之 k-聲母一讀在漢代是通行讀音，否則經師決不至於以較罕見的音讀爲注音字。更何況高誘注另有「菌讀群下之群」，應劭《漢書注》稱「卷音菌」也是 k-聲母，則更明顯此「綸」讀 k-聲母。〔註10〕總之，由此可以證明「侖」聲字在漢代方言中確有讀牙音 k-

〔註10〕此外，「鰥」字《說文》「魚也」，段注云：「見《齊風》，毛傳曰『大魚也』，謂鰥與魴皆大魚也。」（1815：576）即指《詩經・齊風・敝笱》「其魚魴鰥」。另

聲母的，而許慎音讀系統之舌音與牙音互注現象相當多，這裏的「掄-屯」正是其中又一個例子。

「燄：甚」《說文‧炎部》「燄，爓火也。从炎舀聲。讀若桑甚之甚。」陸志韋謂「燄」字：「非讀若之音，當從《繫傳》『施甚反』，《集韻》『式荏切』。」蓋按《廣韻》「燄」屬來母、「甚」爲船母。實則小徐本音注「燄」字爲擦音書母，蓋本文時則主張東漢經師音讀中船母爲擦音，此正可以解釋「甚」之注「燄」字音。說詳下文「章母的構擬」。至於「燄」字之讀來母者，蓋本字爲僻字、罕見字，後世音讀往往以偏旁附和，其下從「舀」，故後世或即隨之讀作廩。

「婪：潭」。此「讀若」並非許慎音讀，已如上節所辨析。《說文‧女部》「婪，貪也。从女林聲。杜林說：卜者黨相詐驗爲婪，讀若潭。」更何況許君明言「从林聲」，又《艸部》「薗讀若婪」，則許慎「婪」確爲 l-聲母。另外，「薗」字「从艸从風」，許慎不言「風聲」，正是表明他讀作 l-聲母無疑。

「坴：逐」。柯氏以「坴」爲 l-，《說文》「坴，从土圥聲，讀若逐。一曰坴梁。」段注引《史記》作「陸梁」（1815：684）。然而許慎明言，「讀若逐」，再說「一曰坴梁」，可見許慎音讀中「坴」字非「坴梁」之音，而僅在地名讀來母 l-。此外，「坴，从圥聲」，《說文》無「圥」，然《黽部》「鼀，圥鼀，詹諸也。其鳴詹諸，其皮鼀鼀，其行圥圥。从黽从圥，圥亦聲。」而「圥鼀、詹諸」即「蟾蜍」，雙聲連綿詞，《說文》中字又作「蜘鼀」、「醜黽」，其聲轉爲「戚施」、「侏儒」、「蘧除」、「菌圥」。說詳下文分析。總之，「圥鼀」二字讀舌音或牙音聲母，均與 l-聲無涉，況且「鼀，从圥聲」，又「其皮鼀鼀」，段注云：「鼀鼀，

據《釋名‧釋親屬》「鰥，昆也。昆，明也。愁悒不寐，目恆鰥鰥然也。故其字從魚，魚目恆不閉者也。」王先謙補注引畢沅曰：「如魚目不閉，故從魚也。」（1895：108）實則凡魚目皆不閉，何必定以「鰥」言之。查《廣韻》「諄韻」另有「鯩」字，力迍切，釋義「魚名」。其字《說文》不收。據《山海經‧中山經》「其中多鯩魚，黑文，其狀如鮒，食得不睡。」此所謂「食得不睡」者，即「鰥」字「愁悒不寐」得意之由來，故「鯩」即「鰥」字，許慎或以其字不見經傳，故不收於其書，而且其字應屬於後起形聲字，又僅見於《山海經》，據袁珂云：「《山海經》是從戰國初年到漢代初年，經過多人寫成的一部古書，作者大概都是楚地的楚人。」（袁珂《中國神話研究和山海經》）因此其字或僅是流通於楚地的俗體字。

猶蹵蹵。」（1815：679），再「鼀鼅」之「鼀」字即「鼁」之篆文或體，「酋聲」諧聲有舌音，也與來母 l-聲母無涉。因此，「坴」字後世以其用作地名「坴梁」又借爲「陸」，乃作來母而失其本讀，所以《廣韻》作「坴，力竹切」。又「兂」字，《字彙補》「力谷切」。〔註 11〕關於「坴、兂」二字的本讀，實在是須要進行一番辨析的。首先，考察「蟾蜍」之同系連綿詞，似乎分爲雙聲與疊韻兩類，而其雙聲者又分舌音與牙音兩類。如「侏儒」、「蘧除」爲疊韻；而雙聲者，如「蟾蜍」、「詹諸」、「戚施」爲舌音；而「蝌鼁」、「菌兂」的前字皆爲牙音，則應是牙音雙聲。如此「兂鼁」便是牙音雙聲之連綿詞。然而，大徐本「鼁，七宿切」，其或體「鼀」之「酋聲」也是舌音。那麼，似乎「詹諸」的音轉有舌音、牙音之變讀，所以其字又作「蘧除」。但是「蘧除」又是疊韻，而其同系還有「鼁鼁」、「蹵蹵」，而其中又有「踽踽」爲其一聲之轉，則完全疊音的形式中又包含牙音、舌音的變讀。其實，我們認爲這兩讀的原因應是與第三章所分析的《說文・吅部》「㗊，呼雞重言之」的象聲字相關，比如「蝌鼁」、「兂鼁」、「鼀鼅」，許慎都解釋爲是根據其鳴聲命名的，即如呼雞按人不同也有以 tuk-tuk 擬其聲、或以 kuk-kuk 擬其聲、或以 ku-ku、tu-tu 以象其聲者。所以說連綿詞往往因地不同、因人不同而形成不同聲音、寫作不同字形，關鍵在於以雙聲疊韻爲其聯繫。總之，以「兂聲」出現之「蝌鼁」、「菌兂」二形中其前字均爲牙音，所以可以推知「兂聲」讀牙音。另外，「坴聲」有「逵」字也是牙音。〔註 12〕因此我們看到，許慎注「坴讀若逐」，這正是上文所討論的許慎音讀中舌音、牙音多有互注現象的又一例證。〔註 13〕

〔註 11〕《漢語大字典》與《故訓匯纂》「坴」均注音 lù。至於「兂」字，《故訓匯纂》不收，《漢語大字典》則音 lù，釋義爲「古書上說的某些草類植物：菌～」。此乃沿襲《廣韻》以下字書韻書爲讀，均失其本讀也。尤其「菌兂」一詞更失其爲雙聲連綿詞之音讀矣。

〔註 12〕段玉裁雖然也注意到「坴，从兂聲」與連綿詞「兂鼁」的關係，然而卻改「逐」爲「逑」，云：「大徐本『逑』作『逐』，誤也。坴讀如逑，與鼁讀『七宿切』意同。」（1815：684）這其實不必。

〔註 13〕這裏略討論一下《說文》中的「逵」字。上文云「坴聲」字有「逵」k-，《說文・九部》「馗：九達道也。逵，馗或从辵从坴。」因此，「逵」正是「馗」字的俗體形聲字，从「坴聲」而讀 k- 。其字見於先秦文獻，《左傳・隱十一年》「及大逵」

杜注：「達道方九軌也。」又《詩經・周南・兔罝》「施于中逵」，毛傳：「九達謂
之逵。」又《爾雅・釋宮》「九達謂之逵。」值得注意的是《左傳》、《毛詩》均
屬於古文經學系統，其經文均作「逵」，而許慎師承劉歆古學，何以不傳其字；
且據《說文・谷部》「𧮫，讀若三年導服之導。」段注云：「《士虞禮》注曰『古
文禫或爲導。』……鄭從今文，故見古文於注。許從古文，故此及木、穴部皆云
『三年導服』，而示部無『禫』。今有者後人增也。」（1815：87）可見許慎之《說
文》實有爲正古文經讀而作者。尤其《春秋左氏傳》的傳授更是劉歆古文經系統
之一大重點，《漢書》本傳云：「及歆治《左氏》，引傳文以解經，轉相發明，由
是章句義理備焉。」（另外，桓譚《新論・識通》更謂劉歆兄弟等人「尤珍重《左
氏》，教授子孫，下至婦女，無不讀誦者」，又王充《論衡・案書》云「劉子政玩
弄《左氏》，童僕妻子，皆呻吟之」。這些均可證明劉歆對於《左傳》的重視。）
而鄭興、賈徽從學於劉歆，《後漢書》乃謂：「興好古學，尤明《左氏》、《周
官》，……世言《左氏》者多祖於興，而賈逵自傳其父業，故有鄭、賈之學。」
又謂鄭興之子「（鄭）眾字仲師，年十二，從父受《左氏春秋》。」（《後漢書・鄭
范陳賈張列傳第二十六》）足見《左傳》在劉歆傳授之古文經學系統的重要地位，
故清末劉逢祿、康有爲等欲重振今文經學而攻許古學，即以劉歆僞造《左傳》爲
口實。（劉逢祿《左氏春秋考證》「鄭伯克段于鄢」條下云：「凡『書曰』之文皆
歆所增益，或歆前已有之，則亦徒亂《左氏》文采，義非傳《春秋》也。」又莊
公十七年「秋，虢人侵晉。冬，虢人又侵晉」條下云：「劉歆強以《左傳》爲傳
《春秋》，或緣經師說，或緣《左氏》本文前後事，或兼採他書，以實其年。如
此年之文，或即用《左氏》文而增春、夏、秋、冬之時，遂不暇比附經文，更綴
數語。要之，皆出點竄，文采便陋，不足亂眞也。然歆雖略改經文，顚倒《左氏》，
二書猶不相合。《漢志》所列《春秋》古經十二篇、經十一卷，《左氏傳》三十卷
是也。自賈逵以後分經附傳，又非劉歆之舊，而附益改竄之迹益明矣。」康有爲
《新學僞經考・卷三・漢書藝文志辨僞上》云：「《左傳》多傷教害義之說，不可
條舉。言其大者，無人能爲之回護。如文七年『宋人殺其大夫』，《傳》云『不稱
名，非其罪也』，既定此例，於是宣九年『陳殺其大夫泄冶』，杜注『泄冶直諫於
淫亂之朝以取死，故不爲《春秋》所貴而書名』。昭二十七年『楚殺其大夫宛』，
杜注云『無極，楚之讒人，宛所明知而信近之，以取敗亡，故書名罪宛』，種種
邪說出矣。……襄二十七年『秋七月，豹及諸侯之大夫盟於宋』，《傳》云『季武
子使謂叔孫公命，曰：視邾、滕。既而齊人請邾，宋人請滕，皆不與盟。叔孫曰：
邾、滕，人之私也；我，列國也，何故視之，宋、衛吾匹也，乃盟。故不書其族，
言違命也』。是孔子貴媚權臣而抑公室也。凡此皆歆借《經》說以佐新莽而抑孺
子嬰、翟義之倫者。與隱元年『不書即位，攝也』同一獎奸翼篡之說。」）許慎
從學於賈逵，而其作《說文解字》以正經傳字形字義字音，竟以「逵」字爲或體，

我們說本文統計許慎來母與端透定三母的互注數量爲 6 條，全都是來定互注。上述柯氏材料中，除了「茜：陸」我們改從小徐本作「茜：俠」，「薔：甚」實屬於來船互注外，其餘 5 條都與本文相符。另有一條是柯氏漏收的，即《魚部》「鮦讀若絝襱」，《廣韻》「襱」在東韻「力孔切」，爲來母。然而《廣韻》又收其異體「裲」，從同聲，但同韻「鮦」音下卻不收「襱」字又音。其實，根據《方言‧第四》：「袴，齊魯之間謂之襱，或謂之襱。」郭璞注：「今俗呼袴踦爲襱，音鮦魚。」可見「襱」字本來就讀「同」，而且其音比較通行，並有異體俗字。只是《切韻》審音的學者不接受這個讀音而按照「龍」音來讀。

另外，關於《說文》中的或體字，前文說過許慎書中所收錄的或體字相當於後世所說的俗體字，並且極可能就是其本地方言的方言俗字。我們查遍許書中所有正篆以外的別體字，其中還包括古文、籀文、或是司馬相如、揚雄等人的字形。〔註14〕有許多只是如前章所論的省形，如《心部》「戀，或省」作「孤」，又或不同理據的形旁，如《巾部》「常、帣、幝」等字或「从衣」作「裳、襃、襌」。單就或體字而言，除了上節舉過的「覰」或作「䣛，从旦」，另外還有一些表現舌音與牙音交錯的例子，如《放部》「旞，从放遂聲。」其或體字形「从遺」，「遂」屬邪母 z-、「遺」爲余母 ʎ-，然「貴」爲舌根音；又《鹿部》「麐，

豈其所受經文乃異乎今本而作「馗」字，抑或其師承講授古經「逵」字正是如此。實則所謂今文經學、古文經學只是籠統言之，其內部各經亦有不同解經系統，亦有不同經典文本。即如齊詩、魯詩者亦是總體而言：舉魯詩爲例，《漢書‧儒林傳》稱韋賢從學於申公弟子大江公和許生，又傳其任，「由是魯《詩》有韋氏學。」而張長安、唐長賓、褚少孫三人均師事許生弟子王式，「由是《魯詩》有張、唐、褚氏之學。」同爲魯詩，且又傳自魯人申公而形成不同學派，其固有錢穆所云「其實則爭利祿，爭立學官與博士弟子」的因素，然其解經亦肯定互有不同。以許書證之，《网部》「羇，从网巽聲。蹼，《逸周書》曰『不卵不蹼，以成鳥獸。』羇者，羅獸足，故从足。」又同部「罶，从网畱，畱亦聲。䍡，罶或从妻，《春秋國語》曰『溝眔䍡』。」又《門部》「闢：開也。从門辟聲。閃，《虞書》曰『闢四門』，从門从㸚。」又《蚰部》「蠢，从蚰萅聲。䗋，古文蠢，从弋，《周書》曰『我有䗋于西』。」這些例子都表明同是古文經學系統，其經典仍有不同文本，故其經典文字亦有不同。

〔註14〕其中「或體」461、「籀文」179、「古文」396、「篆文」33。

從鹿旨聲。」其或體「从几」，「旨」章母ʨ-，而「几」見母 k- ；又《弓部》「彈，从弓單聲。」其或體「从弓持丸」，「單」端母 t-，「丸」匣母 ɣ-，等等。這些，再加上僅見於許慎「讀若」中的舌音、牙音互注的例子，因此我們有理由相信這是許慎音讀中受其自身方音影響的成分。尤其這些或體字形的例子，更顯示出許慎明知經典用字與之不同卻仍收入其書，只能解釋爲這些字形在許慎的生活環境中是比較通行的，以致無法忽略其存在。

5.3.3 來母與牙音聲母的互注

從統計表上看，見母與來母互注有 15 條。而且這些音讀材料遍及於各個經師的材料中。因此柯蔚南似乎很放心地給他構擬的東漢音系設置了一個 gl- 複輔音聲母。（1983：48-49）從材料上來看，柯氏所列舉的與本文整理的相同。即杜子春「果-蠃」；許慎「詣-睞」、「頼-謍」、「綰-卵」、「廐-藍」、「蠊-嗛」、「鬃-慊」、「穢-廉」；鄭玄「慊-溓」、「卵-鯤」、「綠-角」；服虔「淪-鰥」；高誘「菌-綸」、「磏-廉」、「敏-脅」。

我們同樣對這些材料進行逐一辨析。

杜子春「果：蠃」1 條材料。虞萬里將此條材料列爲其刊訂柯書《三禮》材料中的「例字訛誤」者，他說：「按，蠃從果聲，故杜云讀果爲蠃，作蠃則聲不相近矣。《手冊》作『蠃』，尤誤。」（1990：220）其實虞氏有所不知，柯氏以「蠃」聲母作 l-並非不知道其字「从果」〔註15〕，而是如前章所論述過，柯氏的擬聲純依賴於字書韻書，尤以《廣韻》、《集韻》爲主，有時甚至更像是在給《廣韻》、《集韻》的反切進行拼音工作。其實《經典釋文》云：「果，魯火反，注蠃同。」至少到六朝經師爲止仍讀來母，而柯氏卻堅持說東漢經師讀「蠃」爲*gl-。這條音讀材料見於《周禮・春官・龜人》：「龜人掌六龜之屬，各有名物。天龜曰靈屬，地龜曰繹屬，東龜曰果屬，西龜曰雷屬，南龜曰獵屬，北龜

〔註15〕雖然柯書「杜子春材料」作「果*kwa：＞kwâ： 蠃*glwa：＞lwâ：」（1983：145）其後字从木，虞氏引叢刊本《周禮》作「蠃」从果，又舉阮元校勘記引閩本、監本等作「蠃」，並辯云應作「蠃」。實則我們看柯書第五章總結聲母規律時引用這一條材料作「蠃」，所以知道其書後材料之「从木」者應是手民之誤。其實柯書中的文字校勘工作極其草率，類似錯字別字者數不勝數。然而從其擬聲及聲母分析，柯氏仍是應以其字爲「蠃」的。

曰若屬。各以其方之色與其體辨之。」其中的「東龜曰果」，杜子春注說「讀爲贏」。鄭注云：「屬，言非一也。……龜俯者靈，仰者繹，前弇果，後弇獵，左倪雷，右倪若，是其體也。」這是根據《爾雅・釋魚》「龜，俯者靈_{行頭低}，仰者謝_{行頭仰}，前弇諸果_{字前長}，後弇諸獵_{申後長}，左倪不類_{行頭左庫，今江東所謂左食者，以甲卜審}，右倪不若_{行頭右庫，爲右食，甲形皆尔}。」〔註16〕（其小字爲郭璞注）可見所謂「東龜曰果」云云，最初本來是以龜之形態分類，後來才附會於五方、五色等系統中的。值得注意的是，其名「靈、繹、果、獵、雷、若」皆讀 l- 或讀近 l-，「靈、獵、雷」爲來母 l- ；而「繹」爲余母讀 ʎ-、「若」日母 ȵ-，都與 l- 相近；至於「果」，杜氏謂「讀爲贏」正讀來母。〔註17〕

　　另外與此「果讀爲贏」相關的，《說文・示部》「祼，从示果聲」，《周禮・春官・大宗伯》「大賓客，則攝而載果。」鄭玄注：「果讀爲祼，代王祼賓客以鬯。」又《周禮・春官・大宗伯》「以肆獻祼享先王」，鄭玄注：「祼之言灌，灌以鬱鬯，謂始獻尸求。」上引鄭玄兩注「果」字音，前謂「果讀爲贏」，而此謂「果讀爲祼」，似乎彼此有矛盾。「果讀爲祼」，柯書擬爲「果*kwa：＞kwâ：　祼

〔註16〕在此略校一處《故訓匯纂》的明顯錯誤。其 1434 頁《犬部》「獵」字釋義，第 41 條云：「～，左倪。《周禮・春官・龜人》『南龜曰～屬』鄭玄注。」按，如上引鄭玄注明謂：「後弇獵，左倪雷。」《故訓匯纂》這裏說「獵，左倪」，顯然是斷句有誤。又「倪」字，《故訓匯纂・人部》135 頁，第 41 條釋義云：「～，即謂衺側也。《周禮・春官・龜人》『西龜曰雷屬』鄭玄注『左～雷，右～若』孫詒讓正義。」其實鄭玄注「左倪雷，右倪若」是指「南龜曰獵屬，北龜曰若屬」，而非「西龜」。再《說文・頁部》「頪，頭不正也。从頁从耒。耒，頭傾也。讀又若《春秋》陳夏齧之齧。」段注：「又有此音，即與左倪、右倪之倪同也。」（1815：421）故「倪」字確詁應是「通『頪』，《說文》『頭不正也。』」又《故訓匯纂・頁部》2497 頁亦應添「通『倪』，音齧。」，蓋「倪、齧」二字同紐而支月對轉。

〔註17〕另外，《周禮・春官・卜師》「凡卜，辨龜之上下左右陰陽，以授命龜者，而詔相之。」鄭玄注云：「上，仰者也；下，俯者也。」又賈公彥《疏》：「龜俯者靈，行頭低；仰者謝，行頭仰。」這也是依據《爾雅》及郭注的。關鍵是這裏「上、下、左、右、陰、陽」，即上引龜人所掌之「六龜」，也就是所謂「靈、繹、果、獵、雷、若」。所以「果、獵」其實指的是龜之陰陽，郭璞注曰「字前長」、「申後長」，蓋龜之雌雄以尾之長短進行分辨，長者爲雄、短者爲雌，故云「前長」、「後長」。

kwã-/kwân-」（1983：201），又其第五章總結經師材料的輔音韻尾時，舉許慎、杜子春、《白虎通義》、鄭玄、應劭、高誘等人的材料說：「在這些方言裏，最好是給帶有中古 –n 的字構擬一個開音節的鼻化韻尾。」（1983：90）〔註18〕因此他最終結論是，帶 –n 韻尾的經師方言只有：鄭眾/鄭興，服虔，《釋名》，漢譯佛經。（1983：128）關於「許慎方言」無 –n 韻尾的材料，上文第三章已經討論過；至於鄭玄材料則有三條：「鄭玄 95 斯 sje（＜-h） 鮮 sjän ；訢 xjən 熹 xjï（＜*-h） ；方 pjwang 版 pwan: 。」其第三條是聲訓材料，且不論。雖然柯書並未舉這裏說的「果：祼」，然而可以肯定這也是他的一個「有力證據」。其實這裏體現的是齊語歌元對轉的「聲之誤」，我們前一節已經討論過。另外從文字分析上，這同時也是古文字省形的問題。從古文字材料來看，可知此「果」與「東龜曰果」之「果」本非一字，只是隸定偶合而已。據《周禮・春官・典瑞》：「祼圭有瓚，以肆先王，以祼賓客。」1985 年殷墟劉家莊南出土的一批玉璋，其銘文中「𧯏」字下從「𡩻」，李學勤釋爲「祼」字，說：「字上部從『八』形，中間結構近於鮮簋等的『祼』，下面從『収』。」〔註19〕《鮮簋》銘文中的「祼」字形爲「」，從「尊」，下爲雙手「𡩻」捧之，其左爲「瓚」器型。「瓚」爲長柄勺斗類器具，以酌酒灌地，《說文・示部》「祼，灌祭也」，所以蔡沈注《書經・洛誥》「王入太室祼」，說：「祼，灌也，王以圭瓚酌秬鬯灌地以降神也。」因此「祼」即「灌」字，而以會意造形，其古文字形或從瓚或不從瓚，基本結構爲雙手捧尊的象形，隸定爲「果」，應該是其省形寫法的隸定，後來又添加意符從示。至於果實之「果」，顯然從木，甲骨文字形爲「𣎴」，《說文・木部》云「象果形在木之上」。故此二字乃隸定而偶合也。許慎不解其意，說「祼，從示果聲」，段玉裁並從其說，注云：「祼之音本讀如果，廾之音本爲卯，讀如鯤，與灌礦爲雙聲。後人竟讀灌、讀礦，全失鄭意。古音有不見於周人有韻之文，

〔註18〕原文是："In these dialects it might be best to reconstruct open nasalized finals for words having MC –n."

〔註19〕李學勤《〈周禮〉玉器與先秦禮玉的源流——說祼玉》，《東亞玉器》，香港中文大學中國考古藝術研究中心主編，1998 年。《鮮簋》銘文：「唯王卅又四祀，唯五月既望戊午，王在芳京，嘗于昭王，鮮蔑歷祼，王賞祼玉三品、貝廿朋，對王休，用作子孫其永寶。」

而可意知者，此類是也。」（1815：6）所以《周禮》「攝而載果」之「果」，鄭讀爲「祼」，這是從其古文字形隸定爲「果」，而經師承其經讀仍爲「灌」音。

許慎「詍：睞」、「頪：顪」、「綰：卵」、「廞：藍」、「蟒：嗛」、「氊：懢」、「稴：廉」共 7 條材料。

首先「詍：睞」，《說文・言部》「詍，膽气滿，聲在人上。从言自聲。讀若反目相睞。」陸志韋云：「『詍自聲』而今作合口音『荒內切』，漢音 xwəd，其來歷不明。『詍』訓『膽氣滿聲在人上』，似喘息聲。象聲字不可以音理拘。」（1946：260）這個解釋與段注類似，段氏說：「蓋即元曲所用『咱』字。」（1815：97）陸氏說的「象聲字」，其實指的是「感嘆詞」，如「唉、哼、嘿」之類。但是既然要「象聲」，就應該以音近字，而「荒內切」與「睞」卻顯然相隔太遠。更何況「膽氣滿，聲在人上」之聲似乎也不應該以 1-聲擬之。所以陸氏又說：「韋疑『睂』字因形近而訛。」（1946：260）這是可信的。按《說文・目部》「睂，望也。海岱之間謂眄曰睂。」又《目部》「眄，目偏合也。一曰衺視也，秦語。」許慎這兩條都同時引用了揚雄《方言》：「瞷，睇，睎，眲，眄也。陳楚之間南楚之外曰睇，東齊青徐之間曰睎，吳揚江淮之間或曰瞷，或曰眲，自關而西秦晉之間曰眄。」[註20]至於「睞」字，《說文》云「目童子不正也」，也是「衺視」的意思。因此「詍讀若反目相睞」，這就是《史記・鄒陽列傳》「眾莫不按劍相眄者」的用法。所以「反目」謂之「睞」、「睂」都可以。然而「睞」字卻不見於先秦漢初的文獻，揚雄《方言》也不收。《古詩十九首》有「眄睞以適意」，又魏晉後文章也較常見，如曹植《洛神賦》「明眸善睞」、鮑照《舞鶴賦》「角睞分形」、潘岳《射雉賦》「瞵悍目以旁睞」，等等皆是。這也許是漢末民間口語詞而魏晉以後文人取用而見諸筆端的，所以《說文》中的「睂」訛爲「睞」，或許就是在這個時候了。

「頪：顪」。《說文・頁部》「頪：頭不正也。从頁从耒。耒，頭傾也。讀又若《春秋》陳夏顪之顪。」段注：「又有此音，即與左倪、右倪之倪同也。曰『陳夏顪之顪』，當許時讀《春秋》此『顪』必與他『顪』不同也。」（1815：421）這一段，上文已經討論過。《周禮》鄭注「左倪雷，右倪若」，就是這個「頪」字。這一條讀若不太好解釋，段注說是人名的關係。這也許是一種說法。

〔註20〕《方言・卷二》。

「綰：卯」。上文分析「侖」聲字時說過，經師的字音有不爲《切韻》所接受的，其主要原因可從顏氏對東漢經師音的態度中窺知一二。前面已經多次提到。《說文・糸部》「綰，讀若雞卵」，陸志韋云：「『官聲』字古全從破裂音。許君讀『綰』或正如 kwɐn，其音不傳。」（1946：210）也正是這個意思，只是陸氏並未展開討論。「卵」字，段注《說文》據《五經文字》、《九經字樣補》「卝，古文卵」，說：「卵之古音讀如管。引申之，《內則》『濡魚卵醬』，鄭曰『卵讀爲鯤』。鯤，魚子也，或作鮞。……又引申之，爲《詩》『總角卝兮』之『卝』，毛傳曰『卝，幼稺也。』此謂出腹未久，故仍得此稱。如魚之未生已生皆得曰鯤也。又引申之，《周禮》有『卝人』，鄭曰『卝之言礦也。』金玉未成器曰卝，此謂金玉錫石之樸韞於地中，而精神見於外，如卵之在腹中也。凡漢注云之言者，皆謂其轉注假借之用。以礦釋卝，未嘗曰『卝古文礦』，亦未嘗曰『卝讀爲礦』也。自其雙聲以得其義而已。卝固讀如管，讀如關也。自劉昌宗、徐仙民讀侯猛、虢猛反，謂即礦字，遂失注意。而後有妄人敢於《說文》礦篆後益之曰『卝古文礦』。」（1815：680）這是因爲大徐本《說文・石部》「礦」字後有「卝古文礦」，段氏以爲妄人誤解鄭玄注所增，並據《五經文字》等於「卵」字下添之。〔註21〕另外，段注又說：「糸，從卝聲，關從絲聲，許說形聲井井有條如是。」（1815：680）所以我們知道許慎音讀系統中「卵」字讀如「關」 k-，並且沒有異讀。經師注音必不以兩可之聲者爲之，這是很明白的。所以如果「卵」字在許慎音讀系統中有 l-、 k- 二讀，他就絕不會用「卵」字來給「綰」注音。鄭玄《禮記・內則》「卵讀爲鯤」也是讀 k-聲母。這又可以證明經師音讀是一個內部基本統一的系統，彼此材料是可以進行互證的。

「厱：藍」。《說文・厂部》「厱，厱諸，治玉石也。從厂僉聲。讀若藍。」段注：「《淮南・說山訓》：玉待礛諸而成器。高注：礛諸，攻玉之石。礛即厱字也。」（1815：447）查《淮南子》，其《說山》「玉待礛諸而成器」、《說林》「璧瑗成器，礛諸之功」、《修務》「首尾成形，礛諸之功」，高誘都注曰「礛諸，治

〔註21〕段氏這一段分析非常精彩，其本人似也十分得意，故又斥其妄人，謂：「是猶改蘭臺漆書以合其私，其誣經誣許，率天下而昧於六書，不當屑析言破律、亂名改作之誅哉。」（1815：680）竟自詡爲解救天下千百年「昧於六書」之禍的人。另外，他還在「礦」字下重複這一大篇文字。

玉之石」，與許說同。至於音讀，一曰「礛，廉，或直言藍也」、一曰「礛，讀一曰廉氏之廉」、一曰「礛，讀廉氏之廉，一曰濫也」。陸志韋在這裏說：「『讀若藍』者，……高誘注《淮南·說山》、《說林》、《修務》『礛諸』三見，皆音 l，不音 k。」（1946：176）吳承仕也說：「《說文》字作『厱』，讀若藍，字又作『磏』，讀若鎌；此作『礛』。厱、磏、礛同屬談部，實一字耳。」（1924：33）我們看《說文·石部》：「磏，厲石也。一曰赤色。从石兼聲。讀若鎌。」段注也指出：「與厱音義略同。」（1815：449）「磏、鎌」二字皆《廣韻》「力鹽切」，讀來母 l-，故段氏、吳氏、陸氏都主張「厱、磏、礛」同樣都是來母。然而，查《廣韻》「厱、礛」二字卻都是牙音字，前者二讀「苦咸切」、「丘嚴切」，後者「古銜切」。這就與許·高讀經音系統不同。這裏我們能夠看出，段氏三人能夠以經師之間音讀互證，並通過音義聯繫證明其經典音讀，這樣的識見明顯是高於柯氏之單純依據《廣韻》來注音的。

其實，柯氏收集並羅列了這麼大量的經師音注，最終僅僅是逐一按照《廣韻》擬音依序編排，卻對其中一些非常值得深入挖掘的音韻現象置若罔聞，真的很可惜。只要他略微細心就必然能夠發現，經師音注中「兼聲」與「監聲」的字特別多，包括這裏要討論的許慎三條音注：「蟼：嗛」、「鬑：慊」、「稴：廉」。

首先，高誘注《說山》云「礛，廉，或直言藍也」、又注《修務》云「礛，讀廉氏之廉，一曰濫也」；都說「或讀」、「一曰」，而其「一曰」之又音恰恰與許慎「讀若藍」相同。又如高誘注《淮南子·氾論》「濫讀收斂之斂」卻又似與許慎同音；又《說文·水部》「瀾，或从連」，又《犬部》之「獥讀若檻」，似乎表明許、高二人音讀系統中三等與非三等的混同。這一點將在下文進行分析。〔註22〕其次，「兼聲」、「監聲」、「僉聲」字均有 k-、l- 二系，這裏的情況也如

〔註22〕值得注意的是，這裏的三條高誘音注，柯書中卻只列了一條，即上文舉過的「高誘 153 礛*kram > kam　廉*gljam > ljäm」（1983：233），這應該是《說林》注的「礛，讀一曰廉氏之廉」，至於《說山》、《修務》2 條，前者注無「讀」、「讀曰」等字，吳承仕認爲脫落了，說：「《說山訓》高注應云『礛讀廉』，今本奪一讀字；《說林訓》注應云『礛讀藍』，今本奪一藍字，以《修務訓》注證之可知。」（1924：33）只是柯氏竟連《修務》注也未收錄，這也許是他的書整理材料時是不進行複舉的。然而卻因此將其中的「或直言藍」、「一曰濫」這麼重要的信息都捨棄掉了。

上文討論的「侖聲」，即其讀音分化時期在東漢方言中形成異讀。這一點，我們單從經師們對於這幾個諧聲的字注音讀的材料數量來看，也可以得到證明。「侖聲」已如上述，這裏單看「兼、監、僉」三聲的字，經師音讀材料中一共 18 條，尤其「兼聲」字最多，其中 13 條都帶「兼聲」字。以下按照經師及其所注此三聲字並各字的中古聲母羅列出來，進行分析；其中鄭眾 1 條、許慎 10 條、鄭玄 2 條、高誘 5 條：鄭眾「溓 l-：黏 n-」；許慎「鑑 l-：濫 l-」、「廦 kh-：藍 l-」、「獫 ɣ-：檻 ɣ-」、「覝 l-：鎌 l-」、「礛 l-：鎌 l-」、「蒹 l-：嗛 kh-,ɣ-」、「鬑 l-：溓 l-」、「陳 ŋ-：儼 ŋ-」、「鬑 l-：慊 kh-」、「穅 l-，ɣ-：廉 l-」；鄭玄「鹽 ji-：豔 ji-」、「謙 kh-：慊 kh-」；高誘「濫 l-：斂 l-」、「礛 k-：廉 l-：藍 l-」「礛 k-：廉 l-」、「礛 k-：廉 l-：濫 l-」、「斂 l-：脅 x-」。

我們先看《廣韻》注爲舌根音聲母的幾個字。除了上述的「廦、礛」二字，還有「廦 kh-」、「嗛 kh-」、「慊 kh-」、「謙 kh-」。其中許慎音讀「鬑讀若慊」須要解釋。陸志韋提出：「慊疑嗛字之訛。」（1946：176）其實從許慎大量給「兼」聲字注音來看，就知道這一諧聲的字的音讀是較複雜的。「謙、慊」二字都是讀舌根音聲母，這在鄭玄注中可以佐證，而且許慎用作注音字似乎沒有異讀，所以「鬑」字「讀若慊」，也同樣是舌根聲母。然而我們查閱《廣韻》「鬑」二讀，一在鹽韻「力鹽切」與「廉」同小韻，一在添韻「勒兼切」，二者均爲來母 l-。另外根據上述高注「礛讀廉氏之廉」，則「廉」爲來母，而《說文·禾部》「穅，讀若風廉之廉。」段注云：「『風廉之廉』，疑當同食部作『風溓』。」（1815：323）「溓」也是讀來母。只是《食部》「鬑讀若風溓溓，一曰廉潔也。」段注：「『風溓溓』未聞。禾部曰『穅讀若風廉之廉。』蓋同此。未識孰是。」（1815：220）關於「風溓溓」，陸志韋指出這是潘岳《寡婦賦》「水溓溓以微凝」之誤。」（1946：176）這裏須要辨析的是，許慎注「鬑」讀若「溓」，又「一曰廉潔」，則二字顯然不同音。這兩個字都在上古來母談部，只是「廉」爲《廣韻》三等鹽韻、「溓」在四等添韻，其間區別只在介音。而許慎注「讀若」辨音竟有如此細的。但是我們要提出另一種可能性。

「廉潔」一語，出自《楚辭·招魂》「朕幼清以廉潔兮，身服義而未沫」，「廉潔」與「未沫」相對，後者實際上是個雙聲連綿詞，歷代的注釋都沒能指出來。這都是始於王逸注「沫，已也」，這是缺乏根據的，乃至後人竟有附會說是如泡

沬破滅而終止。然而後來的字書、包括文人都沿用王注，如《廣雅》「已也」、又《文選》收錄劉孝標《重答劉秣陵沼書》「余悲其音徽未沬而其人已亡」。本文認爲，「未沬」其實是個雙聲連綿詞，其義如《毛詩》「黽勉從事」、「黽勉同心」、《論語》「文莫吾猶人也」、《方言》「侔莫」，王先謙《詩三家義集疏》又據《魯詩》稱「『黽勉』作『密勿』」。另外，《詩經》「殷士膚敏」，《毛傳》：「膚，美；敏，疾也。」釋義牽強，于省吾《詩經新證》指出：「膚敏，乃黽勉的轉語。」再加上這裏的「未沬」，這些都是一聲之轉。揚雄解釋其義云：「侔莫，強也。北燕之外郊，凡勞而相勉，若言努力者，謂之侔莫。」故「未沬」有努力、堅持的意思，這才是「身服義而未沬」的確詁；又《離騷》「芳菲菲其難虧兮，芬至今猶未沬」，這也應該解釋爲努力、堅持。揚雄指出「侔莫」是北燕外郊的音轉，則「未沬」或許是楚地的音轉，也比較通行的。那我們再回來看看《招魂》的句子，其中「廉潔」、「未沬」相對爲文，所以極可能「廉潔」也是雙聲連綿詞，讀「兼潔」。〔註23〕再說上面討論的東漢經師音讀中的「廉」字，高誘注「廉氏之廉」、許愼云「風廉之廉」；至於「鎌」字，許愼先注「讀若風溓溓」，可知許愼音讀中的「風廉廉」、「風溓溓」都讀來母，但他另外又說「一曰廉潔」，就顯然「廉潔」之「廉」與「風廉廉」、「風溓溓」不同，否則豈不是成了「鎌，讀若 lian，一曰 lian」了。因此這也可證明，許愼音讀中的「廉潔」讀如《楚辭》中，是雙聲連綿詞，作「兼潔」。

　　無論如何，我們從各家經師音注的互證中得出了「兼聲」、「監聲」各字的音讀，且總結其中實有不少是與《切韻》收音不同的。《切韻》是蕭、顏等人按自己對所謂「正音」的理解，對當時參雜著各種方言現象的字音進行篩除揀選後的結果。而這一過程中難免捨棄一些音讀，語言是不斷變化的，孰爲「正音」孰非「正音」，對古人來說是個「名不正則言不順」的致道問題，但從歷史發展的角度來看那其實都是不同時代的「有色眼鏡」下的產物，就如今天而言，「呆板」一詞本爲[ai pan]，然 1985 年公布《普通話異讀詞審音表》後規定[tai pan]

〔註23〕　其實連綿詞取義於聲，因此其用字往往變異，後世不解其意，或隨字變讀或按字索解，都是常有的。如《楚辭・惜往日》「祕密事之載心兮」，王逸不注「祕密」二字，後人或有解釋爲「屈原與懷王間之祕密事」的，其實這裏應該按照姜亮夫的意見，釋爲「『祕密』即『黽勉』一聲之轉。」

爲正音，只是社會仍存在[ai pan]、[tai pan]二讀混用的情況，但是後來大多轉向按字讀爲[tai pan]，甚至連多年來堅持[ai pan]爲正音的《現代漢語詞典》也不得不在2002年的第五版中將其讀音改爲[tai pan]，而在其後注云「舊讀ái bǎn」。也就是說「呆板」之公認正音已成功由[ai pan]轉爲[tai pan]。因此，對於東漢經師音注中的字音，彼此互證的方法顯然是比單純依《切韻》注音更爲有效而且可靠的。這樣不僅有力於東漢方言的研究，而且或可由此窺知《切韻》收字歸韻的標準、原則。這就是我們在第一章的「選題意義」之所說的。

另外，上舉「兼聲」、「監聲」、「僉聲」之19條材料中還有高誘「斂l-： 脅x-」一條尚未解決，這也是屬於柯氏構擬東漢「音注方言」 *gl- 複聲母的一條證據，留待下文討論其3條高誘音注證據時再分析。這裏且看一下柯氏給許慎「稴ɣiem 廉ljäm」這條材料的擬音。其實，《廣韻》「稴」有二讀，均在添韻，一「戶兼切」、一「力兼切」。就是說，即使完全按照《廣韻》擬音，這條材料完全可以是「稴 l-：廉 l-」，而不必是 *gl- 複聲母的。這不論是其有意編排證據或是無意疏忽，總之都是不夠嚴謹的。

鄭玄「卵：鯤」、「緣：角」、「蕑：蓮」共3條材料。「卵：鯤」已如上所分析。

「緣：角」。本音注出自《禮記・桑大記》「君、大夫鬊爪實於緣中，士埋之。」鄭玄注：「緣當爲角，聲之誤也。角中，謂棺內四隅也。」這裏很明顯是改字而非注釋字音。即段玉裁《周禮漢讀考序》說的：「當爲者，定爲字之誤、聲之誤而改其字也，爲救正之詞。」又說：「字誤、聲誤而正之，皆謂之當爲。」〔註24〕所以鄭注的意思是將死者之鬊、爪貯於盛器中（實）置諸棺之一角，何況其下還說：「鬊，亂髮也。將實爪、髮棺中，必爲小囊盛之，此緣或爲篹。」可見若不改字爲「角」，則「緣」字應當讀爲「篹」，所以更可證明「緣當爲角」是改字。〔註25〕

另外，「蕑：蓮」見於《詩經・陳風・澤陂》「彼澤之陂，有蒲與蕑。」毛

〔註24〕段玉裁《經韻樓集》，上海古籍出版社2008年。

〔註25〕孔穎達《正義》疏曰：「知緣當爲角者，上文緣爲色，以飾棺裡，非藏物之處。以緣與角聲相近，經云緣中，故讀緣爲角。」這是不明鄭意，杜自發揮，謂棺內緣色，故云緣中以指棺中，純屬無稽。

傳：「蕑，蘭也。」鄭箋：「蕑當作蓮。蓮，芙蕖實也。」孔穎達《正義》說：「以
《溱洧》『秉蕑』為執蘭，則知此蕑亦為蘭也。」又說：「且蘭是陸草，非澤中
之物，故知蘭當作蓮，蓮是荷實，故喻女言信實。」孔穎達所提到的《鄭風‧
溱洧》「方秉蕑兮」，其《疏》同時又引陸機的《毛詩草木鳥獸蟲魚疏》說：「蕑
即蘭，香草也。」可見「蕑、蘭」這也許是方言異稱，而經文中也許更有異文。
而鄭玄顯然是將其「蘭」字讀作「蓮」，「蘭、蓮」相通同時又見於許慎、高誘
音讀中，如《說文‧水部》「瀾或從連」、《淮南‧天文》注「連讀腐爛之爛」，
似乎經師音讀中對於三等、一等之間的區分不是太明顯，這一點從「開合四等」
統計表中也能看得很清楚。總之，這裏的「蕑、蘭」是方言的異稱，「蘭」為「闌
聲」、「闌」又為「柬」聲，這也許又與上述「兼聲」、「侖聲」等情況相同。

服虔「淪：鰥」1 條材料。關於經師音讀中的「侖聲」字已在前文分析過。
服虔「淪音鰥」以及下面要討論的高誘「菌讀綸」均可證明這些「侖聲」字在
經師音讀中為 k-聲母，亦可證明許慎音讀中 k-與 t- 多有互通。

高誘「菌：綸」、「礛：廉」、「斂：脅」共 3 條材料。

「菌：綸」。已如上述，更何況高誘注《淮南子》「菌讀羣下之羣」尤可證
明「菌」為 k-聲母，而其《呂氏春秋》更以「綸」注「菌」字音。實則費解的
是柯氏明知「綸」有《廣韻》「古頑切」k-聲母一讀，卻在其對音形式中只按 l-
聲母注為：「菌 gjwen: 綸 ljwen」。（1983：49）這是有意調整材料以就己私，
用上引段玉裁的話，即「是猶改蘭臺漆書以合其私，其誣經誣許，率天下而昧
於六書，不當臠析言破律、亂名改作之誅哉。」（1815：680）

「礛：廉」。上文討論「監聲」、「兼聲」字時已經分析過。

「斂：脅」。「脅」《廣韻》「虛葉切」，上古曉母葉部。另據《淮南子》高誘
注，《地形》「翕讀脅軨之脅」，《精神》「歙讀脅也」，《本經》「歙讀曰脅」，三處
同字注音皆用「脅」字。蓋「翕、歙」《廣韻》「許及切」，上古曉母緝部。故知
高誘音讀「脅」為 x-聲母。然而，又據《氾論》高誘注「濫讀收斂之斂」，則
似乎高誘音讀系統中「斂」字為 l-。若如此，則《呂氏春秋》這一條音注「斂：
脅」就比較費解了。其實這裏的「斂」字讀 x-聲母，極可能是破讀。這一條注
釋出自《呂氏春秋‧不屈》「門中有斂陷」，高誘云：「斂讀曰脅。」查《呂氏春
秋》，「斂」字凡 8 見，除了《不屈》，其餘 7 處為：《孟秋》「命百官，始收斂」、

《懷寵》「徵斂無期，求索無厭」、《仲秋》「乃命有司，趣民收斂」、《孟冬》「循行積聚，無有不斂」、《原亂》「禁淫慝，薄賦斂」、《似順》「而蓄積多，賦斂重也」、《士容》「今者客所弇斂，士所術施也；士所弇斂，客所術施也」。其中《孟秋》至《孟冬》四例皆在《不屈》之前，而高誘並未出注，其後幾處也都不注。此其一。其二，《不屈》以外諸例的「收斂」、「徵斂」、「賦斂」、「不斂」、「弇斂」均爲動詞，而《不屈》曰「門中有斂陷」，其下云：「新婦曰『塞之，將傷人之足。』」則顯然「斂陷」作名詞。這與其他幾處的「斂」詞性不同，所以高誘獨注這一處的「斂」字。其三，高誘音注中本來就多「破讀音」，即今所謂「四聲別義」。這一點在第三章中已經舉例「漁讀告語之語」、「勞讀勞勑之勞」等進行過討論。高誘音注材料中這樣的「破讀音」的例子，加上這裏分析的「斂：脅」，則一共有 13 處。〔註 26〕因此，經此一番比較分析，對於這條柯氏以爲是東漢 gl- 複輔音證據的音注材料，我們得出了一個更爲合理的解釋。所以本文一再強調，未經考證辨析的材料不可輕易進行音系構擬，而考證辨析之功正在於對經師音注體例性質的把握，以及研究方法上隨時注意以經師音注互證。

以上兩節我們逐一分析了經師音注中舌牙音聲母與來母之間互注的例子，同時也反駁了柯蔚南書中利用這些材料構擬的一系列複輔音聲母。因此我們結合經師音注中的總體情況來看，端透定、見溪群這幾個聲母的音讀仍是符合總體規律的。

5.3.4　中古ʑ-與 ji-聲母的構擬

這裏要討論關於禪母、邪母、余母的問題。其實從統計表來看，邪母、余母互注例子較多，但這也是在正常通轉範圍內，方言間有這樣的變異很常見。至於禪母，則明顯與這二母距離較遠，互注的例子也只各一條。但在這裏將禪母與邪余二母進行討論，是由於柯蔚南所設置的ʑ-、ji- 兩系的聲母演變序列包

〔註 26〕其餘 12 處均出現於《淮南子》注中，依序分別爲：《原道》「漁讀告語之語」、《原道》「蚑讀鳥蚑步之蚑」、《俶眞》「被讀光被四表之被也」、《時則》「漁讀相語之語也」、《時則》「漁讀《論語》之語」、《時則》「交讀將校之校也」、《時則》「平讀評議之評」、《精神》「任讀任俠之任」、《氾論》「勞讀勞勑之勞」、《說林》「漁讀《論語》之語也」、《說林》「任讀勘任之任」、《說林》「走讀奏記之奏」。

括了這三個聲母。其實關於禪母的問題，還有更值得注意的一些特點，我們會在下面分節詳細分析。

如前面所提到的，柯氏仿照李方桂系統給許、高的方言構擬一個演變序列：「*zV- → MCji- ；*zjV- → MCzj-」。（1983：61）而柯書中這正形成了許、高與鄭玄不同的系統，其表現如下：

「鄭玄　　：*dʑ- → ʑ- ；*ʑ- → ji- 」

「許、高　：*zV- → MCji- ；*zjV- → MCzj-」（1983：64-65）

關於許、高音讀一致而往往與鄭玄形成不同格局，這是柯氏在其書中所一再強調的，另如章組爲塞音或塞擦音問題，柯氏分各經師爲兩大系統：鄭眾、許慎、服虔、高誘*tj> tɕ-；鄭玄、應劭*tɕ- > tɕ-。（1983：54-55）並分別稱爲東漢的「tj-方言」與「tɕ-方言」。其中也是主要以鄭玄和許高爲主要分界。

至於上述柯氏所設計的，由許、高與鄭玄二系東漢 dʑ-、ʑ-、z-、ji- 等聲母的差異所形成的「兩大方言系統」，這是牽涉到上古禪（dʑ-、ʑ-）、邪（z-）、余（ji-）三個聲母的構擬問題。且不論材料，因爲如上所介紹，余邪互注本來就是正常演變的情況，因此材料也較多。而禪母卻與這兩個聲母極少交涉。因此從統計數據的解讀來說，可以有多種解釋。但我們這裏僅僅就柯氏設計這一套演變序列的內在矛盾進行分析與反駁。

我們仔細分析便發現，柯氏的構擬其實是依據蒲立本與李方桂的系統，尤其更多仍是仿造李方桂的演變序列進行模擬改造的。他說：「蒲立本（1962）與李方桂（1971）很有說服力地論證了中古 dʑ-（蒲立本寫作ʑ-）並沒有一個特定唯一的上古來源，其中蒲立本（1962：68）主張它是由中古 ji- 的方言變異而形成的，而李方桂（1971：12）則認爲它是由其所構擬的上古**dj-發展出來的中古ʑ-的一個變異。我懷疑它可能正是由這兩種來源演變而來的。」（1983：64）〔註27〕足見柯氏更進一步兼納蒲、李二說於其構擬中，由此形成了其東漢音系

〔註27〕原文是："Pulleyblank（1962）and Li（1971）have convincingly argued that MC dʑ-（which Pulleyblank writes as ʑ-）did not have a distinct origin in OC, with Pulleyblank（1962:68）suggesting that it may have arisen as a dialect variant of MC ji- and Li（1971:12）considering it a variant of MC ʑ-,derived from his OC **dj-. I suspect that it may derive from both earlier sources."

中的鄭、許兩大方言系統的演變序列。其重要證據之一，是書中第 5.7 節所舉的 tɕ、tɕh、ɕ、ʑ 的互注關係，他根據鄭眾、許慎、服虔、高誘四家的材料，云：「李方桂（1971：8-9）對諸如上述的例子進行總結云，中古 tɕ-、tɕh-和ʑ- 是由 **t-、**th 和**d- 在其後的介音影響下發展出來的。這個解決方案可以很好地解釋我們在這四個東漢方言中發現的聲母之間的接觸，我們將在此稱這一類方言爲『tj-方言』。」（1983：54）〔註28〕他認爲「tj-方言」的特徵是東漢的章組聲母均爲塞音。接著又根據「鄭玄和應劭的音注則表現出不一樣的格局。」（1983：54）〔註29〕稱鄭、應方言爲「tɕ-方言」，這個「方言」，相對於許、高等人的「tj-方言」，其特徵是章組爲塞擦音聲母。他說：「結合這幾點所主張的這三個聲母在鄭玄、應劭的方言中是塞擦音，因此最好是將其構擬爲東漢*tɕ-、*tɕh- 和 dʑ-。我們稱擁有這一類聲母的語言爲『tɕ-方言』。」（1983：55）〔註30〕所以正如上文所圖示的，柯氏構擬鄭玄方言的東漢*dʑ-聲母至中古分化爲 dʑ-和ʑ-，卻未提及其分化條件；而許、高二人方言裏的中古 dʑ 則是東漢*dj- 齶化形成的。這樣一個兩大方言系統的格局似乎很巧妙，而且與李方桂構擬中古船禪二母的上古來源模式完全一致（1971：15-16）。然而，如果我們再回來看一看其依法複製且同樣設計得很巧妙的另一套東漢方言兩大系統的模式，則顯然二者之間存在著非常嚴重的矛盾。其云：「在許慎和高誘的方言中我們爲中古 ji-和ʑ- 分別構擬了東漢*z-。因此，當這些方言中中古 dʑ 與噝音有接觸時，我們就有信心將其構擬爲東漢*ʑ-。」（1983：64）這裏他仍是依據蒲、李二人主張的中古ʑ、dʑ 有共同來源這一點認爲許、高方言中二者皆屬於 *z-

---

〔註28〕原文是："Li（1971:8-9）concludes that in examples like those just cited MC tɕ-、tɕh- and ʑ- developed from OC **t-、**th, and **d- under the influence of the following medial. This solution explains well the initial contacts found in our four EH dialects, which we shall now refer to as '*tj- dialects'."

〔註29〕原文是："In the glosses of Zheng Xuan and Ying Shao the situation is quite different."

〔註30〕原文是："Taken together these points suggest that the three initials in question were affricates in the dialects of Zheng and Ying, and it consequently seems best to reconstruct them as EH *tɕ-、*tɕh- and *dʑ-. We may refer to languages possessing these initials as 'tɕ- dialects'."

聲母。這就導致了兩點矛盾。

其一，柯氏在設計許、高「dj-方言」時明明說這個方言裏的 tś-等聲母「是由**t-、**th 和**d- 在其後的介音影響下發展出來的」（1983：54），即「tj->tśh-」。而且其書中所舉兩條許慎材料爲「羿讀若煮」、「佢讀若樹」，而後者正是包含嚓音的「d-：ź-」對音。（1983：54）因此按其「dj-方言」的擬音，許慎「佢讀若樹」的對音形式應是「təu：dju-」。然而這裏卻又說應構擬爲東漢*ź-。更何況他還說「在許慎和高誘的方言中我們爲中古 ji-和ź- 分別構擬了東漢*z-」，實則其「東漢*z- 」已經另有職能，這正又指向了矛盾的第二點。

其二，前述柯氏構擬許、高二人方言的邪、余母演變序列爲：「*zV- → MCji- ；*zjV- → MCzj-」。而其後又說「在許慎和高誘的方言中我們爲中古 ji-和ź- 分別構擬了東漢*z-」，即二人方言中東漢邪母*z- 分化爲中古 ji-和ź-，且其條件是介音 –j- 導致 *z- 齶化爲ź-。其演變序列爲：「*zV- → MCji- ；*zjV- → MCź-」。綜合二者，就使得東漢細音的*zj-聲母同時演變成中古的 zj-與ź-。而柯氏卻未討論其分化的條件。更何況，其書引述李方桂的意見「認爲它（按：指 dź-）是由其所構擬的上古**dj- 發展出來的中古ź- 的一個變異」，根據李方桂《上古音研究》：「我們情願把《切韻》系統的分船、禪認爲是方音的混雜現象，所以我們暫時定上古*d+j- > 中古牀₌ dź-，或者禪ź-。」（1971：16）而柯書在此又一次仿造李氏的系統，將其改造成「東漢*z+j-> 中古邪 z-，或者禪ź-」，雖然乍看下 z-、ź-音差不大也似合理，然而卻是一種很機械而笨拙的「拿來主義」做法。其實，李方桂所說的乃是上古 dj-聲母在兩種方言中形成異讀，即 dź-與ź-，而《切韻》之編韻者將這兩種異讀都兼收入其書中，因此形成《切韻》音系的船、禪二母。而柯氏則是說同一個許、高方言中的東漢*zj- 分化爲中古的（或者《切韻》音系的）z- 與ź- 二母。這一來當然就牽涉到分化條件的問題了。顯然的，二者形式雖然看似完全一致，然而柯氏所設計的與李氏構擬的系統，其本質是全然不同的。這又是其人盲目追求形式主義的又一表現。

5.3.5　章母、昌母的擬音

從我們的統計表中，章、昌二母與端、透、定三母互注的情況很清楚地表明了它們是塞音。這一點很明顯。然而統計表也顯示，經師音讀材料中也有一

些與擦音、塞擦音的互注，如與精組、曉、匣等的互注都有一些。尤其當中「章、精」互注的 6 例，鄭玄就佔了 5 例。此外，鄭玄另外還有「章、從」2 例。柯蔚南的音讀材料遠遠少於我們的統計表，即按音讀來說他只有 2 條，但加上幾條聲訓材料之後他仍是據此提出「鄭玄方言」的章組為塞擦音，並利用這一點來設計他的東漢兩大方言系統的。當然，我們在上面指出了他的設計方案中的內在矛盾，然而作為嚴謹的研究，我們仍然應該針對鄭玄的幾條特殊音讀材料進行詳細辨析。尤其章組的討論涉及到船、書、禪三母的問題，這就變得複雜了。而且當中涉及的材料以及考證的工作就更多，所以我們分為兩章進行分析。首先我們看看柯氏的論述。

如前所述，柯氏在多處將「許慎、高誘方言」與「鄭玄方言」進行對比而形成東漢方言的兩大系統。如在章組的問題上，他將經師們分為兩大方言系統：鄭眾、許慎、服虔、高誘 *tj > tɕ- 的「tj-方言」；鄭玄、應劭 *tɕ- > tɕ- 的「tɕ-方言」。（1983：54-55）這一設想我們已在上一節指出其中的內在矛盾。在此我們並連同書母的擬音問題檢查東漢經師音注中的情況。首先，上古章、昌、船三母的構擬，王力（1985：16）與李方桂（1971：10-11）都定為塞音。其中王力主張是舌面塞音 [t] 等，而李方桂則認為是舌尖塞音＋ -j- 介音，其設想的演變序列為「上古*t-等＋*-j->*tj-等>中古 tɕj-等」。（1971：11）這正是柯氏為其「tj-方言」所設計的演變序列。

而柯氏獨為鄭玄、應劭二人設計了一套章、昌、船三個東漢的卷舌塞擦音聲母，這也正是他設計上一節所討論的兩組演變序列的基本出發點。我們且看看其所謂的證據：「鄭玄 106 資 tsi 至 tɕi；202 踐 dzjän 善ʑjän；酬 uɛjəu 酒 tsjəu：周 tsjəu；303 詛 tsjwo- 祝 tɕjəu- 沮 tsjwo-；409 適 tɕjäk 責 tsɛk」、「應劭 98 寺 zï- 止 tɕï：」（1983：55）這其中只有鄭玄「資：至」、「踐：善」兩條為音注，其餘全是聲訓；並且他乃是依據應劭的一條聲訓就定其章組聲母為塞擦音的，這不可不謂之「大膽的假設」。甚至是鄭玄的兩條音注材料也是值得商榷的，因為它們都是鄭玄所謂「聲之誤」者。今逐一分析如下：

其一，「資：至」出自《禮記·緇衣》「《君雅》曰：夏日暑雨，小民惟曰怨，資多祁寒，小民亦惟曰怨。」鄭玄注：「資當為至，齊魯之語，聲之誤也。」「資」為精母、「至」為章母。這與上一節討論的鄭玄「聲之誤」同為改字，而非注音。

〔註31〕這裏的《君雅》，指的是《尚書》中的一篇，已亡佚，今本《古文尚書》收錄，作《君牙》，這是後人偽造的。另外，第三章中提到的戰國郭店楚簡，以及上博簡都發現有單行本《緇衣》全文，今以二簡及今本《禮記》、《古文尚書》進行對比：

上博楚簡：君牙云：日暑雨，小民惟曰命，晉多耆寒，小民亦惟曰令。

郭店楚簡：君牙曰：日溶雨，小民惟曰怨，晉多旨滄，小民亦惟曰怨。

今本《禮記》：君雅曰：夏日暑雨，小民惟曰怨，資多祁寒，小民亦惟曰怨。

今本《古文尚書·君牙》：夏暑雨，小民惟曰怨咨，冬祁寒，小民亦惟曰怨咨。

通過這樣的比較，很能發現其演變關係，如姜廣輝所指出的：「從《上海博物館館藏戰國楚竹書·緇衣》到《郭店楚墓竹簡·緇衣》，再到今通行本《禮記·緇衣》，再到今通行本《尚書·君牙》，從字句和文意看，似有一種由質樸艱澀

〔註31〕蓋西漢禮家皆今文經學，漢初傳禮皆自高堂生，見《史記·儒林列傳》云：「諸學者多言《禮》，而魯高堂生最本。《禮》固自孔子時而其經不具，及至秦焚書，書散亡益多，於今獨有《士禮》，高堂生能言之。」又《漢書·儒林傳》云：「漢興，言《易》自淄川田生；言《書》自濟南伏生；言《詩》於魯則申培公、於齊則轅固生、燕則韓太傅；言《禮》，則魯高堂生；言《春秋》於齊則胡毋生、於趙則董仲舒。」此所謂「能言之」、「言《禮》」云云，蓋即如漢初使晁錯筆錄伏生口誦《書經》之「言」也。故其所傳爲今文經學，至於漢宣帝且有編訂諸《記》爲合集者，最著爲大小戴《禮記》。《漢書·藝文志》載：「訖孝宣世，后倉最明，戴德、戴聖、慶普皆其弟子，三家立於學官。」又謂：「《禮》古經者，出於魯淹中及孔氏，與十七篇文相似，多三十九篇。」《後漢書·儒林列傳》說得更清楚：「於是德爲《大戴禮》、聖爲《小戴禮》，普爲《慶氏禮》，三家皆立博士。孔安國所獻《禮》古經五十六篇及《周官經》六篇，前世傳其書，未有名家。」即大小戴《禮記》均爲今文經，與相傳孔安國所獻之《禮》古經不同，且《禮》古經未見有傳承，然其文本並未失傳，極可能就藏於宮中。故劉歆校秘書得見之，其《移書讓太常博士》猶謂：「及魯恭王壞孔子宅，欲以爲宮，而得古文於壞壁之中，《逸禮》有三十九篇，《書》十六篇。」且此《逸禮》三十九篇之《奔喪》、《投壺》後並爲今文家採集入大小戴《禮記》中。總之，鄭玄注《禮記》乃以今文經學經典爲本，而於注中校字，蓋其注經體例如此。且漢代禮學所自之高堂生又是魯人，故鄭玄三禮注中《禮記》云「齊魯聲之誤」者最多。

向修明順暢演進的關係。首先由『日暑雨』到『夏日暑雨』，再到『夏暑雨』，從修辭的準確性和對應性而言都有較好的改進。從『小民惟曰命』到『小民惟曰怨』，已發生了由『信天命』到『怨天命』的深刻的思想轉變，天不可怨，而民尙怨之，因而要做到治民而無怨，那是一件很難的事情。」〔註32〕我們說，單從《古文尙書》「小民惟曰怨咨」一句已能看出其爲後出僞造。首先，原文「晉多耆寒」之「晉」由齊師誤讀爲「資」。我們說的齊師誤讀是有根據的：其一是如我們一再提到，齊地爲漢初禮學重鎮，齊師音讀經解影響很大，所以故俞樾校讀《禮記》鄭注，也不得不慨嘆：「漢初傳經大儒多出齊魯，故齊魯之語得入經傳也。」〔註33〕其二是根據《禮記‧檀弓》「何居」，鄭注：「居讀爲姬姓之姬，齊魯之間語助也。」由此可知，「姬」、「資」音近，都是齊魯地方的語助詞。其三「資晉」爲陰陽對轉，如「齊人言殷聲如衣」，正是齊語的特點。〔註34〕總之《古文尙書》作者不解其意，而將其歸入前句爲語氣詞「咨」，並在後句又添一「咨」字成爲整齊的對句。通過這樣的對比，更能證明鄭玄之改「資」爲「至」，是有根據的。同時也更能知道兩漢至六朝的《禮記》通行本都隨齊師誤作「資」，所以才有僞《古文尙書》的錯讀。〔註35〕

〔註32〕 姜廣輝《中國新近出土戰國楚竹書中的思想史意義》。

〔註33〕 俞樾《禮記鄭讀考》，《皇清經解續編‧卷 1356》第五冊，1004 頁，上海書店 1988 年。

〔註34〕 虞萬里《山東古方音與古史研究》亦證明古齊地方言鼻音多脫落，並另舉陸德明《易‧晉‧釋文》云：「晉，孟作『齊』。」孟，指孟喜，東海蘭陵人，亦齊魯之間也。（虞萬里《榆枋齋學術論集》48～104 頁，江蘇古籍出版社 2001 年。）

〔註35〕 對此虞萬里有不同看法，其《上博簡、郭店簡〈緇衣〉與傳本合校拾遺》云：「由郭店簡、上博簡之作「晉」，可證鄭注讀「資」爲「至」之確，從而知古文《君牙》兩字作「咨」並從上讀爲誤。至於論者謂作「咨」係僞造者添加，筆者以爲恐不能輕易斷定。《君牙》兩「咨」字，岩崎本、內野本、八行本、唐石經均作「咨」，足利本、上圖影天正本前作「恣」而後作「咨」，《書古文訓》本則均作「資」。作「資」固可認爲薛氏據《緇衣》引文立異，然《堯典》『咨汝羲暨和』、『疇咨若予采』、『咨四岳湯湯洪水方割』、『下民其咨』、『咨四岳朕在位七十載』、《舜典》『咨十有二牧曰』、『咨四岳有能奮庸熙帝之載』、『俞咨垂』、『咨四岳有能典朕三禮』、『俞咨伯』、『咨汝二十有二人』、『帝曰咨禹』、《書序》『民咨胥怨』，以文義觀之，明明『咨』也，而薛氏《書古文訓》皆作

至於簡文之「晉」字，據《說文・日部》「晉，進也，从日从臸。」徐鉉按語中云「臸，到也」。然小徐本謂「从日臸聲」，且《韻會》、《六書故》並有「聲」字〔註36〕，不知何以段注未添「聲」字，且其注也不說「臸亦聲」。（1815：303）另《至部》「臸，到也，从二至」，段注「至亦聲」。（1815：585）而《禮記・緇衣》這一條注釋裏鄭玄說「資當爲至」，與簡本合，這是當時古文經學家的師承音讀如此，而不是說「資」有「至」音。柯氏以此條爲注音，並作爲其結論之關鍵證據，實在有欠謹慎。即使其作書時未見郭店、上博竹書，不知鄭玄讀「至」之根據，然略檢查《古文尚書・君牙》原文亦足使人疑其「資」字之可信性，再退一步想，即使不查《尚書》原文，然而鄭注明說是「齊魯之語，聲之誤」，因此他本人不讀「資」爲「至」就很明白了。若要以音注材料看待，也應該作齊地方言而非鄭玄「音注方言」。其實柯氏以鄭玄爲齊人，所以將「鄭玄音注方言」等同於「齊方言」，這一點我們在第二章已經說清楚了：東漢經師音讀系統自有其傳承一致的字音系統，非一人或一地的方言。

其二，「踐：善」。這一條材料見於《禮記・曲禮》「故曰：『疑而筮之，則弗非也。日而行事，則必踐之。』」鄭玄注：「踐讀曰善，聲之誤也。」孔穎達《正義》則兼存兩說，云：「踐，善也。言卜得吉而行事，必善也。王云：『卜得可行之日，必履而行之。踐，履也。弗非，無非之者也。』」另外，「踐」字又見於《禮記・玉藻》「君子遠庖廚，凡有血氣之類，弗身踐也。」鄭注：「踐當爲翦，聲之誤也。翦，猶殺也。」蓋「踐、善、翦」均屬《廣韻》開口三等獮韻，不同在聲紐，「踐」爲從母、「善」爲禪母、「翦」爲精母。我們上面總結

『資』。合觀而深思之，資、咨字形相近，陳侯因咨戈，咨下从口，其他因咨戈、因咨錞又有从『月（肉）』者，月、貝形近易誤。設若祖本作『資』，異文有作『晉』者，或祖本作『晉』，異文有作『資』者，音近義同，均訓到（至）；逮《緇衣》引述其文，或晉或資，而又滋生『資』或『晉』之異文，均有可能。」（《上博館藏戰國楚竹書研究》434～435頁，上海書店2002年。）其所設想過於迂回，且所引《書經》「咨」字，或爲句首語氣詞，或爲《說文》「謀事曰咨」之「咨」，與今本《僞古文尚書》之句末語氣詞之「咨」不同。要之，姜廣輝並從文句之整齊化、對稱化以及句義思想之演變證明《僞古文尚書》之後出，應無可疑。此正可補充閻若璩《尚書古文疏證》之條例也。

〔註36〕 《說文解字詁林》「晉」字各家說解，6778～6780頁，中華書局1988年。

聲母規律時談到，東漢經師音讀系統中塞音、塞擦音的全清、全濁聲母之間互注非常多，可見其音是很接近的。尤其精母與從母的互注 45 條，甚至多於從母自注的 37 條。我們可以相信經師中或許有根本不區分精、從二母的。〔註37〕從這兩條注釋來看，「踐、嫥」顯然是音近或同而導致的錯字，同理「踐、善」也只能是這麼理解。關於禪母的問題，由於牽涉到構擬時整體音系格局以及系統性原則，我們將在下一節與船書二母一同分析。

我們上文提到，我們整理的鄭玄材料中「章、精」互注有 5 條，而柯氏的材料中卻只有 1 條，而且是「聲之誤」。以下我們對本文收集的另外 4 條進行辨析。這 4 條音讀材料都見於《儀禮》，如《特牲饋食禮》「尸祭酒，啐酒。」注：「今文曰啐之。」又《少牢饋食禮》「廩人概甑甗。」注：「古文甑為烝。」又《有司徹》「宰夫洗觶以升，主人受，酌。」注：「古文酌為爵。」又《有司徹》「舉觶於其長」，注：「古文觶皆為爵。延熹中，設校書，定作觶。」首先，這些都是今古文經的異文，不是鄭玄的注音，更不表示鄭玄讀作同音，尤其最末一例提到那是東漢桓帝時候官方校書時定下的。其實，這些異文都不改變經文的意思，或者是某經師的讀法，如「尸祭酒，啐酒」與「尸祭酒，啐之」，其實意義一樣。再如「主人受，酌」，同篇裏這樣的句式很多，而且多變，如「主人受爵」、「主人受」、「坐取爵，酌」等等，因此致使混亂也是難免。但是要特別提的是，鄭玄獨獨在這一條注說「古文酌為爵」，其實是牽涉到他關於祭祀完畢後酬謝敬酒禮的程序上的不同理解。〔註38〕他的注說：「宰夫授主人觶，則受其

〔註37〕同時虞萬里也注意到這一點，其「《三禮》漢讀異文類通轉表」中精、從二母互注極多，也是幾乎與其同母互注相等，總計精從互注共 56 例、精母互注 52 例、從母互注 19 例；而二者也同樣與清母分別甚嚴。（1989：181）陸志韋對《說文》諧聲字的研究也有相同結論，且以此證明上古濁音聲母之不送氣。（1947：247-251）虞文更以陸氏之統計並列參照，由《三禮》注、《說文》、陸氏《古音說略》等精清從之互注情況看，其大勢基本如此，唯《說文》精與清、從之互注數量略相當。（1989：207）因此他下結論說：「今《三禮》注重之漢讀，故今書、古今文所顯示之混讀、互注現象亦足證上古音，至少兩漢音系中，濁音與不送氣清音之關係極為密切，應視作不送氣。」（1989：206）

〔註38〕《有司徹》一篇是關於祭祀完畢後，主人答謝尸宰及賓客的敬酒禮節。鄭玄《三禮目錄》說：「大夫既祭儐尸於堂之禮。祭畢，禮尸於室中。」又其本篇篇題注釋說：「徹，室中之饋及祝佐食之俎。卿大夫既祭而賓尸，禮崇也。」

虛爵奠於篚。」賈公彥《疏》說：「上文主人受爵訖，賓降，主人無降文，即云宰夫授觶，主人受之，明主人手中虛爵，宰夫受之，奠於篚可知。」這是聯繫上一句賓「執爵以興」，「遂飲，卒爵」之後，主人「受賓之酢爵」，則今宰夫升授主人觶，而主人乃將手中的虛爵交給宰夫，宰夫再奠於篚。這是其一，即主人受宰人之觶，而非爵。另外，《疏》又說：「知不待酬賓，虛觶受之，奠於篚者，以其下文賓之虛觶奠於荐左。」這又聯繫說宰夫所授觶也是虛觶，因此不可能「酌」。這是鄭玄的理解。然而作當時通行本正文作「主人受，酌」，肯定是對於具體程序有不同理解。其實，最重要的是，從鄭玄和經師總體聲母規律來看，章精二母都是有分別的。

　　這裏要特別一提的是，上文說到王力、李方桂都將上古章、昌、船三母構擬爲塞音。至於禪母，王力構擬爲濁擦音 ʑ-，與清擦音書母ɕ- 相配（1985：16）；而李方桂則構擬上古禪母爲塞音 dj-（1971：16），且其上古音系中只有一個舌音的擦音 s-（1971：21）。關於書母的擬音，他卻論而未斷，說：「中古審母三等高本漢以爲是從上古的*ɕ- 來的，可是從諧聲字看起來，他常跟舌尖塞音互諧，……我們以爲審母三等應當是從上古塞音來的，不過這要牽扯到複聲母問題，以後還得討論。」（1971：14）當然後來在《幾個上古聲母問題》一文中他補充了書母「*hrj- 」的構擬，那是後話。但有一點可以注意，我們的統計表顯示經師音讀系統中章禪之間的互注比較多，一共 14 例，所以似乎以禪母爲擦音不太能解釋這一現象。

　　以上主要討論了章、昌、船三母在東漢經師音注中是塞音或塞擦音的問題，我們從材料上反駁了柯蔚南所提出的鄭玄、應劭之章組爲塞擦音的所謂「tɕ-方言」的設想。故其所設計的東漢「tj-方言」與「tɕ-方言」的兩大系統的格局並其上推下衍的整套演變序列都是不可靠的。實則從總體來看，尤其章、昌二母除了大多數是自身的互注以外，與他聲母的交涉也是與端組聲母數量最多，因此本文主張章、昌二母在東漢經師音讀系統中仍是按照王力的構擬爲舌面塞音，至於船母則在下一節結合書母、禪母一同分析。

5.3.6　書母、船母、禪母的擬音

　　書母的構擬工作是比較困難的，正如上節所引述，李方桂也曾經爲之困擾不已，前後斟酌了五年才最後定爲*hrj-。從經師音注材料來看，雖然書母與其

他聲母的互注也相當多樣，但是我們從統計表來看，能夠明顯看出與端透定、章昌之間的互注數量是佔主導的。其中端母 2 例、透母 7 例、定母 11 例、章母 5 例、昌母 2 例，一共是 27 例，與其自注的 27 例數量相等。而且這一傾向遍及於各主要經師的材料中，舉例如：許慎「覛-馳」、「啻-鞮」、「紃-弦」；鄭眾「荼-舒」；鄭玄「適-敵」、「挩-說」、「朱-戍」、「荼-舒」、「從-舂」、「信-伸」、「升-登」、「饘-馨」、「攘-饟」；高誘「蠹-釋」、「湛-審」，等等。

其實，我們這麼設想，如果將聲母表十中的書母位置與船母對調，那麼章昌書與端透定之間交叉的方框內的格局就很近似於莊初崇與精清從之間交叉的方框了。這是很值得我們思考的。因此本文主張東漢經師音讀系統中的書母應擬為塞音。然而這樣一來就涉及了更複雜的問題，即王力之所以擬書母為ɕ- 主要是從系統性出發，因為若將其擬為塞音則船母就無處安置了。所以我們討論書母的擬音時必然也得考慮船母以及禪母的擬音問題。同樣的，我們的分析主要還是從材料的辨析入手，同時對柯蔚南的構擬進行評述。

下面先看看書母的情況。柯氏的分析仍是緊隨李方桂的構擬並進行擴充。首先，他說：「在許慎的音注中中古ɕ-聲母有以下與東漢舌音和中古 x-聲母接觸的例子。」其下舉例後又云：「李方桂（1976：1145）給中古ɕ-聲母構擬了上古 **hrj-（這裏的**-r- 代表一個舌尖閃音）。而這個音值正好可以解釋上述的例子。在高誘與《白虎通義》的方言裏我們同樣可以為其中古ɕ- 構擬為東漢的 *hrj-。」（1983：56）〔註39〕在此他仍遵循章母等的設計方案，將許、高與鄭玄分為兩大系統，他說：「在漢譯佛經中中古ɕ-聲母純粹只對應於梵文 ɕ- 輔音，因此我們可以為這一方言構擬為東漢ɕ-。這個構擬也同樣適合於鄭玄、應劭、《釋名》等音注方言中。這些方言裏中古ɕ- 基本上與東漢嗓音和齒音塞擦音接觸。」（1983：57）〔註40〕然而以書母諧聲系列之複雜，其音注表現也就難免諸多例

〔註39〕原文是："Li（1976：1145）has reconstructed MC ɕ- as OC **hrj-（where **-r- represents a dental flap）, and this value accounts well for the examples just cited. Other dialects where one can derive MC ɕ- from EH *hrj- are those of the BHTY and Gao You。"

〔註40〕原文是："In BTD MC ɕ- corresponds almost exclusively to Skt. ɕ , and we may this reconstruct it as EH *ɕ- for this dialect. This reconstruction is also suitable for the gloss dialects of Zheng Xuan, Ying Shao, and SM where MC ɕ- has contacts

外，如其音注材料中的「鄭玄 130 升ɕjəng-　登 təng ；196 羶ɕjän　馨 xieng」以及「鄭玄 143 攘ńźjang，ńźjang: 　饟ɕjang，ɕjang:，ɕjang-」。前者柯氏解釋爲：「我懷疑鄭玄音注中有兩個這一類的例子也可能是根據東漢 hrj- 一類方言的讀音傳統，而非 ɕ- 類方言，進行注音的。」（1983：57）〔註 41〕關於後者，他則引入了李方桂的另一個擬音，其云：「在鄭玄的音注中中古ɕ- 還與東漢*n- 有接觸。……根據李方桂（1971：15）我們可以爲這條音注中 143b 構擬爲東漢*hnj- 以進行解釋。」（1983：57）〔註 42〕這裏我們只要稍一檢查李方桂的上古音聲母系統就會發現柯氏的做法是不恰當的。李氏關於構擬 *hn-聲母的話是這樣的：「除去清鼻音的唇音聲母，我想仍有別的清鼻音聲母。比方說有些泥母日母跟娘母字往往跟吐氣清音透母徹母諧聲。如果我們以爲鼻音可以跟塞音自由互諧的話，應當是泥母跟定母澄母互諧，因爲都是濁聲母，但是事實上這類的例子幾乎沒有。這種吐氣清塞音跟鼻音互諧，一定有他的原故。我在貴州調查黑苗的語言的時候，就發現他們的清鼻音 n- 聽起來很像是 nth-，因此我們也可以想像 *hn- 變爲*hnth-，再變爲 th- 的可能，……這類透母徹母字都是清鼻音聲母*hn-，　*hnr- 來的。有少量審母三等字也跟鼻音聲母諧聲，……這類字是清鼻音在三等介音前演變而來，其演變的程序跟日母的情形相似，只是這類審母字因爲是清鼻音來的原故，鼻音失去的較早。上古*nj-　> 中古日母ńźj-　> źj-（如唐代以熱　ńźjät 譯藏文的 bźer）。上古*hnj-　> hńɕj-　> 中古審三等 ɕj-。」（1971：19-20）這裏明明說 *hn- 是解釋泥、日、娘母跟透、徹二母諧聲關係的，而且只有少量書母字是屬於這一系列的，更何況如是整理李氏的演變序列，應是：

　　*hn-　> *hnth-　> th-　>　中古透母

　　*hnr-　> *hnthr-　> thr-　>　中古徹母

primarily with the EH sibilants and palatal affricates."

〔註41〕原文是："I suspect that two examples of this type in the glosses of Zheng Xuan may also be based on reading traditions reflecting dialects which had EH *hrj- rather than ɕ- ."

〔註42〕原文是："In the glosses of Zheng Xuan MC ɕ- has a contact with EH *n- …Following Li（1971：15）we may account for this by reconstructing the initial of 143b as EH *hnj- ."

*hnj- > *hnśj- > 中古書母（少量）

*hrj- > 中古書母

這裏柯氏首先是假設到了東漢「鄭玄方言」中仍保留了李氏構擬諧聲時代的最早形式 *hn-與*hr 兩類清鼻音聲母。這本身就有點不可思議。

關於書母與其他聲母的互注情況，我們的統計表：「書-明」2 例、「書-端」1 例、「書-透」5 例、「書-定」11 例、「書-泥」2 例、「書-章」2 例、「書-昌」1 例、「書-莊」1 例、「書-精」1 例、「書-清」1 例、「書-從」1 例、「書-心」4 例、「書-見」1 例、「書-溪」1 例、「書-曉」2 例、「書-影」1 例、；另外還有書母同注 20 例。〔註 43〕如果將這一系列所有少量的例子都考慮進行擬音的相加，則確實如其嫌包擬古所構擬的原始漢語 **k-l- 過於簡單而考慮三合、四合之 **skl- 或更多的輔音叢一樣（1983：45），這裏的書母也必將成爲一長串誰都讀不出音的複聲母。

另外，柯氏所整理的材料則少得多，按其書中編排 ś- 與他聲母的接觸如下：「許慎材料」ś 與舌音塞音：「�townśje 馳（*dr->）dje ；豸（*thj->）tśhje: 弛śje: ；啻śje- 鞮 tiei，diei ；紖（*dr->）djen: 矤śjen: 」；與 x-聲母接觸：「豕śje: 豨 xjei，xjei: ；馭xieng 聲śjäng」。「鄭玄材料」：「從 tshjwong 舂śjwong ；信 sjen 伸śjen ；升śjəng 登 təng ；羶śjän 馨 xieng ； 攘ńźjang，ńźjang: 饟śjang，śjang:，śjang-」。其餘還有聲訓材料：許慎 9 例、《白虎通義》3 例、高誘 4 例、應劭 1 例、《釋名》5 例。（1983：56-57）

很顯然柯氏的證據是十分薄弱的，尤其他爲了貫徹其兩大方言系統的巧妙設計，竟然僅僅只按應劭的一條聲訓材料而定其爲「鄭玄方言」一類，實在有失嚴謹。以下我們逐條進行材料辨析：

「覕：馳」。《說文・見部》「覕讀若馳。」陸志韋說：「音不合。徐鍇曰『《詩》曰，彼留子嗟，將其來施。施當作此覕字。』《爾雅・釋訓・釋文》『戚施，字書作覠頜』，『頜』即此『覕』字之訛。『覕、施』假借字，『馳』或即『施』字

〔註 43〕這裏所列統計不按被注字與注音字順序區分。另，虞萬里《〈三禮〉漢讀、異文及其古音系統》整理的鄭玄音注材料中書母的統計情況與本文不同。其中與章母 4 條、本文只收集 2 條，又與昌母一條，不見於材料中。詳見第二章評議虞文一段的尾注中。

之訛。『施、䚷』音同。（按『䚷』似亦作『䙾』。『它聲』與『也聲』篆體時互訛。）」（1946：277）段注引《釋文》作「䙾䚷」，其字不訛。（1815：410）按《爾雅》「戚施，面柔也。」郭璞注云：「戚施之疾不能仰，面柔之人常俯，似之。亦以名云。」郭注出自毛傳，《詩經・邶風・新臺》「燕婉之求，得此戚施」，毛傳曰：「戚施，不能仰者。」實則「戚施」應是連綿詞，音轉爲「侏儒」，又爲「蘧除」，字或作「蘧蒢」、「蘧篨」，又爲「蟾蜍」，字或作「詹諸」、「蟾蠩」，又爲「𧌒䵷」、「圥䵷」、「䶂䵹」，又爲「菌圥」。如《國語・鄭語》「侏儒戚施，實御在側，近頑童也。」韋昭注：「侏儒、戚施，皆優笑之人。」又《晉語》「蘧蒢不可使俯，戚施不可使仰」，韋注：「蘧蒢，直者，謂疾。」又《文選・李康〈運命論〉》「蘧蒢戚施之人，俛仰尊貴之顏，逶迤勢利之間。」《六臣注》曰：「戚施，面柔也。」又《淮南子・精神》「日中有踆烏，而月中有蟾蜍」，又《說林》「月照天下，蝕於詹諸」，高誘注：「詹諸，月中虾蟆。」最應該注意的是許慎《說文》，其《虫部》「𧌒䵷」、《黽部》「圥䵷」、「䶂䵹」都釋義爲「詹諸也」，所以段玉裁注說：「一物四名，曰『𧌒䵷』、曰『圥䵷』、曰『詹諸』、曰『䶂䵹』。許主名『詹諸』而詳釋之。」（1815：679）所謂「詳釋之」指的是許慎在釋義中解釋其得名之由。如《虫部》「𧌒，𧌒䵷，詹諸，以脰鳴者。」《黽部》「䵷，圥䵷，詹諸也。其鳴詹諸，其皮䵷䵷，其行圥圥。」又同部「䵹，䶂䵹，詹諸也。《詩》曰『得此䶂䵹』，言其行䵹䵹。」這裏值得注意的是許慎釋義的體例，即「𧌒，𧌒䵷」、「䵷，圥䵷」、「䵹，䶂䵹」，這顯然是許慎解釋連綿詞的方式，如《黽部》「鼅，鼅鼄」、「鼄，鼅鼄也」，「䵹」字釋義引《詩經・新臺》爲「得此䶂䵹」，可見「戚施」，並《爾雅釋文》之「䙾䚷」都是一聲之轉。〔註 44〕

正如上文已經分析過，「戚施」、「蟾蜍」一系連綿詞分爲雙聲與疊韻，而其雙聲者又有舌音、牙音之分。今按其類排列於下：

〔註 44〕既然連綿詞都是依聲構詞，因此聯繫這一系列異體有助於我們掌握「䚷」字的音讀。首先，許慎解釋「詹諸」等稱謂得名之由時都說是以其鳴聲命名，而「圥䵷」、「䶂䵹」又說「其皮䵷䵷，其行圥圥」、「其行䵹䵹」。段注云：「䵷䵷，猶蹙蹙也。其身大，背黑，多痱磊，此言所以名𧌒䵷，圥䵷也。」又云「圥圥，舉足不能前之皃。蟾蜍不能跳，菌圥，圜上椎鈍，非銳物也，故以狀其行。」另還說：「䵹䵹，猶施施也。《王風》毛傳曰『施施，難進之意』，此言所以名䵷䵹也。」（1815：679）

雙聲：（舌音）詹_{章談}諸_{章魚}、蟾_{禪談}蜍_{定魚}

（牙音）菌_{群文}先？、蜠_{見覺}竈_？、先？竈？

疊韻：侏_{章侯}儒_{日侯}、藘_{群魚}除_{定魚}

特別要注意的是「蟾蜍」的聲母，「蟾」爲禪母。關於禪母的擬音，高本漢提出上古爲塞音，他根據諧聲關係中上古禪母「不與中古 ts、ts´、dz´、s、z、通轉，卻與最初的 t、t´、d´ 以及從這三個上古音中派生出來的中古 t、t´、d´ 這些塞音通轉」，所以其結論是：「從所有這些例證出發，我們必然斷定中古的 ʑ 是從某個上古塞音派生出來的，它的塞音性質沒有任何懷疑的餘地。」（1954：101-102）他最終構擬爲與章母 t 等相配的 d，而中古同系濁塞音的船母則擬爲 d´，至於禪母之演變又說是經過了一個塞擦音 dʑ 的階段。（1954：103）高氏構擬的問題在於其上古舌音、牙音、齒音的濁聲母都有送氣、不送氣之分，然而禪母與塞音的諸多交涉卻是不容懷疑的。上文提過王力的上古章組章、昌、船三母爲塞音，而書、禪則是同部位的擦音。（1985：16）而李方桂的構擬，除了書母後來擬爲 hrj-，則是全套的塞音。（1971：11-16）李氏以章昌船禪都作塞音而置於同一個發音部位中，他的做法是提出以下假設：「《切韻》系統的分牀禪兩母似乎有收集方音材料而定爲雅言的嫌疑。我們不能根據《切韻》系統的區分而硬擬定上古時期也有兩個不同的聲母。我們情願把《切韻》系統的分牀禪認爲是方音的混雜現象，所以我們暫時定上古 *d+j- > 中古牀三 dʑ-，或者禪 ʑ-。」（1971：16）無論其實際通語如何，至少我們可以肯定一點，上古確實存在一個禪母爲舌音塞音的方言，其餘諸多諧聲系列且不論，單從我們的統計表就很能說明這一事實，而這裏的「蟾蜍」就肯定是這一類方言的產物。所以我們在上面的分類排列中將其定爲舌音雙聲的系列。而菌先、蜠竈、先竈則按上節之分析定爲牙音。

所以剩下來仍未定的有「戚施」、「籧篨」、「覤觎」。《說文》引「《詩》曰『得此籧篨』」今本《詩經》作「得此戚施」，《爾雅釋文》云「戚施，字書作覤觎」，因此也作「覤觎」。「戚」爲上古清母覺部，「施」則是書母歌部。根據上述整理的書母通轉統計，其與清母僅 1 例，見於《禮記・曲禮》「龜爲卜，筴爲筮」，鄭注：「筴或爲著。」柯書並無這一條材料，或許他以爲這裏並非音注。按「筴」即「策」字，《禮記・月令》「是月也，命大史釁龜筴、占兆」，「龜筴」即「龜

「策」，此處鄭注也說：「筴，蓍也。」據《說文·竹部》「筮，《易》卦用蓍也。」段注：「《曲禮》曰『龜為卜，策為筮。』策者，蓍也。《周禮·筮人》注云『問蓍曰筮，其占《易》。』《艸部》『蓍，《易》以為數。』」（1815：191）又《竹部》「策，馬箠也」，而《朿部》「朿，木芒也」，段注引《艸部》云：「芒者，艸耑也。」（1815：318）因此通常所謂「策筮」、「籌策」，即借為「朿」字。這就是段氏所解釋的，「筮」字的結構為：「从竹者，蓍如筹也，筹以竹為之。从筮者，事近於巫也。」（1815：191）再《艸部》「蓍，蒿屬。生十歲，百莖。《易》以為數。」所以說「蓍」字是以其蓍草為占，而用蓍草是因為其易生，如龜之長壽而用為卜。另外，「策」字則是泛指凡「艸耑」也，只是用在占筮就專指的是蓍草。這也可以說是相當於段玉裁所說的「析言之」、「統言之」。這就解釋了鄭注《月令》云「筴，蓍也」。至於《曲禮》注，是指有版本異文以「策」為「蓍」字。「策、蓍」二字意義不同，然用於占筮則同指一物，所以能互通，並非「策」有「蓍」音。所以我們總結「戚施」應是疊韻連綿詞，先秦或有方言以歌覺二部為主元音相同或近似，所以成陰入通轉。

　　另外，《詩經·新臺》「魚網之設，鴻則離之。燕婉之求，得此戚施。」以「設、離、施」為歌月通押。「戚施」又作「鼀鼀」，可見「鼀」字也應該是歌部。「鼀」从酋，屬幽部，與覺相配。再看看「覗覤」，前字「朮聲」覺部、後字「它聲」歌部，陸志韋說「覤」似亦从「也聲」，「也」亦屬歌部，雖然聲母不同，卻不妨害其為押韻與疊韻連綿，這也可證明「戚施」、「鼀鼀」、「覗覤」為疊韻連綿詞。所以「覤」从「它聲」，「讀若馳」，韻部上也和諧；「馳」為透母、「它」為定母，聲紐也相近。陸志韋懷疑「馳」為「施」之誤，其實毫無根據。因為如果是按照《爾雅釋文》：「戚施，字書作覗覤」，則我們已經證明了二者為疊韻連綿詞，而且《新臺》用韻也合適，實在沒有必要改字。另外，陸志韋舉小徐本說「《詩》曰，彼留子嗟，將其來施。施當作此覤字。」這是指《詩經·王風·丘中有麻》「丘中有麻，彼留子嗟。彼留子嗟，將其來施施。」[註45] 首先，「施施」即段玉裁所謂：「鼀鼀，猶施施也。《王風》毛傳曰『施施，難進之意』，此言所以名鼀鼀也。」（1815：679）所以「施施」也是「詹諸」一聲之轉，又作「鼀鼀」、「覤覤」，而且也都與「施」同韻。因此《詩

〔註45〕小徐本所引少一「施」字。

經》異本或有作「佷佷」的，而徐鍇據以爲說。許愼既然明言「佷讀若馳」，且於聲韻並合，那就不應該無端改字了。〔註46〕

「彖：弛」。《彑部》「彖，豕也。从彑从豕。讀若弛。」這一條音注在第三章中已經討論過，屬於形近訛誤字，蓋《豕部》「豕」字說解中有一段話：「按今世字誤以豕爲彖、以彖爲豕。何以明之？爲啄琢从豕、蠡从彖，皆取其聲，以是明之。凡豕之屬皆从豕。」〔註47〕段氏並舉證許書「《蚰部》之蠡」「《心部》之傫」，謂皆誤「以彖爲彖」者。（1815：454）尤其許注「傫讀若膬」，「膬」先秦匣母支部，與「弛」先秦書母歌部音極近，王力提出先秦歌部三等支韻字至漢代轉入支部（1985：109），因此許君時代二字正同韻部。故段注本改「傫」之「彖聲」爲「彖聲」，應是正確的，陸志韋亦同意段氏的意見。（1946：262）按，「彖」字《廣韻》「尺氏切」，上古屬昌母，而「膬」字匣母、「弛」爲書母。上古昌母爲塞音，所以「弛」亦應是舌音塞音，而「彖聲」讀如匣母「膬」，這又是許愼音讀中舌音、牙音的互注，且從上述例子已可看出是牙音轉入舌音，即如《雞肋編》之「堅」讀「甄」也是如此，這裏也顯然是「膬」讀入舌音。與此相關的還有鄭玄音讀材料中的「褖：稅」，見於《禮記·玉藻》「君命屈狄，再命褘衣，一命襢衣，士褖衣。」鄭注曰：「褖，或作稅。」這一條注釋柯書也漏收了。鄭玄書透互注的 5 條例子中上文已分析了 4 例，這就是第 5 條。虞萬里在這一條材料中注爲「透書——元月」（1989：178），然而若是以音注而言，絕無以–t 韻尾注 –n 韻尾字的，正如陸志韋云「雙聲不能爲讀若」（1946：202）。何況音變中也沒有入聲轉爲陽聲韻的。因此這裏的「褖」字也應該是「彖聲」誤爲「彖聲」的結果。「彖」屬歌部正可與「稅」之月部相通，「褖或作稅」也如「彖」之昌母讀若書母「弛」。

〔註46〕 其字《廣韻》不收，朱翱或者是錯會了徐鍇文意，而注音爲「式支切」，後來《集韻》、《韻會》都襲用之以造反切，致使其本音喪失了。又今之《漢語大字典》、《故訓匯纂》又沿襲其錯誤，亦注音 shī；再其二字書之「龝」字亦注 shī 音，《說文》「得此戚施」又作「龘龝」，此是以疊韻連綿詞，故於詩韻亦諧，且段注「龘龝猶施施」，非謂音「施施」。

〔註47〕 據段注本蓋，大徐本作「按今世字誤以豕爲彑、以彑爲豕。何以明之？爲啄琢从豕、蠡从彑，皆取其聲，以是明之。臣鉉等曰：此語未詳，或後人所加。」原文不通。

「啻：鞮」。《說文‧口部》「啻：語時不啻也。从口帝聲。一曰啻，諟也。讀若鞮。」段注「讀若鞮」，云「疑此謂後一義之讀。」（1815：58）〔註48〕又《言部》「諟」字注云：「《大學》『諟或爲題』。」（1815：92）這是指《禮記‧大學》引《書經‧大甲》「顧諟天之明命」，鄭玄注：「諟，或爲題。」這裏的鄭注是禪定交涉，虞萬里的文章中漏收了這一條。至於「鞮」字，《廣韻》「都奚切」，屬端母，與「諟、題」都是塞音，而許慎以之注書母「啻」。

「紖：弞」。《說文‧系部》：「紖，牛系也。从糸引聲。讀若弞。」段注：「牛系，所以系牛者也。《周禮‧封人》作絼，鄭司農云『絼，箸牛鼻繩，所以牽牛者。』今時謂之雉，與古者名同。後鄭云『絼字當以多爲聲。』按絼讀如多，池爾切，漢人呼雉即絼也，絼變作紖，而讀丈忍切，仍絼雉之雙聲，今人讀紖余忍切，則非也。《少儀》曰『牛則執紖』。」（1815：658）段注所引《周禮》鄭眾說「絼」讀「雉」，而鄭玄又說「絼字當以多爲聲」，這三字連同「紖」都是定母，許慎說「讀若弞」，可見聲母相近，尤其「紖、弞」二字的韻部、聲調都相一致。

以下是鄭玄材料中書母與塞音聲母互注的例子

「升：登」。《儀禮‧喪服》「冠六升，外畢。」鄭玄注：「布八十縷爲升，升字當爲登。登，成也。今之《禮》皆以登爲升，俗誤已行久矣。」這裏是書端交涉。《儀禮》正文「升」爲古代織布粗細的單位，鄭注「布八十縷爲升」，賈公彥《疏》說：「云『布八十縷爲升』者，此無正文，師師相傳言之，是以今亦云八十縷謂之宗，宗即古之升也。」又說：「云『今之《禮》皆以登爲升，俗誤已行久矣』者，案鄭注《儀禮》之時，古今二《禮》並觀，疊古文者，則從經今文，若疊今文者，則從經古文。今此注而云今之《禮》皆以登爲升，與諸注不同，則今古《禮》皆作升字，俗誤已行久矣也。若然，《論語》云『新穀既升』，升亦訓爲成，今從登不從升者，凡織之法，皆縷縷相登，上乃成繒布，登義強於升，故從登也。」所以鄭玄師承讀經音中這個「升」字或許爲「登」音，訓「成也」，而至於唐代又有稱爲「宗」的。我們先看看，這四字之上古聲韻如

〔註48〕段注又云：「《言部》曰『諟，理也。』亦用諟爲宷諦字。」（1815：58）似是指「諟」字通「審諦」之「諦」字，《漢語大字典》亦釋義云：「dì 古同『諦』，審諦。」然今本《黃帝內經‧靈樞‧通天》云：「少陽之人，諟諦好自貴。」

下：「升」為書蒸、「登」端蒸、「成」禪耕、「宗」精冬。這裏可以觀察到，鄭玄說「升」字為「登」之誤，是因為他將「登」訓為「成」，然而鄭玄注《三禮》中其實「升、登」二字都有「成」義，如《禮記・曲禮》「年穀不登」，注：「登，成也。」又《禮記・樂記》「男女無辨則亂升」，注：「升，成也。」所以我們這樣推論，鄭玄之所以這樣輾轉相訓，又堅持「升」字誤而「當為登」，其中原因必定是「登、成」音近而「升、成」不近。而賈疏「《論語》云『新穀既升』」云云，都屬牽強，而其「今从登不从升者」更是自知於理不合，於是又造「登義強於升」之論來作為遁詞。其實鄭玄明明說「以登為升」乃「俗誤」，是社會通行的錯誤，不是哪個更好哪個較差。更何況，從鄭注書母與他紐的通轉來看，確實完全沒有書母與禪母的互注。這在其他經師音注材料中也是如此。因此我們認為東漢經師音讀系統的書母與禪母之間音值相差較遠。而書母與塞音互注的例子那麼多，我們可以擬定其為塞音，至於禪母，我們下文還要進行分析。

這裏我們繼續分析《三禮》材料最後 6 條書母與定母互注的例子。依次為「適：敵」、「荼：舒」3 例重複、「勝：陳」、「檡：澤」。首先看「適：敵」。本注出自《禮記・雜記》「大夫訃於同國適者」，鄭注：「適讀為匹敵之敵，謂爵同者也。」這是以書母讀為定母。其次，「荼：舒」3 例，見《周禮・考工記》「欲其荼白也」、「欲其荼白而疾」，以及《禮記・玉藻》「諸侯荼，前詘後直，讓於天子也。」。其中《禮記》一例鄭注云：「荼讀為舒遲之舒。舒儒者，所畏在前也。詘，謂圜殺其首，不為椎頭。諸侯唯天子詘焉，是以謂笏為荼。」賈疏云：「按《說文》『儒，柔也。』所畏在前，多舒緩，故云『舒儒者，所畏在前也』。」是以「荼」假借為「舒」，二字必為音近。此與《周禮》二例不同，所謂「荼白」，據顧炎武《日知錄・卷十》云：「按《困學紀聞》，荼有三，『誰謂荼苦』，苦菜也；『有女如荼』，茅秀也；『以薅荼蓼』，陸草也。」又云荼「斷之有白汁」，而「茅秀之荼也，以其白也而象之」，故「《考工記》『望而視之，欲其荼白』，亦茅秀之荼也。」這兩個「荼」字不同，但都讀「舒」音，所以可以知道鄭玄音讀中書母也是讀塞音的。接下來一例，見於《禮記・聘義》「天下無事則用之於禮義，天下有事則用之於戰勝」、「用之於戰勝則無敵」、「勇敢、強有力而不用之於禮義、戰勝」，鄭注：「勝，克敵也，或為陳。」這一段的三處「戰勝」皆「或為陳」。其實「戰陳」就是「戰陣」。然而賈《疏》卻說：「『有事』，謂軍旅數起，故用之於戰鬥，必得勝也。」又云：「『戰勝』，謂公義而戰勝，則前經『戰

勝』，是謂以戰而勝也。」這是爲鄭注「勝，克敵也」作疏，而強爲之解。鄭注說「或爲陳」，應該是當時有版本異文作「陳」字，按其原文皆以「禮義」與「戰勝」對舉，故其字當以「戰陣」爲佳，作「勝」者或因音近而訛。總之鄭玄音讀中「勝、陳」是屬於音近關係。最後一例「檡：澤」，見於《儀禮・士喪禮》「若檡棘」，鄭注：「今文檡爲澤。」這也是異文，雖然無從判斷是否鄭玄讀爲同音，但一來他並未說是字形訛誤，二來更重要的是從總體規律來看，書母與定母在經師音讀中確實可以相通的。〔註49〕

　　另外，我們的統計表中還顯示了4條書明互注的例子，這是很不尋常的。其實這些都不是注音的。這 4 條材料都見於《三禮注》，杜子春、鄭眾各佔 1條，鄭玄有2條。先看鄭玄材料，其一、「木：戍」（1989：170）出自《禮記・檀弓》「公叔木有同母異父之昆弟死」，鄭注：「木當爲朱，《春秋》作戍，衛公叔文子之子，定公十四年奔魯。」這一條注釋虞氏作爲兩條來處理，另一爲「朱：戍」（1989：161），屬於書母與章母的通轉。很顯然，「朱」字誤爲「木」乃是字形訛誤，而《禮記》作「公孫朱」、《春秋》作「公孫戍」乃是異文。因此作爲語音材料，當是「朱、戍」爲音近關係，而「木、戍」實在無論如何不應作爲音注材料處理。而書母與塞音互注，正是經師音讀的特點。其二、《學記》「呻其占畢」，注：「呻或爲慕。」這裏的「呻」，鄭注說是「吟也」，賈《疏》說是「誃吟長咏」，是吟詠誦讀的意思，而或本異文作「慕」，實際上是通「默」，即「默誦」的意思。二者文字不同，但句子意思一樣。接下來看看杜子春的例子，《周禮・春官・小祝》「讚涓」，注：「故書涓爲攝，杜子春云『當爲涓，涓謂浴

〔註49〕通過以上分析，我們發現東漢經師音注中的書母與舌音塞音聲母的互注視較明顯的。高本漢、李方桂等人已舉過大量諧聲例子證明書母讀塞音。然而諧聲時代地域都難確定，因此難下定論。第三章曾舉例郭店楚簡與上博竹書以證古文字、古音，這裏我們也發現古文字中有不少書母字讀塞音的，如「書」字作定母「箸」：一、郭店楚簡《性自命出》「時（詩）、箸（書）、豐（禮）、樂，其司（始）出皆生於人。時（詩），又（有）爲爲之也。箸（書），又（有）爲言之也。」（荊門博物館編《郭店楚墓竹簡》179 頁，文物出版社 1998 年。）二、郭店楚簡《六德》「雚（觀）者（諸）時（詩）、箸（書）則亦才（在）壴（矣），雚者豐（禮）、樂則亦才壴，雚者易、春秋則亦才壴。」三、上博竹書《武王踐阼》「才（在）丹箸（書）」、「夫先王之箸（書）」、「帀（師）上（尚）父弄（奉）箸（書），道箸（書）之言曰」。這些句子都以「箸」爲「書」字。

屍。』」這裏極可能是訛誤字。最後一例是鄭眾，《周禮·考工記》「以涗水漚其絲」，鄭注：「故書涗作湄。鄭司農云『湄水，溫水也。』」按《說文·水部》「涗，《周禮》『以涗漚其絲』。」段注引上述鄭注，然後說：「玉裁按，湄當作渜。《集韻》云『渜或作湄』是也。大鄭從渜，故釋之曰溫水；鄭從涗，故依《禮記》『涗齊貴新』之涗，釋爲以灰沷所水。其說殊矣。許則字從涗、而釋從大鄭。」（1815：561）《水部》「渜，湯也」，又「湯，熱水也」，而鄭眾云「渜水，溫水也」，所以段氏說「許則字從涗、而釋從大鄭」。這麼一來，就顯然「湄」爲誤字了。

以上將書母的互注情況進行了非常細緻的考證辨析。到此似乎可以暫定下經師音讀的書母爲塞音了，而既然是與章母等相配的，則又必然就牽涉到船母的擬音問題。只有將書、船、禪三母的關係理清了才能確保系統的一致性。以下我們再結合具體材料的辨析進行分析。

李方桂曾舉例證明上古船禪其實是一個聲母，只是由於不同方言中的不同音值同時爲《切韻》編者收入而形成兩個聲母，故其擬音爲「上古*d+j- > 中古牀三 dʑ-，或者禪ʑ-」。（1971：15-16）如果我們根據這一觀點，將船母合於王力的禪母ʑ（1985：16），則可以將書母擬爲與章、昌二母相對應的濁音舌面塞音 ḍ-，而其演變爲中古之擦音乃是經由塞擦音 dʑ-。當然，這裏有個問題就是書母若構擬爲上古ḍ- 或 dʑ-，則其如何從原本的濁音塞音或塞擦音變成了中古的清擦音。濁塞擦音的前阻塞部分本來發音就較弱，比較容易脫落，這比較好解釋。只是由濁變清就不太好理解了。然而有一個事實則是，東漢經師音注中書母與定母的交涉數量是比較多的，其次爲透母，與端母的交涉極少。更何況船母在經師音注中一來極少用例，二來確實也多與擦音互注。如船禪互注最多爲4例、船邪其次爲3例，這兩處都多於其自注的2例。另外，還有幾處是與塞音聲母互注的，仍是須要進行辨析。如與章母互注2例，分別爲「實：至」、「示：寘」；又與端母1例「旦：神」；又與定母1例「臀：脣」。以下我們逐一進行辨析。

首先，與章母2例：「實，至」，見於《禮記·雜記》鄭注：「實當爲至，此讀周秦之人聲之誤也。」可見這是周秦地方言的音近而誤，而且顯然鄭玄音讀二字不同音。「實、至」二字同屬質部，唯一不同就是聲母。這裏或許正透露出周秦地方言的船母讀塞音，如章母，而經師音讀船母爲擦音，正是李方桂說的，《切韻》船禪二母之分是由於方言間的異讀造成的，而恰好周秦方言爲漢代影

響力最大的首都方言，又經師音讀作爲讀書人誦經講經的一套讀音系統更在文人間有崇高地位，因此《切韻》編者將這兩種重要方言之異讀雜糅於其書中也不是全無道理和不可能的。總之，鄭玄這裏已經明說了，其音讀系統中中古的船母並非塞音。又一例「示：寘」，見於《禮記・中庸》「治國其如示諸掌乎」，鄭注：「示讀如寘諸河干之寘。寘，置也。物而在掌中，易爲知力者也。」這一條音注應該是改字讀經。按《孟子》云「天下可運於掌」，此處爲「示諸掌」，讀作「置諸掌」，意義都可通。接下來，與端母互注的例子，出自《禮記・郊特牲》「所以交於旦明之義也」，鄭注曰：「旦當爲神，篆字之誤也。」蓋「神」古文字形多不从「示」，故篆體訛爲「旦」字，這是鄭玄在辨字形，而不是注音。這正是本論文所一再提到的，漢代經師嚴守師法不違一字，其師徒間口耳相授爲「神」字音，但是由於隸定文本誤寫作「旦」字，所以經生眼中看的是「旦」字口中仍按照師音「神」，一不改字、二不改讀。而後代注釋家不理解這一特點，轉引漢師音讀時就往往成了「旦音神」，於是就有了黃侃所說的「古音奇胲」的現象。再下來，船母與定母互注，見於《周禮・考工記》「其臀一寸」，鄭注：「故書臀作唇，杜子春云『當爲臀。謂覆之其底深一寸也。』」這是改字，並非音注。而鄭玄完全同意杜子春的意見。這裏的原文是討論度量衡的，正文說：「量之以爲鬴，深尺，內方尺而圓其外，其實一鬴」，鄭注云：「圓其外者，爲之唇。」並精心演算其器之容量，以及各度量單位之進制。〔註50〕而這裏他在上文特別提到「圓其外者爲之唇」，正是要指出下文應該是「其臀一寸」，而不是「其唇一寸」。而其「故書」中的「臀」字誤作「唇」，是字形訛誤，又或者是某經師方音誤讀所致。從總體規律來看，鄭玄的船母與定母不同，因此這裏「臀、唇」也不是同音的。

　　總之，船母字在經師音注中極少，而其最多的互注關係都顯示其爲塞擦音，而非塞音。尤其與禪母互注最多，甚至多於自注。這是一個很能說明問題的現象。因此本論文依據李方桂的意見，並按照王力的系統，擬定東漢船母與禪母爲與章、昌相配的舌面濁擦音 ʑ-。

〔註50〕《世說新語・文學》載：「鄭玄在馬融門下，三年不得相見，高足弟子傳授而已。嘗算渾天不合，諸弟子莫能解；或言玄能者，融召令算，一轉便決，眾咸駭服。」可見演算法，不論是天文、度量都是鄭玄的強項。

　　然而，從材料來看，書母與他聲母交涉的複雜性遠不止此，而柯蔚南特別注意到許慎音注中書母與曉母的 2 例互注，這幾乎就成了他挪用李方桂 *hrj- 擬音的一劑強心針。我們這裏仍是有必要對之進行辨析。另外還有柯蔚南藉以劃分「鄭玄方言」與「許慎方言」兩大東漢方言系統的鄭玄音注中書母與非塞音聲母互注的例子也是需要逐條進行辨析的。

　　首先看看書母與曉母的交涉。柯氏書中列舉的許慎兩條書母、曉母交涉的音注是「豕讀若豨」、「𠸄讀若聲」。前者第三章已經分析過，這其實是楚方言詞彙進入當時通語的一個例子。後者之「𠸄讀若聲」，小徐本作「馨」，段注本據以改字，並注云：「謂語聲也。晉宋人多用馨字。若『冷如鬼手馨，強來捉人臂』、『何物老嫗生此寧馨兒』，是也。馨行而𠸄廢矣。隋唐後則又無馨語。此古今之變也。」（1815：87）蓋《說文・只部》「只，語已詞也」，而「𠸄，聲也，從只。」故段說可從，「𠸄、馨」皆曉母，陸志韋亦云：「《繫傳》『讀若馨』是也。」（1946：192）而柯蔚南於此竟未提及此處的異文，且不見分析。其實，本文統計書母與曉母互注 4 例，除了許慎這 2 例，還有鄭玄 2 例，都是「𪎳：馨」的例子。而柯蔚南卻以許、鄭二人的材料進行分別處理，將鄭玄的書曉互注，以及另幾處書母與非塞音的互注，作爲其書母非塞音的證據。不論出於反駁其構擬，或者是證明經師音讀系統的書母爲塞音，我們都應該仔細辨析這些材料。以下逐一進行辨析。

　　其一、「從：舂：松」，見於《禮記・學記》「善待問者如撞鐘，叩之以小者則小鳴，叩之以大者則大鳴，待其從容，然後盡其聲。」鄭注：「從讀如富父舂戈之舂。舂容，謂重撞擊也，始者一聲而已。學者既開其端意，進而復問，乃極說之，如撞鐘之成聲矣。從或爲松。」這裏是給疊韻連綿詞「從容」注異文，而這個「從容」又是個疊韻擬聲詞，如「轟隆」。所以其或作「從」、或作「舂」、或作「松」，都是以疊韻爲音。更何況連綿詞的字本就常常隨方音不同而有變異，其用字更是不固定。其次，「信：伸」，出自《禮記・儒行》「起居竟信其志」，鄭注：「信讀如屈伸之伸，假借字也。」從今天來看，前舉「勝或爲陳」也是假借字，而鄭玄卻不說「假借」，這是因爲「勝或爲陳」是版本異文，而「信讀如伸」卻不是異文。而值得注意的是鄭玄要明白說出「假借字也」，這是因爲這兩個字通假是當時古書中常見的，是一種慣例。尤其鄭玄要特別說出來，或許正

是由於經師音讀中已經不同音了。再次、「羶：馨」。《禮記・郊特牲》「然後爇蕭合羶、薌。」鄭注：「羶當爲馨，聲之誤也。」《說文・羊部》「羴，羊臭也。羶，羴或从亶。」段注云：「亶聲也。今經傳多从或字。」（1815：147）然而不論是「羴」，或是「亶聲」之「羶」，都與「馨」音隔較遠。況且如上述許愼「职讀若馨」，則「馨」確實讀曉母。從鄭注看來，這裏或者是「薌當爲馨」之誤。我們看看《禮記》的原文，這是解釋周禮之異於殷禮、有虞氏之禮的，說：「周人尙臭，灌用鬯臭，鬱合鬯，臭陰達於淵泉。灌以圭璋，用玉氣也。既灌，然後迎牲，致陰氣也。蕭合黍、稷，臭陽達於牆屋，故既奠，然後焫蕭合羶薌。」鄭注全文爲：「灌，謂以圭瓚酌鬯始獻神也，已，乃迎牲於庭殺之，天子諸侯之禮也。奠，謂薦孰時也，《特牲饋食》所云『祝酌奠於鉶南』是也。蕭，薌蒿也，染以脂，合黍、稷燒之。《詩》云『取蕭祭脂』，羶當爲馨，聲之誤也。奠或爲薦。」將周禮的程序講得很清楚。賈《疏》解釋「蕭合黍、稷」說：「取蕭草及牲脂膋合黍稷燒之也。」又解釋「焫蕭合羶薌」說：「於是又取香蒿，染以腸間脂，合黍稷燒之於宮中。」這就是鄭注所謂「《詩》云『取蕭祭脂』」之意。而「羶，羊臭」、「薌，穀氣」，從意思上說正合適。如果以「羶」改爲「馨」字，按照賈《疏》說的「馨香，謂黍稷」，雖然與前文「蕭合黍、稷」相符合，但下來就不應該說「然後焫蕭合羶薌」，更何況這麼一來，鄭注「《詩》云『取蕭祭脂』」也就沒了著落。所以，本文懷疑鄭注本來應該是「薌當爲馨，聲之誤也」。按《說文・香部》「馨，香之遠聞者，从香」，又「香，从黍。《春秋傳》曰『黍稷馨香』。」也可泛指「穀氣」之香。所以「馨、薌」二字義或可通，字音也很接近，所以鄭注說「聲之誤」。最後，「攘：饟」，見於《詩經・小雅・甫田》「田畯至喜，攘其左右，嘗其旨否。」鄭《箋》：「攘讀當爲饟。饁、饟，饋也。田畯，司嗇，今之嗇夫也。喜讀爲饎。饎，酒食也。」接著又解釋詩義說：「爲農人之在南畝者，設饋以勸之。司嗇至，則又加之以酒食，饟其左右從行者。」可見這是改字，按今天的理解就是解釋通假字。只是叫人不明白的是「攘、饟」二字，《廣韻》一屬日母、一屬泥母，本來就音近。而柯氏卻以「饟」爲書母字，不知道有何根據。然而這裏鄭玄音讀中「攘、饟」二字分屬日、泥母，屬於音近，關於日母和泥母、心母互注數量比較多的情況，我們上文已經做過了分析。

至此，我們對柯氏認爲足以證明東漢書母非塞音的材料都逐一進行了辨

析，並且認爲都是不能成立的。另外，對於書母與塞音聲母字的互注，前述柯書舉高誘材料爲 4 條聲訓，其實高誘音注中確實有兩條，其一《時則》注：「湛讀審釜之審」，其二《俶眞》注：「薑讀解釋之釋」。前者爲書母與定母，柯書誤錄爲「潘」字，其對音爲「湛*təm，drəm > təm，dǎm　潘*thjəm:> tśhjəm:」。（1983：233）這是因爲「潘」屬昌母，與其主張東漢章、昌、船爲塞音聲母正相符合。而後者則是柯書材料漏收的，爲透母與書母的互注。

5.3.7　噝音聲母與其它輔音的互注（兼論曉母與明母）

噝音（sibilants）指舌部的擦音，包括舌尖、舌面，它比擦音（fricatives）的範圍小。這是西方語音學研究中常使用的概念。我們這裏爲了同時分析柯蔚南的擬音，就按其書的分類進行討論。柯書中所說的噝音指的是心母、山母與邪母。關於這幾個聲母的互注情況，我們在上文已經指出過，尤其是心母的互注情況是所有聲母中最複雜的。這從統計表中很清楚地看得出來，同時我們也在上文對於當中心曉、心余的互注作出了解釋，結論是那些都是當時北方一些方言的特點，尤其以齊語爲主。然而柯書顯然不考慮這些複雜的漢代方言因素，雖然他的書中屢屢稱「某某人方言」和「某某地方言」，但顯然他並未對經師材料中的方言信息進行過整理。因此他對心母的複雜互注關係進行了各種設想，並引李方桂、包擬古的擬音設置了 *sdj-、 *sk-、*sm-、*sn- 等一系列複輔音聲母，甚至還模仿蒲立本、包擬古爲「自讀爲鼻」制定了 *sb-聲母。（1983：50-53）這一點我們在前文已經進行過反駁。然而正如其所說：「對於音注方言裏中古 ts-、tsh-、dz- 和 s-聲母，在絕大多數情況下是可以直接投射於東漢時期而不須任何變化的。這對於中古 z-聲母也是如此，這個聲母在很多這些方言裏都經常與中古噝音有接觸。」（1983：50）而他之設置這一系列複聲母卻往往只爲了一兩條材料的音注。對於這些少數例外，與其從文字訓詁角度尋求其構成原因並進行解釋，他的做法卻是簡單地按《廣韻》反切注音、再以其不同聲母進行相加得出東漢的複聲母。更甚者，一旦有機會則一定將他的東漢複聲母附會於李方桂或包擬古所構擬的上古漢語乃至原始漢語音系之中，如前所舉船、禪二母的例子即是。

我們首先看一看他所構擬的*sm-與*smr- 兩個聲母，他舉的證據是《白虎通義》、許慎與鄭玄的聲訓「喪：亡」，以及《白虎通義》與許慎的聲訓「戌：

滅」〔註51〕，並說：「這裏我們可以跟隨李方桂（1971：19）爲《白虎通義》方言構擬中古 s- 爲東漢*sm-。許愼 1006 和 1215 很可能是引自《白虎通義》的，因此是否應該在其基礎上構擬 *sm- 是不確定的。然而正如我們將在下文第 5.6 節看到的，許愼方言中應該存在一個 *smr- 輔音叢；而這正好主張他的方言中應該也存在 *sm-。」（1983：52）〔註52〕而其所謂「許愼方言」之 *smr- 的證據，即「霜：喪」、「爽：明」兩條聲訓，且說：「根據李方桂（1971：19）我們應該可以假設這些例子中的中古 ṡ- 是東漢*smr- 演變來的。」（1983：54）〔註53〕至於鄭玄他則指出由於只有一條 *sm- 的證據，且極可能也是引自《白虎通義》的，因此不應該爲其方言設置這個複聲母。（1983：52）

　　關於「喪、亡」二字，《說文・哭部》「喪，亡也，从哭、亡。」段注本加「亡亦聲」，說：「此從《禮記》『奔喪之禮』，《釋文》所引。」（1815：63）故許多古音學家都主張「喪、亡」爲諧聲關係，並由此構擬上古漢語的 sm-聲母。這一點于省吾主編《甲骨文字釋林》中已經明言「本从桑聲，……其所从之兩口是代表器形，乃採桑時所用之器。」且稱其字形「爲採桑之本字」。另外，趙彤並根據近年發表的楚簡中古文字形明確地反駁「喪从亡聲」之說，他說：「楚簡中『喪』有三種寫法：😀、😀、😀。〔註54〕第一種寫法直接繼承甲骨文，第二種寫法加『亡』，第三種寫法加『死』，从『亡』从『死』顯然是同義意符互換。可見，《說文》根據小篆對『喪』字字形的分析完全是錯誤的。」另外甲

〔註51〕原文「戌」誤作「戍」。

〔註52〕原文是："Here, following Li（1971：19）we may reconstruct MC s- as EH *sm- for the BHTY dialect. Xu 1006 and 1215 may well be quotes from the BHTY, and it is thus uncertain whether or not *sm- should be reconstructed on the basis of them. However, as we shall see in section5.6 below, Xu Shen's dialect probably had a cluster *smr- ; and this suggests that *sm- may also have existed in his language."

〔註53〕原文是："Following Li（1971：19）we may suspect that MC s- in these examples derived from EH *smr-."

〔註54〕按原文注釋此三字形出處分別爲：一、《上海博物館藏戰國楚竹書・民之父母》第 6、7、11、12 簡。二、《郭店楚墓竹簡・語叢一》第 98 簡，《語叢三》第 35 簡。三、《郭店楚墓竹簡・老子》丙本第 8、9、10 簡，《性自命出》第 67 簡，《上海博物館藏戰國楚竹書・性情論》第 29 簡，《民之父母》第 9、13、14 簡。

骨文「桑」、「喪」字形分別爲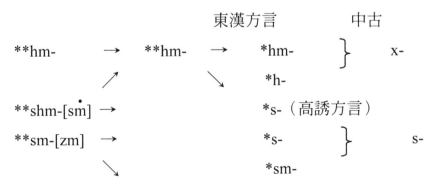、，因此趙彤說：「喪從桑聲是很清楚的。」〔註55〕所以正如趙文所指出的「從『亡』從『死』顯然是同義意符互換」，而不是諧聲。此外，《戌部》「戌，滅也。」段注云：「毛詩傳『火死於戌，陽氣至戌而盡。』故威從火戌，此以威釋戌之旨也。」（1815：752）因此高誘注《淮南子·天文》亦云：「戌者，滅也。」這是因爲周曆建寅，戌爲九月季秋，過後便是入冬，所以釋義爲「滅也」，這是說明「戌月」得名之由，且《火部》「威，滅也。從火戌。火死於戌，陽氣至戌而盡。」段注云：「火生於寅、盛於午、死於戌。」（1815：486）正是這個意思。這裏主要是進行了「滅」從「戌」的字形分析。更何況其本爲聲訓，不應按音注材料進行字對字的擬音。

又《說文·雨部》「霜，喪也」、《爻部》「爽，明也」，均是聲訓。非常值得注意的是我們的統計表也清楚表明東漢經師音讀中的明母並不和曉音進行互注。這是很能說明問題的。其實柯氏自己也曾說過：「在音注方言中，中古唇音聲母與其他發音部位的聲母之間的接觸是極爲罕見的。」（1983：43）而且事實也眞是如此。只是柯氏根據李方桂爲諧聲時代構擬的*sm-、*sn-、*sl- 等（1971：24-25），而雖然僅僅找到三兩條聲訓材料也還是毅然決然設置了東漢末的*sm-、*sn- 等。這顯然就有刻意附會的嫌疑。

其實柯氏的設想遠遠不止如此，對於套用李氏的擬音，柯氏在這裏還是一貫地進行擴充與補貼而形成一系列由原始而上古而中古的聲母演變序列，如從上述 *sm- 的基礎上他還另外根據經師材料中 x-與 s-和 m- 的交涉設計了如下序列：（1983：67）

柯氏之所以推導出這麼一套序列，其證據之不足還是一回事，更重要的是

〔註55〕趙彤《利用古文字資料考訂幾個上古音問題》，載於《語言研究的務實與創新——慶祝胡明揚教授八十華誕學術論文集》，外語教學與研究出版社 2004 年。

他仿佛是先入爲主地先假設李方桂的擬音爲不爭的事實。實際上則他前後僅僅就以高誘的幾條音注爲證據在自說自話。他說：「在高誘的音注中中古 x- 與東漢*m- 有接觸：『95 詤 xwâng，xwâng：　妄 mjwang- ；106 惽 xwən　悶 mwən- ；107 湣 xwən　汶 mjwən-，mjen。』這裏我們可以和李方桂（1971：14）同樣懷疑中古 x- 來源於更早的*hm-。然而，我們還應該注意以下例子：『高誘 70 徽 xjwei　繸 tshwəi ；71 徽 xjwei　綏 swəi-。』這裏的『徽』字正是李方桂所爲之構擬上古**hm- 的例子，但是在高誘的語言中這個字不太可能是這個聲母。實在的，在高誘的方言中顯然是一個噝音聲母。而我們可以猜測其音值爲東漢*s-。」（1983：66-67）〔註56〕然後就據此設計出了上述那一大套聲母演變序列，甚至無須證明 *xm-聲母是否成立，仿佛這已是不證自明的既定事實。

　　關於他提到的幾個高誘材料，這裏我們仍是以材料爲主進行深入辨析。

　　「詤：妄」，出自《呂氏春秋・知接》「無由接而言見，詤」，高誘注：「詤，讀爲誣妄之誣，億不詳審也。」按《說文・言部》「詤，夢言也。从言㦯聲。」段注引高注並說：「按讀詤爲誣者，正如亡無通用，慌憮通用也。」（1815：99）不知柯氏是根據哪一個版本而以「詤、妄」二字爲注。《說文・言部》「誣，加也」，段注：「玄應五引皆作『加言』。……云加言者，謂憑空構架，聽者所當審慎也。按《力部》曰『加，語相增加也，從力口。』然則加與誣同義互訓，可不增言字。」（1815：97）而《女部》「妄，亂也。」若按照《呂覽》原文來看，「瞑者目無由接也；無由接而言見，詤。」這是指無中生有之言，即「加言也」，故高誘訓爲「誣」。「誣、妄」均屬明母，此或是同義換讀。

　　「惽：悶」，出自《呂氏春秋・本生》「下爲匹夫而不惽」，高注：「惽，讀憂悶之悶。」按《晏子春秋・內篇・問上》「荆楚惽憂」，王念孫《讀書雜志》云：

〔註56〕原文是："MC x- has contacts with EH *m- in the glosses of Gao You:'95 詤 xwâng，xwâng：　妄 mjwang- ；106 惽 xwən　悶 mwən- ；107 湣 xwən　汶 mjwən-，mjen .' Here we may suspect with Li（1971：14）that MC x- derives from earlier *hm- . However, we should also note the following examples:'高誘 70 徽 xjwei　繸 tshwəi ；71 徽 xjwei　綏 swəi- . 'The word '徽' is of the type Li would reconstruct with OC **hm- , but this could hardly have been its initial in Gao You's language. Indeed, it would appear to have been begun with a sibilant in his dialect, and we can guess that this sound was EH *s-."

「案惛者，悶之借字也。《呂氏春秋・本生篇》『下爲匹夫而不惛』，高注曰『惛，讀憂悶之悶。』故曰『荊楚惛憂』。孫引《說文》『惛，不憭也』，亦非。」（1832：69）這與高注《呂覽》同。然而于省吾《晏子春秋新證》卻有不同意見，他說：「按孫說既非，王說亦誤。『悶憂』不詞，且國不應以悶憂爲言也。『惛』應讀作『聒』，古『聞』字，《說文》古文『聞』作『聒』，《玉篇・耳部》『聒、耚並古文聞』，虞世南《夫子廟堂碑》『似耚簫韶之響』，《魏三體石經》『古文聞作耚』，隸古定《尚書》及《汗簡》同，金文通作『聒』，盂鼎『我聒殷述命』，蔡殷『外內毋敢有不聒』，者㵒鐘『聒于四旁』，郘王子桐鐘『聒于四方』，懷石磬『有聒于百方』，均其證也。《呂氏春秋・知分》『余何憂於龍焉』，注『憂，懼也』，『憂』與『懼』義相因。『荊楚聞憂』，言荊楚聞而恐懼也。上云『吳越受令』，文正相對。」〔註 57〕所以，按照于說則高注中的「讀憂悶之悶」亦應是「讀憂聞之聞」。其實于氏不必改字，其實「悶憂」、「憂悶」、「惛憂」都是連綿詞。按《說文・心部》「怋，怓也」，段注云：「讀若民，如今音則與惛無別矣。」（1815：511）又《心部》「怓，亂也」，段注：「《大雅・民勞》毛傳曰『惽怓，大亂也。』惽當作怋。」（1815：511）又許書引《詩經》「已謹怋怓」，段注又云：「怋怓爲連綿字。《說文》古本當是怋篆下云『怋怓，亂也』，怓篆下云『怋怓也』，而引《詩》在怋篆下。」（1815：511）而且《說文》中「怋、怓」二字緊挨，與許書解釋連綿詞的體例相一致。因此「怋怓」、「惛憂」、「悶憂」同是不雙聲不疊韻連綿詞，前一字或聲韻皆近；後一字則取韻焉，《詩經・大雅・民勞》「無縱詭隨，以謹惽怓。式遏寇虐，無俾民憂」，正以「怓、憂」爲韻。「惛」字本或作「惽」，今本《詩經》字作「惽怓」，《經典釋文》注「惽，《說文》作怋」，所以這個字本來就讀 m-。連綿詞是依聲音而得義的，所以「惛憂」就讀「悶憂」。因此，這裏的高注《呂覽》是注音兼釋義。

「湣：汶」，見於《淮南子・氾論》「泯王專用淖齒而死於東廟」，高注：「泯，讀汶水之汶。」這裏，我們根據劉文典的校本作「泯」。然而，無論是「泯」或是「湣」，均有 m-聲母一讀，「泯」字《廣韻》「武盡切」屬明母眞部，而「湣」字不見於《廣韻》，《集韻》「美隕切」、「眉貧切」、「眠見切」、「呼昆切」四讀，

〔註 57〕于省吾《雙劍誃諸子新證・卷一》，中華書局 2009 年。

而以 m- 讀爲主。不知爲何柯氏卻堅持其上古僅 x-聲母一讀。其實同理，上例「悟」字《廣韻》也兼收 x-與 m- 二讀，而柯氏卻都只取 x-聲母的讀音，卻不分析原因，更未注明其異讀，其目的僅僅是爲了求得其設計上述演變序列的所謂「證據」，這是很不科學的做法。

至於與「徽」字相關的兩條高誘音注，也是他主張高誘曉母音值的特殊性，並且專門爲之設置了一個 **shm-聲母作爲其更早源頭的「證據」。在此，我們也進行一番材料辨析。

「徽：維」、「徽：繰」2 條。其中「徽：維」一條，「維」字《廣韻》「蘇內切」，屬心母，而「徽」字屬曉母，爲曉母、心母互注。這正是我們前面提過的，顏之推所批評的：「通俗文曰『入室求曰搜』。反爲兄侯。然則兄當音所榮反。今北俗通行此音，亦古語之不可用者。」我們證明了這是齊地方言的特點，而且其影響地域似乎一直在擴大。下面我們具體看看這兩條注釋。《淮南子・修務》「參彈復徽」，高注：「徽讀維車之維。」又《淮南子・主術》「鄒忌一徽」，高注：「徽讀紛麻繰車之繰也。」張雙棣《淮南子校釋》引李哲明的話，證明「繰車當作維車。」（1997：905）〔註 58〕其實高注中「衰聲」字音注有多處，都是以「維」爲音注字的。如《本經》「衰経」，高注：「衰讀曰崔杼之崔也。」又《氾論》「黃衰微」，注：「衰讀繩之維。」這裏有脫字，吳承仕認爲應該是「讀維繩之維」（1924：58）〔註59〕另外，《原道》「雪霜滾瀣」，注曰：「滾讀維繩之維。」吳承仕又說：「滾瀣，字又作浚濊。」（1924：36）因此，可見高誘音讀中「繰、維」二字同音。而且「浚」字《廣韻》「息遣切」，讀心母，更可以證明高誘音讀中《淮南子》的「繰、滾、衰」這幾個字都讀心母，因此與曉母互通。這是北地方言的特點。值得注意的是，《淮南子》的寫作是在南方楚地，其中有許多楚方言詞彙，但這裏卻以北方方音來讀字，顯然這是馬融、高誘師徒以自己的方音來讀《淮南子》。這一點，我們如果聯繫第三章討論的「劉，讀留連之留，

〔註58〕「驚彈者，急彈也。本篇『魚的水而驚』，注『驚，疾也。』《文選・羽獵賦》『徽車輕武』，注『徽，疾貌。』徽有疾義，故訓驚彈。揚雄所謂『高張急徽』者也。紛麻不甚適，紛當作績，繰車當作維車。《修務篇》『參弦復徽』注『徽讀維車之維。』可證。」

〔註59〕「『衰，讀繩之維』，繩上奪一維字。《原道訓》『雪霜滾瀣』，注云：『滾讀維繩之維。』與此正同。《說文》『筵，維絲筦也。』維繩與維絲同意。」

非劉氏之劉」以及「蛟、交」的譬況注音，就更加清楚了。

於是，經過這一番辨析，我們可以確信東漢經師音讀系統中的心母爲 s- 而明母爲 m-，其中較多心曉互注的例子是受方言影響的音讀，而似乎除了高誘明顯有以這樣的方音來注音以外，其餘經師似乎都不接受這樣的方言字音，其中如鄭玄更明顯說這是方言的「聲之誤」。所以我們只將這作爲局部的方言影響，卻不能作爲構擬經師音讀系統中心母的主要因素。

第六章 東漢經師音讀系統的音系分析（二）

6.1 韻部系統分析

　　關於東漢經師音讀材料的韻部系統特點，我們在討論經師音讀的基礎音時已經進行過一些分析。其中幾個韻部體現的都是漢代的韻部特點，然而也指出了當中還同時受到不少來自不同方言的影響。而這些影響當中又以齊語的影響最大。關於齊語影響的問題，當然我們的材料中鄭玄一人就佔了三分之一還多，加上杜子春、鄭興、鄭眾，即使拋開鄭玄《詩經》的材料，這些《三禮》材料的總數就幾乎佔了一半。漢初齊地是禮學重鎮，其影響深遠，這形成了我們材料中齊語痕跡如此顯著的原因。但是這並不能說我們的材料傾向就有所偏差。若是從漢代經學史的角度來看，我們引過《漢書・藝文志》的話：「《蒼頡》多古字，俗師失其讀，宣帝時徵齊人能正讀者。」所謂「齊人正讀」，可見西漢中期以後仍以是齊地經師的讀音為標準。而且西漢十四家博士官，也多是齊學。〔註1〕所以經師音讀中多齊音，那絕對是合情合理的。這一點，我們在討論聲母

〔註1〕《公羊傳》、《齊詩》自然都是齊學，這很清楚。另外，史載「伏生以《尚書》授濟南張生及歐陽生」，其中歐陽高又傳夏侯勝、夏侯建，也都是齊人，所以十四博士官中的《書經》三博士「歐陽、大小夏侯」都是齊學。至於《易學》博士，施、孟、梁丘三家中的施仇、梁丘賀也都是今山東人。而且漢代通行的《論

時也指出了一些。

在討論具體韻部的問題之前，我們這裏仍是先就經師音讀材料的韻部總體規律進行一些討論。首先，從韻部表十來看，除了非常明顯的對角同質線的總體規律外，我們還指出過陰入對轉的規律也是很突出的，這體現在陰聲韻與入聲韻交叉的方框內的對角線上。然而我們不能只停留在僅僅是這樣的解釋。對於這種陰入對轉格局的實質是甚麼，我們還是必須得解釋清楚。我們前文就一再提出，經師注釋音讀，表示其誦經講經的實際字音。這不像詩歌由於是詠唱的，所以只要主元音和諧，聲調與韻尾可以通過曲調的調節而構成押韻。如短促的入聲及其塞音尾可以通過慢調或者拉長的尾音而變得像舒聲，而曲調的高低升降更能影響字的聲調。顧炎武《音學五書》說「古人四聲一貫」就是這個意思。但是經師注經不同，所以陸志韋也一再強調「雙聲不能爲讀若」。然而，另一種解釋就是入聲塞音尾脫落而與變成陰聲韻。但是，很顯然，我們從韻部表中能夠清楚看出入聲 –p、-t、-k 三種塞音尾之間的界限分明，絕少越線互注的。這表明了入聲尾仍是存在的。

其實這種格局的產生是與去聲的產生有關的。我們知道，王力主張上古音的四聲爲平、上、長入、短入。而長入就是後來的去聲。至於漢代的情況，王力《漢語語音史》提出漢代仍是沒有去聲的，他說：「現在我從六個方面來證明漢代沒有去聲。」（1985：115）而他所舉的證據都是漢代的詩賦。但恰恰是以兩漢韻文爲研究對象的羅常培、周祖謨《漢魏晉南北朝韻部演變研究》中卻主張漢代已經產生了去聲。（1958：65-69）這就是以韻文研究上古聲調的問題。然而，我們如果是以經師讀經的字音的話就比較能夠確定了。舉例說明，《禮記·少儀》「毋報往」，注：「報讀爲赴疾之赴。」先秦「赴」字入聲，鄭玄注說與去聲幽部「報」字同音。按「赴」字《廣韻》去聲「芳遇切」，遇韻三等，屬於先秦侯部，按照漢代演變應該轉入魚部。我們上文提過經師音讀中有不少侯部一三等都轉入幽部的。這正是一個例子。又《周禮·考工記》「夫筋之所由幨」，注：「故書筋或作薊。鄭司農云『當爲筋。』」其中「薊」字爲先秦月部字，《廣韻》「古詣切」，屬霽韻；而「筋」爲文部字。首先，陽入互注在經師音讀中本就不多，更何況二者聲音也相差較遠。其實這裏仍是「薊」字脫落入聲尾變爲

語》就有「齊論」。可見當時齊地實在是漢代的經學重鎮。

去聲，又因齊語陰聲韻與陽聲韻混同，如「殷讀如衣」，所以「薊、筋」也就可以相通了。又《周禮·考工記》「大胸燿後」，注：「燿讀爲哨。」同樣的「燿」爲先秦藥部，《廣韻》「弋照切」，去聲笑韻；「哨」爲宵部去聲。正因爲長入「燿」字變成了去聲，所以能夠與「哨」同音。至於它們聲母的差異，「燿」爲余母、「哨」爲心母，則是上章討論聲母時提過的顏之推所批評的「今北俗通行此音」的現象。像這樣先秦長入與陰聲字互注的音讀還有很多，如《禮記·曲禮》「斂髮毋髢」，注：「髢或爲肆。」又《禮記·檀弓》「杜蕢自外來」，注：「杜蕢或作屠蒯。」又《禮記·禮運》「故功有藝也」，注：「藝或爲倪。」又《禮記·大學》「一人貪戾」，注：「戾或爲吝。」又《禮記·射義》「使子路執弓矢出延射」，注：延或爲誓。」尤其最末二例也是陽入對轉的例子。若不是長入已經變成陰聲韻去聲，實在無法解釋這樣的音讀。另外，這樣的現象也見於其他經師音讀材料，如數量也比較多的許慎《說文》讀若。《口部》「啻讀若鞮」，這個讀若上一章討論過，正是書母與端母互注的例子，也是我們證明經師音讀系統中的書母爲塞音的一條證據。只是當時沒有涉及韻部與聲調。其實「啻」字爲先秦錫部，《廣韻》去聲寘韻「施智切」，屬於支部；「鞮」爲支部平聲。從聲調統計表我們就能看出，經師音讀中平去互注的例子非常多，再加上原屬於長入而此時已轉爲去聲的那一部分字，實際數量比統計表還要多。這一點我們在下文討論聲調時再分析。又《說文》中顯示長入已轉爲陰聲韻的還有不少，如《辵部》「達讀若害」、《言部》「譠讀若畫」、《角部》「觿又讀若鐍」、《木部》「欄讀若杝」、《貝部》「賄讀若貴」、《虫部》「蝓讀若戾艸」。其中值得一提的是，「觿又讀若鐍」我們在上一章也討論過，即不論從聲母或是韻母來說，這都是齊地方言的特點。另外「蝓讀若戾艸」，這一條音讀也和上一條同樣，段玉裁和陸志韋似乎都有意避開問題的實質不談。段玉裁說：「雙聲也。」（1815：670）而陸志韋說：「《玉篇》以『蜧』爲正文，『蝓』爲重文。」（1946：195）然後根據「蜧」字進行對音。其實這裏也和此前討論的「觿又讀若鐍」一樣，一則是長入轉爲去聲，然後是受齊地方音影響「蝓讀若戾」。當然，我們並不是說許慎是以齊語讀經，更不可能是以齊音著《說文》，但是《說文》讀若中有齊音的影響這一點是肯定的，如《雨部》「霹讀若斯」，按《廣韻》「霹」字爲霽韻「蘇佃切」〔註2〕，

〔註2〕《宋本廣韻》反切誤作「蘇田切」。

而許慎讀若「斯」，這正是齊語的特點。另外，《詩經・小雅・瓠葉》「有兔斯首」鄭箋：「今俗語『斯白』之字作『鮮』，齊魯之間聲近斯。」而《邶風・新臺》更以「瀰、鮮」押韻。可見，一來齊語確實影響很大，甚至進入了通語中的日常口語，即鄭玄所謂「今俗語」云云，二來經典誦讀中齊語的影響更是不可低估，甚至影響了經典用字。從以上分析的這幾個例子來看，我們更能體會方言音讀對於解釋這些經師注釋的關鍵作用，以及漢語歷史發展過程中方言的複雜性以及影響於通語和文人音讀的深度和廣度。

　　以上我們通過不少例子的分析，證明了經師音讀材料中先秦的長入確實已經轉爲去聲。同時也解釋了韻部表中陰入對轉互注數據如此顯著的現象的眞實含義。接下來，我們具體討論個別韻部中的問題。

6.1.1　之支脂微四部的互注

　　我們的韻部統計表顯示之支脂微四部都各有互注的例子，然而除了脂部與支、微的數量較多以外，其他互注關係的數量都極少。關於這四個韻部的分合遠近關係，王力和羅、周都各有詳細的論述。首先，羅、周書中的用韻表顯示，兩漢時期的之支兩個韻部是不通押的（1958：46、56）。之部始終是較多與幽、魚二部通押；至於支部，則西漢多與歌部通押，東漢則與脂部（包括王力脂微兩部）通押較多。而關於它們的演變，王力在討論「隋唐音系」時提出：「脂之合流較早，南北朝已經有端倪；支與脂之合流則較晚，甚至晚得多。初唐時期，在詩人用韻中，支韻還是獨立的。……微韻獨用，有詩人用韻爲證。」（1985：216）同時，周祖謨《魏晉宋時期詩文韻部研究》一文也說：「依照兩漢分韻的情形來看，脂支兩部字都有齊韻字。……這兩類字在兩漢時期分別很嚴，很少通押。……到了三國時期，脂支兩部的齊韻字仍然有分別。」〔註3〕周祖謨的兩漢三國脂部包括王力的脂部和微部，但是按照王力《漢語語音史》先秦、漢代的「韻部例字表」來看，《廣韻》齊韻字則只分布於脂部和支部。

　　從我們的韻部表來看，之支兩部的互注只有3例，確實極少。然而從羅、周與王力的論述來看，支部應該是獨立性較強的，甚至到唐代仍是如此。但我們的統計表卻顯示支部與脂部的互注數量非常突出，共有19例。這就與上述諸

〔註3〕《周祖謨學術論著自選集》207頁，北京師範學院出版社1993年。

人的意見不相符合了。首先我們來看一看之支互注的 3 例，分別爲許慎 1 例、鄭玄 2 例。鄭玄的例子分別見於《儀禮・鄉射禮》「執觶者洗，升實觶。」注：「實觶，觶爲之。」又《禮記・內則》「則釋而煎之以醢」，注：「醢或爲醯。」這裏《儀禮》的注就像此前討論的例子，《特牲饋食禮》「尸祭酒，啐酒。」注：「今文曰啐之。」這是表示同樣的意思。而且像「祭酒，啐酒」這樣的句子，其中的「酒」字就極可能是加重文號來表示。至於《禮記》的例子，這一整篇談的是給食物進行處理以及調味，孔穎達《正義》說：「總論飯、飲、膳、羞調和之宜。」而「醢」、「醯」都是調味料。所以通篇都是「調之以醯醢」、「乃內醯醢」「食之以醢若醯」，又有時單舉「醢」、有時單舉「醯」，甚至鄭玄都表現出少見的搞不清程序的情況。如經文「搗珍：……柔其肉」，鄭注：「柔之爲汁和也。汁和亦醯醢與？」而孔穎達則出來給他解釋說：「以上炮豚炮牛羊，調以醯醢；下漬亦食之以醢若醯，故知搗珍，和亦用醯醢。」其實是孔穎達想得簡單了。炮歸炮、漬歸漬，未必搗珍就得用醯醢，何況前文還有單用的，尤其更上文說「膾」就提到「和用醢」、「實諸醢以柔之」，這才是使鄭玄產生疑問的眞正所在。而鄭注「醢或爲醯」的這一段，是討論「爲熬」，鄭注：「熬，於火上爲之也。」而我們引的一段經文，孔《疏》說：「言食熬之時，唯人所欲，若欲得濡肉，則以水潤釋而煎之以醢也。」其實，正如上面舉「柔其肉」的情況一樣，雖然上文提到「淳熬」時提到「煎醢」，但這裏說的是「煎之以某」，情況畢竟不同，所以鄭玄並存異文。這樣的異文，也許是脫落形成，也許是經師的不同解釋。更何況「醢、醯」本來就是兩種東西，這樣的異文與字音無關。至於許慎的例子，《口部》「哇，諂聲也。讀若醫。」段注說：「醫在第一部，相隔甚遠，疑是翳字。」（1815：59）陸志韋也主張要改爲「翳」字，但他另外還提到：「或以象聲字故。」（1946：255）這也許是一種解釋。總之，之支互注的例子只有 3 條，而其中鄭玄的 2 例也都不是注音的。這一點，與漢代韻文的情況相符。

　　下面，我們看一看支脂互注的 19 個例子。非常值得注意的一點是，這 19 例幾乎很平均地分佈於所有經師的材料中。其中杜子春 1 例、鄭眾 2 例、許慎 4 例、鄭玄 4 例、服虔 2 例、高誘 6 例。另外，加上上文提到的先秦長入轉入去聲的脂錫互注的鄭玄 2 例，一共是 21 例。其中最關鍵的是許慎與高誘的例子，

如高誘的 6 個例子，當中的脂部字有 5 個是《廣韻》四等齊韻字，而 1 個是《廣韻》支韻字。如《淮南·原道》「非謂其底滯而不發」，高誘注：「底讀曰紙。」又《時則》「腐草化爲蚈」，注：「蚈讀奚徑之徑也。」又《說林》「若蚈之足」，高注：「蚈讀蹊徑之蹊也。」又《精神》「素題不枅」，注：「枅讀雞枅。」又《主術》「短者以爲朱儒枅櫨」，注：「枅讀如雞也。」又《呂氏春秋·孟多紀》「固封璽」，注：「璽讀曰徙。」這些音注中的「底、若、枅」都是四等齊韻字、「璽」是三等支韻字。另外，許慎的 4 例，《卜部》「卟讀與稽同。《書》云『卟疑』。」這就是現在的「乩」字，段注說：「俗作乩。」（1815：127）「卟、稽」都是《廣韻》四等齊韻字，而前者先秦屬支部、後者爲脂部。又《大部》「夵讀若氏」、《手部》「揥讀若抵掌之抵」、《匸部》「匸讀與傒同」。「夵」字從氏聲，諸家歸部不同，陸志韋收入脂部（1946：260），郭錫良歸入支部（1986：79）。但是，「夵」字既然已「从氏聲」，許慎又何必說「讀若氏」，則顯然「夵」字有不同讀音，而更可能是這兩個讀音是不同方言、或不同讀音系統的。否則如果是異讀字，許慎就應該說「讀又若某」、「一曰讀若某」。所以如果我們聯繫王力和羅、周的研究結果來看，顯然經師音讀系統中的脂支兩部情況和漢代韻文的用韻情況不同，經師音讀中的脂部齊韻字和支韻字都已經和支部合併了。而韻文用韻的情況則是：「這兩類字在兩漢時期分別很嚴，很少通押。⋯⋯到了三國時期，脂支兩部的齊韻字仍然有分別。」另外，鄭玄等人的材料也顯示這樣的情況，如《周禮·春官·小祝》「彌災兵」，注：「彌讀曰敉。」又《周禮·春官·男巫》「春招弭」，注：「杜子春讀『弭』如彌兵之彌。」又《禮記·問喪》「雞斯」，注：「雞斯，當爲笄纚，聲之誤也。」另外，還有服虔的材料 2 例，《漢書·杜周傳》「業因勢而抵陒」，顏師古《漢書注》：「服虔曰『抵音紙』。」又《史記·絳侯周勃世家》「太后以冒絮提文帝」，《索隱》曰：「服虔云『提音弟，又音啼。』」這裏值得注意的是服虔說「提」讀「弟」或「啼」。「提、啼」爲支部、「弟」爲脂部，但都是《廣韻》四等齊韻字。但顯然「弟、啼」不同音，而按照經師音讀支脂二部的齊韻字已經合併，況且服虔也注「抵音紙」，所以這裏「弟、啼」的區別就只在於聲調。「弟」爲上聲字、「啼」爲平聲字。這與許慎說的「盍讀若灰，一曰若賄」一樣。這也可證明東漢經師音讀是很重視辨析聲調的。

至於脂微兩部的分合情況，13 例互注之中鄭玄佔了 11 例、許慎 1 例、高誘 1 例。然而鄭玄的 11 例大多出現在《儀禮》互校今古文的注釋中，而不是注音的。何況其中有 6 例是「啓：開」。如《儀禮》的 5 例，《士昏禮》「贊啓會」，注：「今文啓作開。」又《既夕禮》「請啓期」，注：「今文啓爲開。」又《既夕禮》「啓之昕」，注：「古文啓爲開。」又《士虞禮》「啓會」，注：「今文啓爲開。」又《士虞禮》「啓戶」，注：「今文啟爲開。」這是同義的異文。另外《少牢饋食禮》「眉壽萬年」，注：「古文眉爲微。」又《士喪禮》「進鬠」，注：「古文鬠爲耆。」這些都是無法斷定其音讀的。因此，這裏許慎與高誘的音注就起了很關鍵的作用。首先，許慎 1 例，《女部》「㜸讀若媚」，「㜸」字微部三等、「媚」字脂部三等。其實許慎音讀中還有 3 例微部與質部的互注，而後者又都是長入字。如《鼻部》「齂讀若虺」、《刀部》「刏又讀若殪」、《覞部》「覼讀若欷」。其中「齂、殪、覼」都是先秦長入字，屬質部。「齂」字《廣韻》脂韻去聲「虛器切」，「讀若虺」與微部同。「覼」字《廣韻》不收，《集韻》爲「虛器切」，與「齂」字同。再高誘音讀，《淮南・修務》「仳倠也」，注：「仳讀人得風病之痱」﹝註 4﹞這幾條讀若都顯示了脂微有合併的跡象。然而一來字數較少，而且鄭玄的材料也不能確定，因此我們認爲經師音讀中的微部仍是獨立的，與王力關於漢代韻文的結論相合。

6.1.2　支歌互注

　　關於支歌二部的互注情況，以及其中所表現出來與漢代語音特點相一致的韻部演變結果，上一章已經進行過分析，而且證明了經師音讀的基礎音確實是漢代的語音，即先秦歌部三等字已經轉入了支部。然而，其中卻參雜了不少方言因素，尤其是齊地方言的。比如韻部表中的 26 條歌元互注的例子，這樣的數據是非常突出的。

　　所以我們在此不再詳述。另外，還有關於支部、歌部與脂微二部互注的問題，下面討論「質物月的互注」時將進一步分析。

6.1.3　幽侯宵魚四部的互注

　　經師音讀系統中的幽侯宵魚四個韻部演變情況也表現出與漢代語音相一致

﹝註 4﹞今本原文作「仳讀人得風病之靡」，孫詒讓云：「靡無風病之義，注靡當作痱。《説文・疒部》：『痱，風病也』。」

的特點，即王力所總結的侯部一等轉入幽部、三等轉入魚部、幽部一二四等轉入宵部、魚部二三等麻韻字轉入歌部（1985：109-111）。其中幽侯宵三部的互注已經進行過分析，而侯部一三等字在許多經師的音讀中似乎都與幽部互注，而不是如詩歌押韻那樣分別轉入魚幽二部，這可能是經師音讀中與漢代韻文押韻比較不同的地方。

　另外，經師音讀中魚歌二部互注的 5 條例子，我們前面還沒有進行過分析。其中，杜子春 1 例、鄭眾 1 例、鄭玄 2 例、高誘 1 例。這裏值得注意的是，經師音讀中魚部的互注情況有點特殊。首先我們看一看，魚支的互注一共 10 例，其中有 8 例是鄭玄改經「觚」爲「觶」的注釋。另外 2 例分別見於鄭玄《禮記‧樂記》注：「簴或爲虞。」還有許慎《說文‧广部》「庳。一曰屋庳，或讀若逋。」尤其須要分析的是許慎的讀若。陸志韋指出：「訓同《集韻》『庯庩屋不平』。方言或借『庳』爲『庯』，故讀若『逋』。」這個解釋是可取的。許慎先說「庳」字「從卑聲」，然後說「一曰屋庳，或讀若逋」。「庳、卑」爲支韻字，而「逋」是魚部字。另外，羅、周的用韻表也顯示兩漢的支魚絕對不通押。（1958：46、56）然而，正如陸志韋所指出的，「庳讀若逋」或者是方言讀音。另外，《周禮‧夏官‧司弓矢》「庳矢」，鄭玄注：「鄭司農云『庳矢，讀爲人罷短之罷。』玄謂庳讀如痺病之痺。」我們注意到鄭眾讀「罷」、鄭玄讀「痺」。從這些例子來看，我們可以說經師音讀中的支魚兩部讀音比較接近，而兩漢的方言中也有支魚混同的。因此，陸氏所舉《集韻》中的「庯」字，很可能就是方言的俗字。這樣一來，我們再看看鄭玄「觚讀爲觶」的 8 個例子，這個音讀我們在聲母討論中談過，其聲母「見、章」是隔得比較遠的。而如果按照羅、周的用韻表來看，兩漢支魚又是絕不相通，那鄭玄「觚讀爲觶」在聲音上就完全隔離了。我們說，經師改經解經雖然與注音不同，即二字之間不是完全同音的關係，但是卻也不可能是完全無關的兩個字音，其間或是聲母相近、或是韻母相近，否則是絕對不能改字的，除非能夠確定是訛誤字。這是漢代經師讀經解經的體例，也就是段玉裁等人所常說的「雙聲疊韻」。所以說這樣的音讀材料須要謹慎處理，既不可當作完全同音來分析，但也不能當作完全無關的字音。結合以上的分析來看，「觚讀爲觶」應該是在韻部上比較接近，也就是說經師音讀的支魚二部比較接近。這也能解釋上述提到的，經師音讀中侯部一三等多歸入幽部的現象，以及支部多與脂部互注的現象。這很明顯的表現出與兩漢韻文的韻部格局有點不一樣。

關於經師音讀中支魚的互注，我們還可以看到不少例子。如鄭玄材料 2 例中《禮記‧喪大記》「加偽荒」，注：「偽當爲帷，或作于，聲之誤也。」又《儀禮‧聘禮》「在聘于賄。」注：「于讀曰爲。」這裏的「偽、爲」都是歌部三等支韻字，漢代應該轉入支部，而與魚部「于」互注。同時鄭玄還強調這是「聲之誤」。

6.1.4 質錫互注

前面提過，經師音讀的入聲 -p、-t、-k 格局分界很清楚，很少有越界互注的。其中唯一例外就是 -t 尾的質部與 -k 尾的錫部。值得注意的是這 19 例質錫互注中鄭玄一人就佔了 17 例，當中的 16 例是見於《三禮注》的，其餘質錫互注的 2 例見於杜子春與許慎材料中。另外，這 17 例中除了 2 例《周禮注》、1 例《毛詩箋》，其餘 14 例都出於《儀禮》，而這 14 條《儀禮注》中又有 13 例是重複的。

首先我們看一看鄭玄的材料，見於《儀禮》的 13 例重複例子爲「鼏：密」異文。如《士冠禮》「設局鼏」，注：「今文局爲鉉，古文鼏爲密。」又《士昏禮》「設局鼏」，注：「今文局爲鉉，鼏皆作密。」又《公食大夫禮》「設局鼏。鼏若束若編」，注：「今文局作鉉，古文鼏皆作密。」又《士喪禮》「冪用疏布」，注：「古文冪皆作密。」又《士喪禮》「設局鼏，鼏西末」，注：「古文鼏爲密。」又《士喪禮》「取鼏」，注：「今文局爲鉉，古文鼏爲密。」又《既夕禮》「冪用疏布」，注：「冪，覆也。今文冪皆作密。」不一一列舉。關於「鼏」字，《說文‧鼎部》「鼏，鼎覆也。」段注：「（禮經）今本作鼏，正字也。禮古文作密，假借字也。」同時又以爲「鼏古音同冪」。（1815：319）於是《虍部》「虩，从虍，昔省聲。讀若鼏。」段注就認爲：「昔當作冥，字之誤也。」他引《水部》「汨」爲「冥省聲」、且《玉篇》俗體作「𣴎」，又說：「又按《漢書》『金日磾』，說者謂『密低』二音。然則日聲可同密。」（1815：210）似乎結論比較可信。然而，聲母和諧了，韻部卻沒有解決。另外，許慎「質錫互注」的例子見於《广部》「疷讀若溝㳰之㳰」，段注說：「按㳰聲在十二部，或聲在一部，然《毛詩》『㳰』作『淢』，古文閾」作『𨶶』，是合音之理也。」（1815：349）陸志韋也說：「『或聲』與『血聲』-t 爲假借，由來已久。『淢』古文作『𨶶』，《詩‧大雅‧文王有聲》『筑城伊淢』，《韓詩》作『㳰』。」（1946：226）

可見，古代確實存在質錫兩部字的韻尾混同的方音現象。值得注意的是，《詩經》「減、洫」異文見於《韓詩》，韓嬰爲漢初燕地人，活動於燕趙地區；又漢武帝時「金日磾」本爲匈奴人，而「魋」字釋義「白虎也」，《山海經·西山經》有「又北二百二十里，曰盂山，……其獸多白狼、白虎。」但卻不清楚「盂山」的具體位置。然而，《韓詩》與「金日磾」的例子至少可以爲我們提供一些線索。

另外，鄭玄質錫的例子還有「實、寔」互注，分別見於《詩經·大雅·韓奕》和《儀禮·覲禮》，另外 2 例見於《周禮》。值得注意的是，《詩經》1 例，孔穎達《疏》解釋「韓奕」詩題時，說：「《韓奕》詩者，尹吉甫所作，以美宣王也。美其能錫命諸侯，謂賞賜韓侯，命爲侯伯也。」而鄭玄注「實墉實壑，實畝實藉」，說：「實當作寔，趙魏之東，實、寔同聲。」這些一再說明經典中的「實、寔」、「減、洫」異文都與韓燕趙地區的方言有關。另外《儀禮》「實、寔」1 例爲今古異文，《周禮·考工記》「槀氏爲量」，注：「槀古文或作歷。」也是今古異文。如果聯繫上述《儀禮》「冪、密」異文，則經典異讀中除了齊地經師的音讀，也還有燕趙地區的音讀。

最後，《周禮》的另一個例子見於《夏官·小子》「羞羊肆、羊殽、肉豆。」鄭玄注：「鄭司農云『羞，進也。羊肆，體薦全烝也。羊殽，體解節折也。肉豆者，切肉也。』玄謂肆讀爲鬌。羊鬌者，所謂豚解也。」這是鄭玄與鄭眾二人解經的不同。正如賈公彥《疏》說的：「先鄭云『羊肆，體薦全烝也』者，既不爲豚解，則先鄭讀爲肆陳之肆，又爲賜音也。先鄭爲體薦全烝，後鄭不從者，以此經祭用羊，是用大牢，爲宗廟之祭，非祭天。」這裏其實也是鄭玄調和《三禮》經文的一個例子。賈《疏》解釋得很清楚，他引《禮記·外傳》、《禮記·禮運》、《儀禮·士喪禮》等經文來證明「是祭宗廟不得有全烝也，是以後鄭讀肆從鬌。」而《儀禮·士喪禮》經文中更詳細地解釋了鄭玄所說的「羊鬌者，所謂豚解也」的做法。無論如何，不管鄭眾、鄭玄誰的解釋更合乎禮制，總之「羊肆」、「羊鬌」指的是不同的祭牲處理方法。所謂「玄謂肆讀爲鬌」，並不代表鄭玄以二字爲同音，而他的重點在於改字以解經。

綜合以上的材料分析，我們得出結論，經師音讀中的入聲尾還是與統計表的總體規律相一致的，即 -p、-t、-k 格局。彼此基本沒有越界相混的。至於其

中數量比較多的質錫互注，其實是燕趙地方的經師音讀保留在傳本經典之中的。而這就更能表示許慎的「癜从或聲，讀若洫」，其字正讀是「或聲」，而說「讀若洫」只是保留經典中的特殊音讀，如《韓詩》中的例子。所以這就是第三章所強調的，不明白許慎作書的最大目的之一是爲了讀經解經，即服務於經學，就往往不能弄清楚其音讀的性質。

6.1.5　物質月三部的互注

我們的韻部統計表顯示，物月互注 21 例，這個數據相當突出。如果我們聯繫微歌互注的 19 例來看，對於上文我們主張脂微兩部仍然是獨立的結論這一點，現在情況就更加明朗了。尤其再看質物互注的數量只有 4 例，更能確認脂微並沒有合併。

關於脂微兩個韻部，我們在上文討論過，這裏再進行一些分析。王力主張從先秦以來脂微兩部就一直是分立的，這是王力古韻分佈的一大貢獻。而且他也指出隋唐時候的微部更是獨立於之支脂三部的合併活動以外的。（1985：216）然而有不少學者都認爲脂微應該是合併的，比如羅、周就是如此，他們對於先秦的分合情況沒有具體明說，只是對諧聲押韻情況作了陳述，並說：「在《詩經》裏雖然分別的不大嚴格，有時脂微通叶，但是兩部分用的例子還是佔多數，其間仍然有分野。」（1958：29）但是他們的系統中漢代以後二部是已經合併了的。其實，根據羅周的兩漢韻譜來看，脂微兩部分用的情況是與《詩經》用韻差別不大的。比如《詩經》脂微兩部字押韻的 118 例中，45 例爲微部獨用、32 例脂部獨用、兩部合韻 35 例，各佔其用韻總數的 38%、27%、30%；而兩漢詩文中，微部獨用 97 例、脂部獨用 40 例、兩部合韻 64 例，各佔 35%、23%、14%。〔註5〕而其中王力主張分爲脂微二部，一是從歷史發展的系統性角度出發，即如果兩漢脂微二部合併將無法解釋魏晉以及隋唐後微部的獨立性；二是從實際用韻來看，王力《上古韻母系統研究》中指出：「最可注意的，是長篇用韻不雜的例子。例如《板》五章叶『僭毖迷尸屎葵師資』共八韻，《大東》一章叶『匕砥矢履視涕』共六韻。……這些都不能認爲

〔註5〕邱克威《重看〈詩經〉到兩漢的脂微分合》，2002 年北京大學中文系本科論文。未發表。

偶然的現象。」而我們的研究顯示，同樣的，兩漢韻文中「如東方朔《七諫‧謬諫》押『違悲機驥衰冀』一連六個微部字，張衡《南都賦》也是連用了六個微部字。更值得注意的是《古詩》中有一連押十個微部字的，闕名作品《北海相景君銘》也一連押八個微部字，等等。」〔註6〕

這裏，我們從經師音讀材料來看，也同樣得出脂微獨立的結論。而從大量物月以及微歌互注的數據中，更能證明二者的主元音是比較接近的，至少更接近於微部與脂部之間。我們舉例來分析，《周禮‧天官‧內司服》「闕狄」，注：「鄭司農云『屈者音聲與闕相似。』」又《禮記‧檀弓》「載甲夜入且於之隧」，注：「隧、奪，聲相近，或爲兌。」又如《周禮‧春官‧大宗伯》「眛師」，注：「鄭司農……讀如味飲食之味。杜子春讀眛爲茉莖著之茉。玄謂讀如眛輪之眛。」這裏鄭眾、杜子春都以物部長入字「味、茉」來讀月部字「眛」。又《周禮‧考工記》「去一以爲對圍」，注：「鄭司農云『輟讀如系綴之綴。』」也是物月互注。另外，鄭玄的兩個例子，《周禮‧春官‧大宗伯》「以禬國之凶荒」，注：「玄謂此禬讀如潰癰之潰。」又《周禮‧秋官‧庶氏》「以攻說禬之」，注：「玄謂此禬讀如潰癰之潰。」這裏按照長入轉爲去聲的規律，則就是微歌互注。這裏我們必須注意的是最前引的鄭眾和鄭玄的兩個例子，他們都提到「聲相似」或「聲相近」。這就表明物月兩部字在經師音讀中雖然主元音很接近，但是卻仍有分別的。不然，如果是同音，二鄭又何必再說「聲相似」。當然，還是不排除在兩漢時期是有二部混同的方言存在的。我們看許慎4例物月互注的讀若，如《妥部》「孚讀若律」、《巾部》「帗讀若潑」、《心部》「忍讀若頯」、《耳部》「聸讀若孼」。再加上他本人也是較多的微歌互注，可見二者混同的方言確實是存在的，只是沒有直接證據指明這是屬於漢代的哪一個方言。另外，羅、周曾經指出：「在西漢韻文裏歌脂兩部相押是比較常見的一種現象。」（1958：48）他們統計一共有28例，而到了東漢卻只有1例。（1958：46、56）這是很值得注意的。其中有一點羅、周沒有指出的是，西漢的脂歌合韻中大多數是王力的微部字。〔註7〕這正符合我們對經師音讀的統計。

另外還要提的是，我們說東漢經師音讀的基礎音是漢代語音，然而其中還

〔註 6〕同上。

〔註 7〕同上，第二節「兩漢脂微兩部字用韻表」。

參雜有不少方言以及存古的字音。其實當中還有一些細節問題是值得進一步深究的，即從上面的討論我們看到，統計中微歌兩部的互注情況似乎更接近於西漢的用韻情況，而與東漢比較不同。但是，由於材料比較缺乏，我們不能肯定地說這是由於經師音讀中存古的現象，還是經師的基礎音就是西漢的語音，又或者這其實只是東漢某一方言的讀音系統。總之有一點是明確的，即本論文第一章就一再申言的，東漢經師音讀中有一些字音是有別於當時通語的讀音的，然而這樣的讀音在經師之間又是比較統一的。我們通過這些材料的聲韻系統分析，都一再證明了這一點，而這裏的微歌互注情況就是一個例子。這就是我們提出「東漢經師音讀系統」的實際基礎。

6.1.6　陽耕互注

我們從韻部統計表來看，與耕部相關的數據中眞耕和陽耕的互注都是比較顯著的。眞耕互注還牽涉到陽聲韻尾格局問題，所以我們分兩節進行討論。這裏我們先分析陽耕二部的互注。王力的「漢代音系」指出：「耕部加入先秦陽部二等字和四等字（《切韻》庚韻字）。這些字在西漢時代還屬於陽部，到了東漢時代就轉入耕部了。」（1985：109）這也是可以用來幫助我們判斷經師音讀的基礎音實際情況的其中一個要素。我們只要仔細檢查統計表中的陽耕兩部的分合轉移，就能知道經師音讀是近於西漢還是東漢的情況。

首先，我們注意到陽耕二部互注的 10 條例子中，鄭玄一人就獨佔了 7 例，另外鄭眾 1 例、許慎 1 例、服虔 1 例。而鄭玄的 7 例都是《儀禮》中的「並、併」異文，如《士昏禮》「並南上」，注：「今文並當作併。」又《聘禮》「皆二以並」，注：「今文並皆爲併。」又《有司徹》「並皆西縮」，注：「古文並皆作併。」可見今古文二字都有混的。再看鄭眾的例子，《周禮·考工記》「視其綆」，注：「鄭司農云『綆讀爲關東言餅之餅。』」這一條音讀非常值得注意，其中「綆」字正是陽部庚韻二等字，而鄭眾說讀與「關東言餅」同音，可見經師音讀中是不同音的。所謂「關東」就是函谷關以東地區的泛稱，就是秦以前的東方六國地區。特別要提的是，羅、周在討論西漢韻部時曾指出陽部「京明兄慶」等字已經「有與耕部押韻的例子」，他們舉的例子是韋孟、韋玄成以及班婕妤的例子。然後說：「韋孟父子是魯國人、班婕妤是樓煩人，我們推想這類字在魯國和樓煩可能已經轉入耕部，所以跟耕部字押韻。」（1958：51）鄭眾生當東漢初

期，他特別指出「關東言餅」，可見關東地區陽部庚韻字轉入耕部確實比較早，這一點與羅、周的觀察也是相符的。

再看許慎 1 例，《囧部》「囧，賈侍中說讀與明同。」這一條讀若我們在前章已經分析過，是古文字省形的例子。最後，服虔的例子，見於《漢書・匡衡傳》「無說詩，匡鼎來」，顏師古《漢書注》：「服虔曰『鼎猶言當也，若言匡且來也。』應劭曰『鼎，方也。』張晏曰『匡衡少時字鼎，長乃易字稚圭。世所傳衡《與貢禹書》，上言「衡敬報」，下言「匡鼎白」，知是字也。』」其中張晏的說法又見於葛洪《西京雜記・卷二》：「鼎，衡小名也。」張晏的具體生卒年代不詳〔註8〕，但他肯定是「鼎、當」二字音不相近的，不然他就沒必要花這麼大功夫解釋「匡衡少時字鼎」了。顏師古雖然不同意張晏的說法，但他的立論僅以「賈誼曰『天子春秋鼎盛』，其義亦同」為根據，卻也是非常薄弱的。這裏的「當」並不是漢代轉入耕部的陽部字。其實「鼎、當」二字不同音。更何況顏氏引服虔注，也只說「猶言」而不用「某音某」。

總之，經師音讀的 10 例陽耕互注都不表明其系統中陽部二等、四等已經轉入耕部。另外我們看一看反例，我們在材料中發現陽部有一些例子很值得注意，如高誘音讀材料中《淮南子・原道》「橫四維而含陰陽」，注：「橫讀桄車之桄」〔註9〕又鄭玄《周禮・天官・內饔》「豕盲眡而交睫」，注：「杜子春云『盲眡當為望視。』」其中的「橫、盲」都是先秦陽部庚韻字而東漢轉入耕部的，但是在經師音讀中卻仍是讀陽部。這也是與東漢韻文押韻情況不同的。但是關鍵在於這樣的例子太少，因此很難說到底是個別字的存古還是東漢經師的基礎音是西漢的讀音系統。但是經師材料中沒有見到陽部庚韻字轉移的具體注釋，這一點是非常值得注意的。

6.1.7　-m、-n、-ŋ 的互注

接下來我們要討論經師音讀系統的陽聲韻尾格局。柯蔚南在其書中多次提及經師材料中有陽聲韻尾混同的現象，因此他把多個經師的「方言」的陽聲韻都構擬為鼻化元音。這一點我們在前章已經多次談及，並且從材料上反駁了他

〔註8〕顏師古《漢書敘例》引「諸家注釋」人名的時候，張晏列於如淳、孟康與韋昭之間，而且在晉灼之前，可見他應該是三國至晉時人。

〔註9〕據吳承仕《經籍舊音辯證》意見校改。

的構擬。其實，陸志韋在《〈說文解字〉讀若音訂》的「許音說略」中就已經談到漢代-m、-n、-ŋ 通轉的問題。（1946：165）羅、周的書中也對此進行了討論。然而，具體到東漢經師音讀材料中，我們從韻部統計表的總體規律來看，這三個陽聲韻尾的分界還是很清楚的。其中有必要進行分析的是眞耕互注 16 例、眞蒸互注 5 例、元耕互注 8 例、元陽互注 5 例、東談互注 10 例。

先看一看眞耕互注。我們的統計表顯示一共有 16 例，這個數據是很突出的。其中杜子春 2 例、鄭眾 1 例、許愼 2 例、鄭玄 11 例。特別値得注意的是許愼的 2 個例子都是今陝西地區的地名，如《邑部》「郱，左馮翊谷口鄉。讀若寧。」又《言部》「訇，駭言聲。从言，匀省聲。漢中西城有訇鄉，又讀若玄。」後一例段玉裁指出：「謂讀若匀矣。其訇鄉則又讀若玄也。」（1815：98）而第一例陸志韋也同樣說：「『郱』字之音確已 -n > -ŋ，非若漢韻眞、耕通叶爲隨俗用韻。郱地在左馮翊，許君或從方音。今陝西語以 -ŋ 收聲，或承古音耶？」（1946：191）因此，羅、周在總結漢代鼻音韻尾格局時說：「談到韻尾，我們推想在東漢時期可能有某種方言 -ng、-n、-m 三類都是鼻化元音。」（1958：62）這裏許愼音讀中提到的漢中方言二例也許就是 -n、-ŋ 混同的例子。尤其如段玉裁所說的，許愼專門指出「訇」爲「匀聲」，又說「訇鄉，讀若玄」，則這裏絕不是字音相近的關係，而是韻尾確實混同了；而且更重要的是，除了這二例漢中方言以外，許愼音讀中–n、-ŋ 是不混的。

而具體到眞耕二部的關係，羅、周的兩漢用韻表中都各有十餘條通押的例子（1958：46、56），並作出以下結論：「眞耕兩部的韻尾是不同的，在個別的方言中也許耕部韻尾 -ng 有讀 -n 的，但眞耕通押在元音方面一定是比較接近的。」（1958：52）也就是說他們主張這十餘例的通押是音近而非韻尾混同。至於經師音讀的材料，我們再來看看剩下的 14 例，其中《三禮注》13 例，鄭玄《毛詩箋》1 例。《三禮注》的例子中，此前討論過的見於《儀禮》中的「扃、鉉」今古異文一共 8 例。如《士冠禮》「設扃鼏。」注：「今扃爲鉉。」另外，「奠、定」互注 3 例，如《周禮・考工記》「寒奠體。」注：「奠讀爲定。」又《周禮・地官・司市》「奠賈」，注：「杜子春云『奠當爲定。』」又《周禮・春官・小史》「奠係世」，注：「杜子春云『奠讀爲定。』」另有 2 例爲《周禮・考工記》「數目顧脰」，注：「鄭司農云『巠讀爲鬜頭無髮之鬜。』」又《秋官・萍氏》「萍氏」，

注：「鄭司農云『萍讀爲蛢，或爲萍號起雨之萍。』玄謂今《天問》萍號作蘋。《爾雅》曰『萍，荓，其大者蘋』，讀如小子言平之平。」最可注意的是最末一例鄭眾「讀爲蛢」、「或爲萍」。按《廣韻》「蛢、萍」同音，都在青韻，也都沒有異讀。但從「并聲」的字如「駢、軿」《廣韻》收在先韻，而先韻開口字上古也多歸眞部。因此，或者鄭眾讀「蛢」字如「駢」在眞部，否則無法理解他說的「讀爲蛢、或爲萍」。所以也就可以知道其音讀中眞、耕二部不同。另外，鄭玄多方徵引以解釋「蘋讀如平」，也能證明「蛢、萍」爲眞耕的區別，也更能證明鄭玄音讀中「蘋、平」不同音。不然他實在沒必要引《天問》、《爾雅》等來說明「蘋、萍」二字可以互通。至於《毛詩箋》一例，見於《大雅・江漢》「來旬來宣」，箋：「旬當作營。」這裏鄭玄是改字以解經，孔穎達《正義》指出：「今王命召虎，稱其功勞則『來旬來宣』，當指此二事，且『宣』訓爲『徧』，『旬』不宜亦訓爲『徧』。旬之與營字相類，故知當爲營。」他最後說「旬、營」二字是形近訛誤，雖然不能證明確實是如此，但可見這樣的可能性是有的。其實最重要的是，《毛傳》「旬，徧也。」鄭玄釋「宣，徧也」，因此爲了不讓語意重複，他就改「旬」爲「營」。但是我們看《詩經》一唱三嘆，其中詩句意思重複的並不少見。從孔疏來看，也能知道這裏其實沒有異文，只是鄭玄憑自己的意思改字的。但是也不能就看作是同音關係，鄭玄這樣的改經我們分析過不少，大多不是同音的關係，如「觚」改爲「觶」就是例子。

通過以上分析，我們可以清楚知道，經師音讀中的眞耕二部是不同音的。其中，可以比較肯定的是漢中地區這兩部有混同。

接下來，我們看看眞蒸互注的 5 例。其中鄭玄 4 例、許慎 1 例。我們先看看鄭玄的例子，如《禮記・檀弓》「工尹商陽與陳棄疾追吳師」，注：「陳或作陵，楚人聲。」又《禮記・郊特牲》「丘乘共粢盛」，注：「丘，十六井也。四丘六十四井曰甸，或謂之乘。乘者以於車賦出長轂一乘，乘或爲鄰。」又《禮記・聘義》「天下有事則用之於戰勝。」注：「勝，克敵也，或爲陳。」又《儀禮・士喪禮》「兩籩無縢」，注：「古文縢爲甸。」其中最值得注意的是第一例的「陳或作陵，楚人聲」，孔穎達《正義》說：「楚人呼『陳』及『陵』聲相似，故云『楚人聲』。」可見楚地方言眞部與蒸部是有混同的。我們再看許慎的例子，見於《兄部》「兢讀若矜。」其中「矜」字《廣韻》二讀，分別在眞、蒸二韻，郭錫良都

歸入上古眞部（1986：235）。其實《廣韻》的二讀正是反映了方言之間的差異。而從許慎以「矜」字爲注音字來看，蒸韻一讀是相當通行的讀音，因此也就可以理解蕭顏等人會兼收二音了。另外，此前就一再提過，楚方言在漢代的影響是相當大的，其中甚至有方言詞彙進入到通語之中的，如《說文》「豭讀若稀」。

　　還有一點要提的是，上文討論的眞耕互注，許慎的例子表明這是漢中地區方言的特點。其實眞耕通押在《詩經》押韻中就不少，段玉裁古韻部中將眞文分開也是多少受到這一合韻關係的啟發的，江有誥總結爲：「眞與耕通用爲多，文與元合用較廣，此眞文之界限也。」〔註10〕這樣看來，似乎自古以來這兩部的關係就很密切。然而押韻畢竟與許慎讀若注音性質不同，這在此前已經多次提及，所以羅、周也只說眞耕兩部主元音接近。至於羅、周的兩漢韻譜中二部合韻的韻文卻看不出作者籍貫的特點來，似乎不屬於任何方言，另外《淮南子》作爲楚地方言影響較大的作品，當中也有很多部分是押韻的。而且其中眞耕合韻的地方也不少，以《原道》爲例，如「眣然能視，營然能聽，形體能抗，而百節可屈伸」、「是故聖人將養其神，和弱其氣，平夷其形」，其中「聽、伸」與「神、形」都是眞耕通押。從鄭玄「楚人聲」的注釋來看，如果楚語中眞蒸混同，那麼這裏的押韻就更合理也更和諧了。

　　再下來我們討論元部與耕、陽二部的互注，其中元耕互注 9 例、元陽互注 5 例。先看元耕互注的例子，許慎有 3 例、服虔 1 例、《三禮注》5 例。首先，根據羅、周的用韻表來看，兩漢的元耕二部是不通押的，可見彼此主元音相差較遠。然而我們經師音讀材料中似乎發現都有表示彼此音近的例子。比如《禮記・大學》「舉而不能先，命也。」鄭注：「命讀爲慢，聲之誤也。」這裏說是「聲之誤」，顯然是由於字音相近而導致的錯誤。又《禮記・郊特牲》：「然後焫蕭合羶薌。」注：「羶當爲馨，聲之誤也。」這個「羶、馨」改讀的例子有 2 處，我們在上文分析過，其聲母「書、曉」差距是較遠的。因此與「舼、觶」的改讀一樣，經師的改字讀經不會字音完全沒有聯繫，所以「羶、馨」的韻部必然音近，更何況鄭玄也明白說了是「聲之誤」。再有《三禮注》中的 2 例爲，《禮記・曲禮》「急繕其怒」，注：「繕讀曰勁。」又《周禮・考工記》「數目顧

〔註10〕江有誥《音學十書》卷首「覆王石臞先生書」。

脛」，注：「故書顧或作㹂。」其中「繕讀曰勁」似乎也表示彼此語音是相近的。至於服虔的例子，見於《史記‧外戚世家》「邢夫人號娙娥」，司馬貞《索隱》：「服虔云『娙音近妍』。」這也是說二者音近。然而值得注意的是，服虔通常的音讀形式是「某音某」，而這裏特地指出是「音近」，可見彼此確實是讀音不同。但是我們說過，經師音讀是按其注音字讀經，不可能以雙聲疊韻來注音。首先這裏要區分不同情況。第一，鄭玄的改讀與後世注音不同，這在此前已經多次提過。至於服虔的「某音某」，則較接近於後世的注音。因此他說「音近」，我們可以假設漢代確實有某方言是元耕二部混同的，因此「妍」字寫作「娙」，而服虔二字不同音，然又知道應該讀「妍」，所以注「娙音近妍」。這樣我們就可以明白，經師音讀中元耕二部不同音，但主元音卻是相近的。這又是一個與漢代的韻文押韻情況有點不同的地方。

許慎的 3 例，《土部》「塒讀若復」、《革部》「鞙讀若騁蠆」、《虫部》「蚩讀若騁」。第一例不見於大徐本，只見於小徐本。從前人的注釋來看，這三個讀若確實都是比較費解的。首先，第一個例子的讀若不見於大徐本就表明了在徐鉉之前就已經對這個讀若產生懷疑，以至於脫落了，或者是刪掉了。正如弟二例段玉裁說：「疑當爲『又讀若蠆』也。」（1815：109）雖然他明明已經指出「按虫部『蚩讀若騁』則此蚩聲讀騁宜矣」。而至於「蚩讀若騁」，他也只能說「以雙聲爲用」。（1815：669）另外，陸志韋還引了葉德輝《〈說文〉讀若考》的話，認爲「騁蠆」是合文，他說：「騁蠆亦合聲，猶之不律爲筆，登得爲來，茅蒐爲韎。」（1946：204）其實結合以上的經師音讀來看，我們可以相信許慎的讀若並不是沒有根據的。而許慎的讀若則更加表示了當時確實有元耕二部混同的方言。另外，「騁」從「甹聲」，也可以證明當時是有以 -n、-ŋ 混同的方言。只是不論從韻部表的總體規律來看，或者是這幾條音讀材料的分析來看，經師音讀中的元耕二部是不同的，韻尾 -n、-ŋ 也是不混的。只是有個別字音受到方言影響而讀爲同音而已。

另外再看元陽互注 5 例，分別見於許慎 1 例、應劭 1 例、鄭玄 3 例。此前我們提過漢代陽部有轉入耕部的，而這樣的轉移似乎在經師音讀中沒有體現出來。最重要的是，耕陽二部的主元音似乎並不相近。而二部之間互注的 10 例也進行過分析，許慎與服虔的例子是特殊情況，鄭玄的 7 例均是「並、併」異文，而關

鍵是鄭眾的材料提出「綆讀爲關東言餅之餅」，說明當時關東方言耕陽二部混同。而羅、周的書中也提到魯地詩人二部字在西漢就有通押的例子。（1958：51）這裏值得注意的是，元陽互注的陽部字也同樣是與耕部無關的陽部三等字。我們首先看看許慎的例子，《力部》「劢讀若演。」這一條讀若也是只見於小徐本的，連段注本都不收，而紐樹玉《說文解字校錄》說：「演下疑脫漾字。」〔註11〕下面再看應劭的例子，《漢書・地理志》「同竝」，顏師古引應劭注：「故同竝侯邑。竝音伴。」這是指漢代益州偏遠地區的地名，本來就難確定，又或者竟是以「竝」字爲「伴侶」之「伴」字。至於《三禮注》的3例，如《禮記・檀弓》「九京」，注：「晉卿大夫之墓地在九原。京蓋字之誤，當爲原。」又《禮記・郊特牲》：「鄉人禓」，注：「禓，強鬼也。謂時儺索室驅疫，逐強鬼也。禓或爲獻，或爲儺。」又《儀禮・士喪禮》「爲垼於西墻下，東鄉。」注：「今文鄉爲面。」這裏的三條例子可知都不表示二字的韻部相近。首先第一例鄭玄明說是「字之誤」，孔穎達《正義》解釋說：「案《韓詩外傳》云『晉趙武與叔向觀於九原。』又《爾雅》云『絕高爲京，廣平曰原。』非葬之處，原是墳墓之所，故爲原也。」這是鄭玄改字的根據，而且不說「聲之誤」，可見彼此主元音並不相近。第二例的音讀段玉裁在《說文解字注・示部》「禓」字下作過解釋，他說：「凡云或爲者，必此彼音讀有相通之理。易聲與獻儺音理遠隔。《記》當本是禓字，從示易聲，則與獻儺差近。」（1815：8）段氏的說法就能夠解釋「獻」字的異文了，因爲「易聲」爲長入錫部，轉爲去聲後歸支部，通過陰陽對轉可與元部「獻」字相通。至於「儺」字，則「禓」（或者「禓」）本就是一種儺舞，因此版本異文中或作「儺」應該也是可以理解的。第三例就是這樣的例子，「東嚮」、「東面」都是同樣的意思。

　　總之，結合以上的材料分析，經師音讀的元陽兩部不同，而且彼此主元音也是不相近的。另外鄭玄有一條注釋還給我們提供了重要信息，《禮記・檀弓》「召申祥而語之」，注：「《太史公傳》曰「子張姓顓孫」，今曰申祥，周秦之聲二者相近。」這裏說周秦方言讀「孫」爲「祥」，這是文部與陽部的互注。從我

〔註11〕　紐樹玉的解釋值得參考。「演漾」爲連綿詞，其意義與「潋灩」同，而且同樣出現於魏晉時期。「潋灩」爲疊韻連綿詞，因此似乎「演漾」也應該是疊韻的，這麼一來又好像許慎「劢讀若演」也許並沒有錯，而是出自與「演漾」同一方言的字音。

們的材料，包括羅、周的兩漢用韻表來看，文元二部的主元音是很近的。而且鄭玄說「二者相近」，也許周秦方言正是以元陽混同的。所以漢代存在元陽混同的方言是極可能的，而且周秦方言作爲漢代重要的方言之一，其影響於經師音讀也不是不可能的。這麼一來，我們再看許慎的「勐讀若演」，也許正是受了方言的影響。

最後是東談互注 10 例。這裏牽涉到 -m、-ŋ 的混同，而且互注數量不少。然而這 10 例都出現在《三禮注》，更何況其中 8 例爲鄭玄改讀「封當爲窆」，又鄭玄 1 例「封：斂」也與這「封當爲窆」有關。我們舉例如下，《禮記・檀弓》「縣棺而封」，注：「封當爲窆。窆，下棺也。《春秋傳》作『塴』。」又《禮記・喪大記》「以鼓封」，注：「封，《周禮》作『窆』。窆，下棺也。此封或皆作斂。……然則棺之入坎爲斂，與斂屍相似，《記》時同之耳。」這個改讀我們在第四章討論過。並舉《周禮・夏官・太僕》注中鄭眾的話，他說：「窆謂葬下棺也。《春秋傳》所謂日中而偏，《禮記》謂之封，皆葬下棺也，音相似。窆讀如慶封氾祭之氾。」因此我們證明「偏、封」爲音近異文，而「窆」音「氾」，所以東談不相通。而這裏要補充的是，鄭玄堅持改《禮記》「封當爲窆」，正是因爲《周禮》都作「窆」，這也是屬於他調和《三禮》的一種方式。至於「斂」，也是與「封、窆、塴」同義，鄭玄注中作了大量解釋。接下來，剩下的最後一例是杜子春的材料，《周禮・地官・廛人》「總布」，注：「杜子春云『總當爲儳，謂無肆立持者之稅也。』玄謂總讀如租總之總。總布謂守斗斛銓衡者之稅也。」這裏是杜、鄭的不同解釋。賈公彥《疏》說：「杜子春云『總當爲儳，謂無肆立持者之稅也』者，後鄭不從。爲「守斗斛銓衡者之稅也」者，此經廛人掌依行肆者，故不得爲無肆立持。」又說：「下《肆長》云『斂其總布』，是無肆立持，故注從子春『總當爲儳』也。」這裏是杜、鄭二人對於「廛人」的具體職能的理解不同而導致的。所以我們經過這一番分析，證明了經師音讀中的東談互注不是表示字音相近，而是鄭玄解經的需要而改字。因此也就不能說經師音讀系統的 -m、-ŋ 相混。

以上的分析將統計表中數據顯著的陽聲韻 -n、-m、-ŋ 之間互注的音讀材料都進行了詳細的考證與解釋。而得出的結論是，正如統計表的總體規律所顯

示的，經師音讀系統的陽聲韻仍然保持 -n、-m、-ŋ 三分的格局，並未發生混同，或者鼻音化的證據。至於個別字音的混同，那是受了某些漢代方言的影響，是屬於個別字的變讀，而不是整體韻部轉移的現象。

6.1.8　眞文元三部的互注

　　從統計表來看，眞文元三部的互注情況相當複雜，而且數量也很大。其中眞文互注 25 例、眞元互注 23 例、文元互注 40 例。可見這三部的主元音是比較接近的。這裏有個問題要先進行討論。王力指出：「（漢代）文部範圍縮小。先秦文部『辰珍震貧振畛銀』等字轉入眞部。」（1985：90）這些轉入漢代眞部的文部字都是《廣韻》眞韻字。另外，羅、周的漢代眞部文部不分，因此用韻表中眞元合韻的數量非常大，西漢 51 例、東漢 100 例。（1958：46、56）而根據他們的總結：「眞部字特別是痕魂欣文臻韻的字跟元部的山仙先幾韻字讀音很相近。」（1958：53）這裏雖然說的是文元合韻，但可見眞部「痕魂欣文臻」這幾個韻的字活動範圍開始與眞先等韻的字分離，這一點與王力所提出的意見是一致的。然而經師音讀材料中的互注情況卻與上述轉移有點不太一樣。

　　我們檢查一下經師音讀中眞文互注的 25 例，其中杜子春 3 例、鄭眾 1 例、許愼 8 例、鄭玄 9 例、服虔 1 例、高誘 3 例。可以說這樣的互注是很平均地分佈於這些經師的材料中的。更重要的是，這些互注材料中的文部字基本都是漢代轉入眞部的範圍之內，除了有 4 條是例外的。我們舉例來說，高誘 3 例分別都是文魂臻韻字，如《淮南子‧氾論》「泯王專用淖齒」，注：「泯讀汶水之汶。」又《呂氏春秋‧本生》「下爲匹夫而不惛」，注：「惛讀憂悶之悶，義亦同也。」又《呂氏春秋‧本味》「有侁氏女子採桑」，注：「侁讀曰莘。」其中「汶、悶、侁」都在羅、周指定的「痕魂欣文臻幾韻的字」之內。何況，「侁」字「從先聲」，與眞部相通應該是合理的。另外一例是杜子春材料，見於《周禮‧春官‧典同》「高聲硍」，注：「杜子春讀『硍』爲鏗鎗之鏗。」這裏的「硍」爲魂韻字。當然，這 4 條例外並不會影響總體規律的形成，然而當中最值得注意的是高誘的 3 條例子全都是文魂韻的文部字。這或許是受到方言的影響。

　　另外，還有 6 條文部諄韻字與眞部字互注，這 6 條佔了總數的四分之一。不得不詳細考證。首先，我們從司馬貞《史記索隱‧張耳陳餘列傳》中引的何休注《公羊傳》的材料中發現這麼一條：「筍音峻。筍者，竹筴，一名編，齊魯

以北名爲筍。」其中「筍」爲眞部諄韻字，而「峻」爲文部諄韻字。可見齊魯以北地區眞文二部的諄韻字也是合併了。同時我們也可以得到一條信息，那就是當時通語的文部諄韻字是不轉入眞部的。所以何休才要特地指出齊魯以北地方「筍音峻」。有意思的是，我們在鄭玄音讀材料中也發現有不少類似情況。如《禮記・祭統》「百官進」，注：「進當爲餕，聲之誤也。……進、徹，或俱爲餕。」又《禮記・大學》「恂慄也」，注：「恂字或作峻，讀如嚴峻之峻，言其容貌嚴栗也。」這裏的「餕、峻」都是文部諄韻字，並且與何休說的「峻」字同聲。同時尤其要注意「進當爲餕」的「聲之誤」，鄭玄這一條注是按照意思改字，認爲正文的「進、徹」都應該是「餕」字，然而卻仍特地在「進當爲餕」的地方加了說明「聲之誤也」，這同時也是給他自己的改字尋找理據，所以可以相信「進、餕」確實是音近的。另外，「恂讀如嚴峻之峻」雖然是從字義來講，但是二者字音也是相近的，這與上述高誘的「惽讀憂悶之悶，義亦同也」一樣。他說「義亦同」，可見聲音也是相同的。經師材料中，文部諄韻字與眞部合併的例子有 6 條，所以我們可以說經師音讀中的文部字確實與漢代韻文一樣，有一部分字轉入了眞部，但是跟侯部轉入幽部的情況一樣，其轉移範圍與漢代韻文有點不一樣。

另外還有一點，我們暫時無法確定的是經師音讀中的眞文二部是否合併，正如羅、周所主張的那樣。他們說：「到了兩漢時期這兩部（按：指眞文二部）就變得完全合用了。」（1958：36）這就須要結合下面的文元、眞元互注情況來綜合考察。但這裏有必要說的是，羅、周將眞文二部進行合併必然就會出現一個歷史演變規律的系統性問題，即先秦眞文分，兩漢合，南北朝又分，這樣分了又合、合了又分的演變規律不太合理，況且還存在一個合併以後的分化條件問題。但是，關於經師音讀的情況，我們此前已經說過，東漢經師音讀中存在很多顏之推所批評的語音現象；另外從上述聲韻系統的分析中也能夠看出這個音讀系統與兩漢韻文所代表的通語音系是有一些不一致的地方的。所以我們說，經師音讀系統不可能是《切韻》音系的最主要來源，更不可能是直接來源。這麼一來，以《切韻》的眞文分韻來說明經師音讀系統的眞文必然分用，那是不合理的。當然，我們最主要還是得看實際材料的證據。

接下來我們討論文元互注與眞元互注的情況。我們先看眞元互注的 23 例。

其中杜子春1例、許慎6例、鄭玄11例、服虔3例、高誘2例。這個分佈情況仍是比較平均。但還是有必要進行仔細辨析。比如鄭玄11例中，8例是《儀禮》中今古文經的異文「辯爲徧」，如《鄉飲酒禮》「眾賓辯有脯醢」，注：「今文辯皆作徧。」又《燕禮》「大夫辯受酬」，注：「今文辯皆作徧。」又《少牢饋食禮》「司士乃辯舉」，注：「今文辯爲徧。」另有1例《禮記・郊特牲》注：「且當爲神，篆字之誤也。」這是篆文隸定時的訛誤，我們在前面已經分析過。又《禮記・檀弓》「召申祥而語之」，注：「《太史公傳》曰「子張姓顓孫」，今曰申祥，周秦之聲二者相近。未聞孰是。」這裏明說了是周秦方言，而且鄭玄也坦白說「未聞孰是」，可見這不是他的方言，更不是經師音讀。鄭玄的最後一個例子是《儀禮》的今古文經異文，《大射》「綴諸箭」，注：「古文箭作晉。」同樣的異文我們在《周禮》中也見到，《周禮・夏官・職方氏》「其利金錫竹箭」，注：「故書箭爲晉，杜子春曰『晉當爲箭，書亦或爲箭。』」這裏舉的就是杜子春的材料，他說「當爲」，因此與其說這是他的音讀，還不如說是他舉出《周禮》的異文。從目前所舉的例子來看，似乎還沒有經師以眞、元二部混同的證據，反而是鄭玄指出周秦方言二部音近。另外值得注意的是這裏提到的經典異文中的元部字「辯、箭」都是仙韻字。其實，包括以下討論的例子中的元部字也多屬於《廣韻》的仙韻。

　　接下來，我們看看服虔的3條例子。《漢書・宣帝紀》「單于閼氏」，顏注：「服虔曰『閼氏音焉支。』」又《漢書・匈奴傳》「至眩雷爲塞」，顏注：「服虔曰『眩雷，地在烏孫北也。眩音州縣之縣。』」這二例都是專門名詞，一是頭銜、一是地名，而且都與少數民族有關。所謂「名從主人」，這樣的名稱往往由於譯音的影響加上方言的干擾等等，所以常會出現不規則的讀音。最後一條，《史記・張耳陳餘列傳》「問之篠輿前」，司馬貞《索隱》：「服虔云『音編。』」值得注意的是「篠、編」都是《廣韻》仙韻字。另外，高誘的2例都見於《呂氏春秋》，《本味》「述蕩之擘」，注：「擘讀如桊椀之椀。」又《忠廉》「衛懿公有臣曰弘演」，注：「演讀如胤子之胤。」同樣的，「演」也是元部仙韻字。另外，「擘、椀」互注的聲母差距較大。首先我們看正文「述蕩之擘」，高注說：「擘者，踏也。」其中「述蕩」〔註12〕是一種獸類，「擘」就是其腳掌，因此說「踏也」。

────────────

〔註12〕《山海經・大荒南經》「有獸，左右有首，名曰踍踢。」畢沅注：「《呂氏春秋・

而高注「讀如椀」，是讀作「腕」字。按《爾雅》、《說文》都無「腕」字，《釋名》「腕，宛也。」畢沅注說：「此俗字也。當作『掔』。」則「腕」是「掔」的俗體字。而這個俗體字或許是由方言音變而造的，但似乎在高誘時期仍還未固定字形。至於「弘演」，這也是人名，同樣有「名從主人」的方音影響的問題。同時還要指出的是，「演」字也是仙韻字。

最後我們還要分析許慎的 6 例。《玉部》「珣讀若宣」、《竹部》「节讀若宀」、《虍部》「虔讀若矜」、《羽部》「翭讀若翩」、《髟部》「鬏讀若宀」、《馬部》「馬讀若弦，一曰若環」。

首先，值得注意的是這裏有五個元部字都是仙韻字，唯一的例外是「馬」字。《廣韻》「馬」字在刪韻，與「環」同音，注說：「又音弦。」然而先韻「弦」字所在的「賢」小韻十七個字中卻沒有「馬」字。其實「馬」是一個僻字，或者甚至在許慎時代就已經是一個歷史詞彙了。因此對於這樣已經不用了的字，《廣韻》的注音也只能是按照《說文》的讀若。所以按《廣韻》檢查字音然後進行對比的做法，對於這樣的生僻字實在不能揭示多少信息。另外，「珣讀若宣」，陸志韋指出：「《爾雅·釋器》『璧大六寸謂之瑄』，經傳字或作瑄、作琩。……釋經者每以珣爲本字，宣爲借字，殊失其誼。許書有宣，有珣，而無瑄，即以珣爲之。」（1946：200）所以許慎這裏主要是明假借，即指出經典中的「宣」、「瑄」其實都是「珣」。我們從這一條，加上《三禮》中的異文，可以知道漢代確實存在元部仙韻字轉入眞部的方言，而這樣的方言影響於經師音讀是相當深的。許慎的讀若例子最顯著，另外高誘、鄭玄、服虔的音讀也有這樣的表現。其實，具體情況我們還得分析了文元互注的例子以後才更加清楚。

最後，我們還要分析文元互注的 40 例，其中杜子春 1 例、鄭眾 6 例、許慎 4 例、鄭玄 24 例、服虔 1 例、應劭 3 例、高誘 1 例。這個分佈也是很平均的。

這裏牽涉的例子比較多，而且如果從眞文元三部的角度來看，確實實在太

本味篇》云『伊尹曰：肉之美者，述蕩之掔。』高誘注曰『獸名，形則未聞。』案即是此也。」又說：「案『跰踢』當爲『述蕩』之誤，篆文辵、足相似，故亂之。」另外，袁珂《山海經校注》則說：「果如畢說，或述蕩是跰踢之訛，亦未可知。」其實袁珂的假設是對的，實在不用懷疑，更何況郭璞注「跰踢」就說讀「黜別」，可見這是一個雙聲連綿詞。所以《呂氏春秋》中的「述蕩」其實就是「跰踢」，其中的「蕩」是個訛誤字。

複雜，也似乎看不出任何規律。然而，我們一旦參考《廣韻》韻部的劃分來進行比較，就能夠看出一些端倪來。以下我們先列表將這40例互注的字組，並其《廣韻》所屬的韻以括弧標註於本字之後（舉平以賅上去）。當中，互注字組一欄以雙線畫框的表示其中的文部字是漢代轉入眞部的。

杜子春 11	《周禮・天官》	鴈（刪）一 鶉（諄）	元 一 文
鄭眾　3	《周禮・天官》	頒（刪）一 班（刪）	文 一 元
97	《周禮・春官》	前（先）一 先（先）	元 一 文
98	《周禮・春官》	頒（刪）一 班（刪）	文 一 元
163	《周禮・夏官》	髡（魂）一 完（桓）	文 一 元
192	《周禮・考工記》	圜（刪）一 員（仙）	元 一 文
許慎 186	《瓬部》	甓（諄）一 雋（仙）	文 一 元
265	《肉部》	臏（諄）一 纂（仙）	文 一 元
466	《毛部》	毨（先）一 選（仙）	文 一 元
822	《皀部》	阮（元）一 昆（魂）	元 一 文
鄭玄　3	《周禮・天官》	頒（刪）一 班（刪）	文 一 元
10	《周禮・天官》	豚（魂）一 鍛（桓）	文 一 元
35	《周禮・地官》	蜃（眞）一 輇（仙）	文 一 元
36	《周禮・地官》	蜃（眞）一 槫（仙）	文 一 元
47	《周禮・春官》	頒（刪）一 班（刪）	文 一 元
105	《周禮・春官》	梦（文）一 蒑（元）	文 一 元
295	《禮記・王制》	盼（刪）一 班（刪）	文 一 元
296	《禮記・王制》	卷（仙）一 袞（魂）	元 一 文
381	《禮記・內則》	卵（桓）一 鯤（魂）	文 一 元
402	《禮記・玉藻》	卷（仙）一 袞（魂）	元 一 文
432	《禮記・玉藻》	頒（刪）一 班（刪）	文 一 元
451	《禮記・少儀》	圂（魂）一 豢（刪）	文 一 元
453	《禮記・少儀》	撰（仙）一 遵（諄）	元 一 文
491	《禮記・雜記》	輇（仙）一 蜃（眞）	元 一 文
531	《禮記・喪大記》	輴（魂）一 團（桓）	文 一 元
532	《禮記・喪大記》	輴（魂）一 輇（仙）	文 一 元
547	《禮記・祭義》	巡（諄）一 沿（仙）	文 一 元

	599	《禮記・緇衣》	純（諄）—煩（元）	文一元
	639	《禮記・鄉飲酒禮》	撰（仙）—遵（諄）	元一文
	753	《儀禮・鄉飲酒禮》	遵（諄）—撰（仙）	文一元
	754	《儀禮・鄉飲酒禮》	遵（諄）—全（仙）	文一元
	763	《儀禮・鄉射禮》	遵（諄）—撰（仙）	文一元
	1072	《儀禮・特牲饋食禮》	籑（仙）—餕（諄）	元一文
	1140	《儀禮・有司徹》	籑（仙）—餕（諄）	元一文
服虔	60	《漢書・景十三王傳》	荃（仙）—蓀（魂）	元一文
應劭	21	《漢書・五行志》	畚（魂）—本（魂）	元一文
	60	《漢書・地理志》	允（諄）—鉛（仙）	文一元
	68	《漢書・地理志》	卷（仙）—箘（眞）	元一文
高誘	145	《淮南子・精神》	芠（文）—權（仙）	文一元

　　從上列的表中，我們可以清楚地看出經師音讀系統中元部仙韻、刪韻、先韻都與眞部字互注，尤其如果我們將上文總結的，經師音讀中先秦文部諄韻字也轉入眞部，那麼元部仙韻、刪韻字與眞部的密切關係更是明顯。而且其中的例外非常少，也就是說這樣的規律性極強，甚至還能夠幫助我們判斷出這些音讀材料中的非語音聯繫的注釋，或者甚至是其中有訛誤的。比如高誘的例子，以元部仙韻字來注文部文韻字，是不符合規律的。於是我們看一看這條材料，《淮南子・精神》「窈窈冥冥，芒芠莫閔，澒濛鴻洞」，注：「芠讀權滅之權。」這裏很顯然的都是連綿詞，「芒芠」也應該是雙聲連綿詞。所以「芠」不可能讀「權」，這裏顯然是有訛誤。只是不知道爲什麼王念孫、吳承仕等人都沒有指出來。又鄭玄材料中《禮記・王制》、《玉藻》「卷、袞」互注的例子也是。如《王制》「三公一命卷」，注：「卷，俗讀也，其通則曰袞。」這裏，孔穎達《正義》爲我們解釋得很清楚，他說：「《禮記》文皆作『卷』字，是記者承俗人之言，故云『卷，俗讀也』。云『其通則曰袞』者，謂以通理正法言之，則曰袞，故《周禮・司服》及《覲禮》皆作『袞』，是禮之正經也，故云『其通則曰袞』。」由此我們可以看出鄭玄是改字以從《周禮》，然而應該注意的是鄭玄說「俗讀也」，絕不會是沒有根據的。孔穎達說是《禮記》「承俗人之言」，是帶有偏見的，但說這是給《禮經》作「記」的人的方言字音，這一點是可以相信的。所以這裏鄭玄是在指出「卷、袞」其實是方言造成的。總而言之，這不是經師音讀系統的字音。

另外，《玉藻》的例子也是一樣：「龍卷以祭」，注：「龍卷，畫龍於衣，字或作袞。」

從這幾條材料辨析來看，更能說明我們所總結的眞文元三部韻字轉移的規律是非常強的。關於經師音讀系統中眞文元三部的分合情況，我們都進行了深入的分析。以下我們再做一番總結：首先，眞文二部的韻字轉移基本與漢代韻文押韻情況一致，即先秦文部的眞韻字都轉入眞部。但是有點不同的是，文部中的諄韻字也轉入了眞部。另外，元部的仙韻、刪韻也轉入了眞部，而且除了這兩類字以外元部基本不與眞部有交涉，可見二部的主元音有一定差距。文部和元部的主元音是比較接近的，二部之間的互注以魂桓韻字爲主。文元二部的主元音接近，我們還可以從此前討論的物月互注的情況中得到支持。文元與物月之間正好是陽入相配的關係。

另外，我們從眞文元的韻字轉移中似乎還可以看出一點上古韻部向《切韻》分韻系統的演變。其實，從這一節我們討論的經師韻部系統中的多處都能看出這一傾向，比如脂支兩部齊韻字的合併也是如此。但是有一點必須提的是，似乎經師音讀系統的演變過程與韻文押韻所經歷的不一樣。這一點我們在這裏討論的眞文元三部的互注，以及之支脂微四部的互注情況時都已經指出過。這也就能夠部分的解釋爲什麼我們以《廣韻》來對照經師音讀材料時，會出現我們統計表中那許多不規則的數據現象了。

6.2　開合四等系統分析

「開合四等」是等韻學家提出來的概念，從性質上來說，這是用來分析漢字音節中聲母、韻部和聲調以外的區別特徵的，一般認爲與聲母和韻部之間的介音關係最大。我們採用的是王力的音系，主張上古的：「同韻部開合四等的分別只是韻頭的不同，不是主元音的不同。」（1985：49）然而，雖然說傳統的「開合四等」概念是與現代語音學的介音相當，但是我們必須認識到等韻學家在具體進行各韻部的開合四等劃分時，還有一個重要考量因素就是等韻圖的格局。也就是說，他們並不是純粹從介音的角度來分析的，而是同時考慮到等韻圖的分圖以及等韻圖中聲韻配合的格局。所以我們說，「開合四等」從性質來說是介音的區別，但在實際操作上，其中的性質就比較複雜得多。這就是爲什麼高本

漢在其《中國音韻學研究》中對「開合四等」的分析，除了王力上面所排除的主元音區別外，還有聲母喻化和唇化的區別。（1926：27-57）

　　但是，不管其具體內涵有甚麼複雜因素，它作爲漢字音節的一項音位區別特徵則是無可懷疑的。所以我們認爲用等韻學中的「開合四等」來與東漢經師的音讀材料進行比較研究，並作爲介音的研究手段，這個方法還是可行的。其理由有二：第一、「開合四等」畢竟還是以分析介音爲主的。第二、「開合四等」畢竟還是一個成系統的分析結果。也正是因爲這些原因，我們從統計表的總體分佈來看，還是能夠發現有比較整齊的規律的。這與聲母、韻部的統計結果是相一致的。至於其中例外情況數量大的原因，我們在前面就已經分析過，這其實只是統計方法上的數據分佈問題，而不是說這些例外確實代表某些非常顯著的特徵。正是因爲如此，所以我們從統計表的例外數據分佈上也很難看出任何顯著的規律。

　　然而，如果我們再仔細分析，還是能看出一些特點的。比如，從表中其實不難看出例外的數量主要都集中在開口三等上。而這裏最大的原因當然是因爲開口三等字本身數量就非常多。單單是本身自注的 890 例就佔了總體材料數量的將近三分之一。另外很值得注意的是，如果我們把合口三等自注、以及開合口三等互注的數據也一起統計的話，就會發現總數多達 1463 例，將近就佔了總材料數量的一半。而且這個數據也佔了所有三等字互注、自注總數 2207 例的66%。這都說明了三等在介音位置上的特徵確實是很顯著的，同時與一二四等的區別也是相當明顯的。這樣的區別也是被漢代經師所普遍感知而體現在他們的音讀材料之中。

　　接下來，我們通過統計表的數據進行一些個別問題的考察與討論。

6.2.1　開合口的互注

　　等韻學上分開合口，有時候是同一韻部裏的介音區別、有時候卻是區分不同韻部的。這並不代表等韻學家分析方法的問題，更不是其中開合口的性質不一致，這純粹只是因爲《切韻》分韻粗細不一，而等韻學家爲了配合其分韻而進行的調整。高本漢正是由於在這一點上刻意求深，所以給中古合口韻制定了兩套 w、u 介音。（1926：462-466）其實這大可不必要。不論從等韻學家區分開合口的角度來看，還是從分析《切韻》系統的角度來看，「合口」特徵都沒必要區分爲兩類。因

此李方桂雖然也提到「合口」有兩種，「一韻含有開合口兩類的字的用 w，獨立的合口韻用 u」。但是從系統性角度來看，他總結說：「我們只認爲有一種合口介音，但是可寫作 w 或 u，以跟《廣韻》的韻目相對照。」（1971：21）

這是關於等韻學區分開合口的性質的問題。具體到東漢經師材料的統計分析，我們發現從總體規律來看開合口的區分還是相當明顯的。比如，統計表中開口與合口交叉的方框代表的是開合口互注的數據，很明顯這裏的數量比起開口、合口自注的數量少得多。而其中比較突出的是合口三等與開口三等的互注。這似乎說明了三等的特徵比較開合口的特徵更爲顯著。甚至於可能在某些方言中三等介音導致了合口特徵的消失，這從合口三等字大量與開口三等字互注的例子中可以看出來。我們如果從數據上來說明，就可以看得更明顯。比如，統計表中開合口互注的總數爲340例，而與三等相關的開合口互注的數量就有218例，佔64%。這個比例相當大。關於這一點，我們下一小節還會繼續分析。

另外，在開合口的問題中還有一點是關於唇音的開合。這一點許多學者都曾經提出來，陳澧《切韻考》中還專門進行了論述與校正。王力《漢語語音史》中也作進行了討論，他說：「在《廣韻》反切中，唇音開合口的系統相當亂，主要是三等字。」對於產生混亂的原因，他則引述並且同意高本漢的觀點，「認爲合口呼是韻頭圓唇，所以唇音開口字容易被誤會爲合口」。（1985：50）根據這一點，我們再看看統計表中開合口混同的互注材料，其中唇音字自注的材料總數爲74例，而二字中有一字爲唇音字的材料數量爲37例。也就是說牽涉到唇音的開合口混同注釋的總數量爲 111 例，佔據所有開合口混同總數 340 例的33%，將近三分之一。這在開合口混同的材料中，比起其它聲母來說數量也是最大的。而這 111 例唇音字開合口混同的材料中，只有 18 條是與三等無關的。（見附錄二：《經師音讀材料中開合口互注表》）

這樣的數據是能夠說明一些問題的。我們可以總結，拋開這些可能是由於唇音開合口混亂所造的統計表中開合口混同的材料數量，實際上能夠表示東漢經師音讀中開合口區分嚴格的材料比例將更具代表性。也就更能說明經師音讀中的開合口區分是很嚴格的，並且與《切韻》系統保持了很大程度的一致性。

6.2.2 一等、三等的互注（兼論四等）

上文我們針對統計表中三等的獨立性，以及其顯著的區別性進行了數據上

的分析。關於這一點，還應該特別注意的是，雖然學者們對於等韻學區分四等的具體內涵有不同看法，但是其中包含了韻母的洪細之分這一點，基本是沒有異議的。而其中最重要的就是三等是帶有 i 介音的，這一點也是幾乎所有學者都同意的。關於四等的區別，江永提出：「一等洪大，二等次大，三四皆細，而四尤細。」這是比較廣泛被接受的看法。王力正是以此來構擬上古的介音系統。（1985：49-50）其實，多數的上古音系研究都是以韻文押韻爲主要材料，而韻文押韻最重要的是主元音和諧，而一般是不牽涉介音的。所以只要在分韻部上維持一部一主元音的原則，介音似乎就只是一個語音歷史演變的系統性問題，即在相同韻部的條件下維持其向中古分韻系統發展的分化條件。這也就是李方桂構擬其上古介音系統的一個重要考量，所以他的介音系統是在照顧到歷史演變條件的前提下，盡量避免發生聲母與元音系統「複雜」化現象的情況來進行製定的。因此他的上古介音只有兩個。（1971：21-23）〔註13〕這都是由於缺乏直接印證上古介音系統的材料的關係。

在這一點上，東漢經師音讀材料作爲字與字之間整個音節的完全對應關係的直接證據，對於上古介音的研究就能夠起到很大的幫助了。首先我們注意到的就是，三等字的表現很突出。這一點我們在上文已經討論過。另外一點就是，三等與一等的互注也很明顯。這裏尤其應該強調的是，合口三等與合口一等的互注，以及開口三等與開口一等的互注是最突出的。而且遠遠多於開合口混同的一三等互注。這也能證明上一小節提出的經師音讀中的開合口區分嚴格的結論。此外合口三等讀同開口三等的現象也在上文作過了分析。

這裏我們要分析一等與三等互注的現象。首先，我們通過統計表的整理，抽取出開合口中一三等互注的材料，發現一三等互注總數的 321 例中屬於微物

〔註13〕 我們注意到李方桂在討論其上古介音系統時，最常提到要避免「複雜」化。比如他提到上古介音有一個三等介音 j，説：「所以在上古音字裏也得保留這個介音，否則不但聲母系統要複雜，我們也無法解釋許多諧聲的現象。」（1971：22）還有，關於四等的 i，他認爲這是個元音而非介音，並説道：「但是從上古音的眼光看來至少上古音裏應當有個 i 元音在四等韻裏，可以免去許多元音的複雜問題。」（1971：23）類似的論述還有不少。所以我們説，似乎對於李方桂來説，上古介音就只是一個系統問題，而與上古的具體字音關係不大。這當然最關鍵的因素還在於材料的缺乏。因此也是無可厚非的。

文、歌月元韻部的數量就有 148 例，佔 46%，已經將近半數。而且其中二字都屬於這六部字的材料數量就有 121 例。尤其值得注意的是，其餘不屬於這六部字的一三等互注主要都是開口的，而涉及合口的一三等互注總數的 218 例中就有 165 例是與這六部字相關的。這裏的主要原因是這六部字中的開口字本來就比較少。總之，這樣的數據是很能說明問題的。另外，我們曾經舉過高誘和許慎的例子，如高誘注《淮南子・說山》「礛，廉，或直言藍也。」又許慎《說文・水部》「瀾，或从連。」又《犬部》「獫讀若檻。」這些都是一三等混同的例子，而且這些字也都是屬於元部字。我們在韻部系統分析中提到過文元、物月的主元音是相近的。這裏也同時印證了這一點。更重要的是，文元等六部中一三等混同的例子那麼多，最合理的解釋就是它們的主元音都是較高的元音，即與三等介音 i 相近。因此彼此容易發生同化而合併。尤其當我們考慮到高誘注「礛，廉，或直言藍也」時，就更能相信這是最合理的解釋了。因為，一來高注顯示這應該不是方言的異讀，二來他說「直言」就表示這裏的區別只是發音緩急而已，即是否將介音滑向主元音的過渡發出來、或者直接將二者合併為一個元音，舉例來說就比如[lien]與[len]區別的。

　　關於這一點，我們另外參考王力漢代韻部的擬音，文部得主元音為央元音[ə]，而元部為低元音[a]。（1985：89）二者都與我們在經師音讀材料裏所觀察到的有一定差距。這正好符合我們在分析韻部系統時所一再提到的，不論從之支脂微四部的分合情況來看，或者是真文元三部的韻字轉移情況來看，經師音讀的韻部系統都表現出一些與兩漢韻文押韻不太一致的活動，而這當中最主要的原因自然就是彼此的音系格局不同，具體就表現在各韻部之間的音值遠近關係不一樣。這裏關於文元等部的討論結果正是這樣的例子。（這一節討論的一三等互注數據與材料，見附錄三：《經師音讀材料中一三等互注表》）

　　關於統計表中三等字互注的問題，還有一點要提的是開口三等與開口四等的互注。首先我們從統計數據來看，開口四等與三等的互注數量為 159 例，幾乎與其自注的 186 例數目相等。而且，這個數據佔據了開口四等與自身以外的等呼互注總數 221 例的 72%。這是很值得注意的。關於四等介音的構擬，學者間的分歧是很大的。李方桂就同意不少學者的主張，認為四等沒有介音，他的主要原因是「四等字的聲母完全與一等字一樣」，但他卻認為應該保留一個元音

性質的 i。（1971：23）這主要是為了照顧到語音歷史演變的分化條件。

我們從經師音讀材料的統計來看，四等字與三等的關係如此密切，幾乎與自身互注數量相等，可見經師音讀系統中的四等絕對是細音。至於其中的 i 是元音性質還是介音，或者其介音是緊 i 還是鬆 i，由於沒有更直接的證據，單從經師音讀的材料來看暫時無法確定。

另外，合口四等字的數量本來就比較少。但從其互注的數據來看，還是能夠看出與開口、合口三等的關係比較密切。

6.2.3 二等 -r- 介音的問題

前面討論李方桂的介音系統時，提到他構擬了兩個上古介音。這兩個介音，一個是三等的 j，一個就是二等的 r。他提到這兩個介音對聲母的影響，是「齶化與卷舌化」。（1971：23）關於 r 介音，他說：「二等韻裏在上古時代應當有一個使舌尖音卷舌化的介音 r。」（1971：22）另外他還談到這個介音對元音的影響，說：「介音 r 有一種中央化的作用。」（1971：23）上古二等的 r 介音最早是由前蘇聯學者雅洪托夫提出來的，有不少學者都同意他的結論。

其實，我們前一小節分析過，上古介音由於缺乏成系統的直接材料，而韻文押韻又是不考慮介音的，因此在漢字的音節結構上形成了一個可供學者「自由發揮」的真空地帶。似乎是只要能夠解釋上古到中古的歷史演變，基本上是任何構擬都是可能的。這一點，李方桂說得非常透徹，他提到他所製定的「兩個介音的重要，可以分兩方面看。一方面他們對聲母有影響，因此可以使上古的簡單聲母系統演變成《切韻》的較複雜的系統。一方面他們對於元音有影響，可以使上古的簡單元音系統演變成複雜的《切韻》元音系統」。（1971：23）也就是說上古的介音構擬純粹只是一個系統問題。而這種時候，往往就會誘使人利用這樣的「空當」來解釋一些特殊例外的現象，構擬一些非常規的語音成分，卻從而「顧此失彼」，把最直接簡單也最能解釋多數情況的構擬方案都捨棄不要了。我們上文提到過，這完全是由於缺乏直接材料的關係。

這一點上，我們的研究材料就突顯出其價值來。從我們的「開合四等」統計表來看，二等字的互注情況非常零散。比如開口二等的自注數量為 116 例，而與自身以外等呼互注的總數卻達 180 例，尤其是這 180 例幾乎平均分佈於一三四各等之中。而更值得注意的是合口二等的自身互注 26 例，而與合口一等

24 例、合口三等 21 例，數量幾乎一樣。我們沒有直接證據來說明經師音讀系統中的二等是甚麼音值，然而從這些混亂的互注來看，可以肯定的是它不是 r 介音。這裏，我們恰好可以借用李方桂反對上古聲調構擬為韻尾輔音的理由，他說：「如果《詩經》用韻嚴格到只有同調類的字相押，我們也許要疑心所謂同調的字是有同樣的韻尾輔音，不同調的字有不同的韻尾輔音，但是《詩經》用韻並不如此嚴格，不同調類的字相押的例子，也有相當的數目，如果不同調的字是有不同的韻尾輔音，這類的韻似乎不易解釋，不如把不同調類的字仍認為聲調不同。」（1971：32-33）

所以說，如果二等是有 r 介音的，那實在就無法解釋二等字竟能同時與一三四各等的字互注。而恰恰是二等字幾乎平均地與一三四各等字互注，就更加證明了它的特徵並不明顯。因此，王力的構擬意見就顯得直接而具有解釋力。按照《漢語語音史》的「先秦音系」，王力構擬上古二等介音為「開口 e 」和「合口 o 」。（1985：50）這兩個介音都處在舌位圖的半高與半低的位置，最能解釋二等同時與一等和三四等互注的現象。另外特別值得注意的是，我們的統計表顯示，二等雖然與一三四各等互注，但是在開合口的分界上確實相當嚴格的。比如開口二等與合口一等和合口三等的互注就明顯少於與開口一等和開口三等的互注數量。同樣的情況在合口二等的互注統計中也有體現。尤其特別要指出的是，開口二等與合口二等的互注只有 4 例，可以說基本就不互注，可見這兩類音是差別很大的。這一點，如果我們使用王力的擬音也是能夠很好地得到解釋的。

6.3 聲調系統分析

關於辨別聲調的困難，我們在前章已經不止一次提及。甚至於到了民國初期頒佈國語字音時還是無法確定聲調，而審音委員之一的錢玄同也說：「教授國音，不必拘泥四聲。」漢代經師在沒有四聲理論的情況下，尤其受到各種方言影響，兼之調類調值的交叉錯綜的關係，不難想像他們在辨別字音上的難度。然而，有一點可以肯定的是，經師們是意識到聲調的區別的，也在辨別聲調上做出了努力。比如，許慎《說文・皿部》「盇讀若灰，一曰若賄。」又《史記・絳侯周勃世家》服虔注：「提音弟，又音啼。」這裏也是表現聲調的區別，我們

在上文分析過。但是，同時我們在第三章也提過，儘管經師們努力辨別聲調，但是以《廣韻》的字音來比較，還是發現其音讀中有許多字組是只在聲調上有區別的，如以許慎的讀若來看，《女部》「嬋讀若深」、《水部》「瀵讀若粉」、《广部》「疒讀若紂」都是這樣的例子。

當然，產生這樣的音讀的原因目前是無法完全確定的。這可能是方言之間的差異，如《切韻》編韻者根據的是某個方言、而經師音讀則是以另一種方言。也可能是經師音讀系統中某兩個聲調的調值比較接近，而經師有時混同。還有一個可能是連讀變調，其實上述許慎「盉讀若灰，一曰若賄」也許就是這樣的例子。因為這顯然不是方言之間的異讀，經師也不會把兩種不同方言的讀音放在一起作為「讀若」字音。這就好像北京話中上聲連讀前字要變調，而與陽平同，所以「雨」字注音可以是「讀若語，又若魚」，後者是「雨傘」一類詞中的讀音。

我們的聲調統計表，與其他統計表一樣都表現出比較整齊的規律性。雖然從絕對數量來看，那些在對角同質線以外的互注數量都是相當大的，但是如果我們按照符合規律與不符合規律的數量比例進行統計，那問題的實質就很清楚了。也就是說，以各表中對角同質線上的數據的比例進行比較，我們得出以下結果：聲母表數量為 1898 例，比例為 62%；韻部表數量為 2106，比例為 69%；開合四等表數量為 2133，比例為 70%；聲調表數量為 2091，比例為 68%。這個數據就表明，經師音讀中的聲調分佈還是很符合總體規律的。

另外，從統計表的數據來看，我們也注意到平聲字的例外數量是最大的。這裏最主要的原因是平聲字數量本來就最多，所以這個絕對數並不能代表平聲字的例外互注情況最嚴重。這裏我們同樣要以比例來進行比較。首先，統計表中的平聲字總數為 1558 例，例外總數為 658 例，佔 42%。然後我們看看其他聲調的情況：上聲總數 854 例，例外 488 例，佔 57%；去聲總數 745 例，例外 511 例，佔 69%；入聲總數 886 例，例外 295 例，佔 33%。所以說，平聲甚至是最穩定的聲調之一。當然，我們從這裏的數據能清楚看出，去聲的例外互注最多，達到超過三分之二。而入聲是最穩定的，如果我們將長入轉為去聲的字都剔除掉的話，符合規律的比例肯定還要高出許多。這也可以從另一個角度證明，東漢經師音讀系統中的入聲塞音韻尾都完整的保存著。而且也能夠證

明經師音讀中的平上去三聲並不帶「韻尾輔音」，否則其與入聲的互注顯然是會很高的。關於聲調與韻尾輔音的問題，我們下文還會進行專門討論與分析。

這裏還值得注意的是，入聲的例外互注中數量最大的是與平聲的互注。這一點與去聲和平聲互注的情況可以進行比較。我們看到去聲與平聲互注的數量甚至高於去聲自注的數量。這是很值得注意的。其中最合理的解釋應該是去聲的連讀變調恰好與平聲的調值一致。因爲除了去聲，上聲與平聲的互注比例也是很高的。我們不能假設經師音讀系統中的平上去三聲的調值都很接近；更不能說這些都是方言的影響，因爲如果是這麼大比例的例外互注就不可能是方言字音零星影響的結果。因此我們主張經師音讀材料中聲調混亂的其中最大原因之一就是連讀變調的結果。其實在我們的材料中，我們也發現有這樣的例子，即第三章中舉過的高誘《淮南子注》中的例子：「蔣讀水漿之漿。」這裏的「蔣」字非罕見字，高誘也未釋義而僅僅是注音，又從《廣韻》的收音釋義來看，「蔣」讀「漿」應該就是連讀變調。許愼音讀中的那些以《切韻》系統來看只有聲調區別的「讀若」也可能是某部經典中連讀變調字音的結果，類似的例子如《木部》「梂讀若三年導服之導」，我們也進行過分析。

以上從統計表的數據分析介紹了聲調互注規律上的一些特點，並對一些現象作了解釋。接下來，我們針對一些具體問題進行討論。

6.3.1　去聲的產生

關於經師音讀材料中去聲產生的證據，我們在韻部系統的分析中已經作過詳細的討論。另外從上述聲調表的數據來看，這一點應該是毫無疑問的。

我們指出過，去聲是否在漢代產生的問題，羅、周與王力同樣根據韻文押韻材料進行過非常細緻的研究，卻得出了截然不同的結論。羅、周認爲漢代已經產生了去聲。（1958：65-69）而王力則主張「漢代沒有去聲。」（1985：115）這主要是由於韻文押韻有寬嚴不同，又有曲調的調節，關鍵只在於主元音和諧。但是經師音讀材料就不同，所以它能爲我們提供更眞實和完整的字音信息。

6.3.2　聲調與韻尾輔音的問題

最後，在聲調的問題上我們還要討論聲調與韻尾輔音的關係。提出這個問

題，主要是因爲有不少學者都主張上古漢語無聲調，而中古以後的聲調則是由上古的韻尾輔音脫落形成的。甚至李方桂也專門討論了這個問題，而說：「韻尾與四聲的關係相當密切。」（1971：32）其實，關於這種聲調與韻尾「關係相當密切」的觀點，是很值得重新審視的。首先，形成這種看法的主要原因之一是看到了入聲有輔音韻尾，然而古人以入聲爲四聲之一，顯然是由於其音高與音長確實與平上去三聲不同，而不是主要考慮其輔音韻尾，否則 -p、-t、-k 三種輔音韻尾就應該分爲三個「聲調」了。更何況，中古後的入聲消失並未形成新的聲調，而是合併入原有的聲調當中。其次，是看到了某些語言如越南語的韻尾輔音脫落後形成聲調。這裏我們先不論越南語的眞實演變情況，單說韻尾輔音脫落問題。從語言的本質來說，在經濟性原則與區別性原則的雙重制約下，一個區別特徵的消失必然就要犧牲其表義的明晰性。因此爲了保持表義功能的同等效果，語言會進行自身調適，即利用別的特徵來達到同樣的區別作用。這是一種補償手段。比如近代漢語的濁聲母清化以後就以聲調的陰陽來達到原來由聲母的清濁所承擔的區別作用。所以，這只是語言自身調適的選擇性問題，而不是韻尾與聲調的關係密切。然而，這裏有一個問題值得我們深入思考。那就是漢語濁聲母消失的補償手段是聲調分爲陰陽，同時入聲消失的補償手段也是利用聲調來區分。這裏我們要連帶說的是，其實「入派三聲」也同屬於語言自身調適的結果，只是恰好其結果與原有的特徵相一致而已。總之，不論是聲母或韻母的區別特徵都以聲調作爲補償手段，這裏最合理的解釋應該是由於聲調是非音質音位，而且其特徵是貫穿於整個音節，也就是說它實際是與音節中的所有位置都發生接觸。而作爲非音質音位，它的變化對於整個音系格局的影響是最小的，至少在輔音與元音的組合關係和聚合關係上沒有影響。因此也就不影響到發音器官的活動慣性，所以從經濟性原則來說這個選擇也是最佳的。

　　由此我們說，「韻尾與四聲的關係相當密切」的提法本身就是不成立的。只是目前許多學者不進行細究，幾乎認爲這已經是個不證自明的事實。比如柯蔚南的《東漢音注手冊》就是如此，他在構擬韻母時完全不考慮聲調的可能性，而是直接進行韻尾輔音音值的討論。（1983：80-83）在此要特別提的是，柯蔚南的構擬多處照搬李方桂的系統，我們前面已經多次批評過，他的介音以及韻尾輔音（聲調）的系統也是完全照搬李方桂的。比如他的介音就是李方桂的 j

和 r 兩個，加上李氏也有的合口介音 w。（1983：77-79）而他的韻尾輔音也是李氏的構擬，只是做了一點音值上的調整。其實，如前面提到的，李方桂的上古音系統強調的是系統的合理性，對於具體音值的構擬，他在很多地方都是不確定的。比如這裏討論的聲調問題，我們前面引過他的意見，他是比較傾向於上古有聲調的，然而在擬音上他又給中古的平上去入四聲製定了一套韻尾輔音。而且他所製定的韻尾輔音，正是他批評過的高本漢用來區別於入聲韻尾的濁輔音韻尾。他是這麼說的：「現在我們既然承認上古有聲調，那我們只需要標調類而不必分辨這種輔音是清是濁了。不過我想倒是可以用*-b、*-d、*-g 等再加幾個符號來代表調類。」（1971：33）他清楚地說了，這些符號都純粹只是起到分辨類別的作用，並不是眞的他認為是那個音值，更不能說他是有任何證據說明這個音類就是這個音值的。對此他也很坦白地明說：「我們既然承認上古有四聲，那麼別的區別似乎是不重要的。」（1971：34）

然而我們當然會懷疑，他既然認為上古有聲調，但又為甚麼還要構擬韻尾輔音。這裏最根本的原因應該是李氏本人對於上古的聲調是音高區別還是韻尾輔音區別這一點，並無十分把握。因此一方面承認有四聲，另一方面又製定一套韻尾輔音。這樣其實就形成了音節結構中的羨餘特徵，是不符合語言經濟原則的。然而，正如我們所指出的，李氏的構擬強調的只是系統性，這種羨餘特徵是不影響其系統的合理性的，因此他也才一再強調這些韻尾輔音的具體音值「是不重要的」。但是柯氏卻似乎沒有理解這一點，而是與他在構擬東漢聲母時一樣，一味只是從形式上模仿，甚至「改進」李氏的系統。

其實，關於東漢經師音讀系統的聲調格局，我們前面就已經分析過，從平上去三聲例外互注的較大數量來看，是不可能得出有韻尾輔音的結論的。而最重要的是，入聲保持了非常強的獨立性，只有少於 21% 是與平上去三聲互注的，而這 21% 之中絕大多數還是長入轉為去聲後的互注。所以說，如果平上去三聲也有類似於入聲的塞音韻尾，那麼入聲與平上去三聲的互注數量應該是相當多的。因此我們證明了東漢經師音讀系統的聲調是音高的區別，與韻尾輔音無關。

第七章 結 語

　　我們通過收集整理八位東漢經師注釋古籍中的音讀材料三千餘條，分別從注釋特點、注釋的特殊複雜情況等方面進行分析，然後在此基礎上分析「東漢經師音讀系統」的音系，從聲母、韻部、介音、聲調等方面深入探討其音系特點。我們得出的結論是，東漢經師音讀系統是以漢代的語音系統爲基礎音的，不論從聲母、韻部、聲調等方面來看，都主要表現的是漢代的語音特點。另外，從韻部的分析來看，這個音讀系統又有不少區別於漢代韻文押韻的韻部演變與分合情況。這樣的區別，有的是受方言影響造成的個別字音的不同，有的是保留古讀的字音，有的是經師音讀系統特殊的演變規律。然而，雖然這個音讀系統當中存在有不少這些方音、古音等異質成分，但是這些特殊字音以及特殊音變規律在各經師的音讀材料都保持了很大的一致性，這也就是我們在第一章提出的，漢代經師音讀系統是一個內在統一的讀音系統，同時這一讀音系統又有一些與東漢通語相區別的語音特點。

　　另外，正是由於有兩漢韻文押韻的材料作爲比較對象，所以我們才能肯定經師音讀系統自有其特殊的韻部特點。而至於聲母，雖然我們的結論也與王力漢代音系有些出入，包括擬音的不同，但是我們卻無法確定這樣的區別是由於經師音讀的特殊性，還是眞的與王力的分析結果不同。

　　其實，通過這些材料的分析，最大的發現還在於經師音讀系統中的方言影

響遠遠超乎我們原來的想像。而且漢代方言的複雜情況，以及影響於文人讀書音的程度也是超乎此前的設想。關於這些方言材料，有一點要提的是，經師的音讀之中存在方音影響，這本是不爭的事實，然而由於「子所雅言」的觀念影響，沒有人會承認自己的音讀是偏離於聖人之音的方俗俚語的。甚至我們看到《三禮注》中杜子春、鄭興、鄭眾等人也絕口不提方言，而是多虧鄭玄這樣通識的學者才為我們一一道破。因此我們不得不佩服鄭玄的識見以及通達。這也就能夠解釋為甚麼高誘注《淮南子》、《呂氏春秋》時提到的方言數量特別多，甚至還有馬融以自己的方言讀《淮南子》的例子。這其實正是漢代經師讀經的正常現象，只是因為對於子部書可以不諱言地直說，而對於經書卻是都不願意承認的。尤其是關係到博士官的利祿大關節，所有經師都主張自己的音讀與解釋才是聖人的真傳。所以就形成了這些材料中的許多方言音讀沒有被明確指出來。這也就是造成這批材料分析難度的重要原因之一，即專門研究漢代方言的學者往往面臨材料不足的困境、而利用這批材料與漢代韻文對照研究的又發現其中不可解的字音注釋相當多。本文通過經師音讀材料之間的互證，梳理了多處實際是方言影響的音讀注釋，也解決了一些歷來學者多感到費解的音讀注釋。這正是本文討論研究方法時強調的以經師材料互證的作用。我們強調經師音讀系統的內在統一性，所以這樣的互證方法可以保證材料性質的一致性，因此結論也更為可信，同時也更能揭示材料內在的規律性。

參考文獻

1. Benedict, Paul K.（白保羅），1972 "Sino-Tibetan: A Conspectus"（《漢藏語概要》）。（New York）Cambridge University Press, 1972。

2. Bodman，A. Nicholas（包擬古），1954 "A Linguistic Study of the Shih Ming"（《〈釋名〉的語言學研究》）。The Harvard University Press，1954。

3. Bodman，A. Nicholas（包擬古），1980 "Proto-Chinese and Sino-Tibetan: Data Towards Establishing the Nature of the Relationship"。原載美國 "Contributions to Historical Linguistics" 期刊，今據潘悟雲、馮蒸漢譯本《原始漢語與漢藏語》，中華書局 2009 年。

4. 陳復華、何九盈，1987《古韻通曉》。中國社會科學出版社 1987。

5. Coblin，W. South（柯蔚南），1983 "A Handbook of Eastern Han Sound Glosses"（《東漢音注手冊》）。The Chinese University Press， Hong Kong， 1983。

6. 段玉裁，1815《說文解字注》（附《六書音韻表》）。今據上海古籍出版社 2001 年，影印嘉慶二十年經韻樓原刻本。

7. Karlgren, Bernard J.（高本漢），1926 "Phonologie Chinoise"。今據趙元任、羅常培、李方桂 1940 年漢譯本《中國音韻學研究》，商務印書館 1998 年。

8. Karlgren, Bernard J.（高本漢），1954 "Compendium of Phonetics in Ancient and Archaic Chinese"。今據轟鴻音漢譯本《中上古漢語音韻綱要》，齊魯書社 1987 年。

9. 郭錫良，1986《漢字古音手冊》。北京大學出版社 1986 年。

10. 洪亮吉，1775《漢魏音》。今據《續修四庫全書·經部·小學類》第 245 冊，影印乾隆五十年刻本，上海古籍出版社 2003 年。

11. 李方桂，1971《上古音研究》。今據商務印書館 1998 年。

12. 陸志韋，1946《〈說文解字〉讀若音訂》。原載《燕京學報》第 30 期，今據《中國學會

科學院學者文選・陸志韋集》，中國社會科學出版社 2003 年。

13. 陸志韋，1947《古音說略》。原載《燕京學報》專號之二十。今據《陸志韋語言學著作集（一）》，中華書局 1985 年。

14. 羅常培、周祖謨，1958《漢魏晉南北朝韻部演變研究（第一分冊）》。科學出版社 1958 年。

15. 皮錫瑞，1907《經學歷史》。今據周予同 1928 年點校本，中華書局 1981 年。

16. Pulleyblank，E. G.（蒲立本），1962 "The Consonantal System of Old Chinese"。原載英國 "Asia Major" 期刊第九期，今據潘悟雲、徐文堪漢譯本《上古漢語的輔音系統》，中華書局 1999 年。

17. Serruys, Paul L.M.，1958 "Notes on the Study of the Shih Ming : Marginalia to N. C. Bodman's 'A Linguitic Study of the Shih Ming'"（《〈釋名〉研究筆記：包擬古〈釋名的語言學研究〉一書之旁注》）。英國 "Asia Major" 期刊第 6 期，1958。

18. 沈兼士，1940《吳著〈經籍舊音辯證〉發墨》《經籍舊音辯證》。今據中華書局 1986 年《沈兼士學術論文集》。

19. 沈兼士，1941《漢字義讀法之一例──〈說文〉重文之新定義》。今據中華書局 1986 年《沈兼士學術論文集》。

20. 沈兼士，1947《漢魏注音中義同換讀例發凡》。今據中華書局 1986 年《沈兼士學術論文集》。

21. 沈兼士，1933《聯緜詞音變略例》。今據中華書局 1986 年《沈兼士學術論文集》。

22. 唐晏，1917《兩漢三國學案》。今據吳東民 1986 年點校本，中華書局 2008 年。

23. 王葆炫，1997《今古文經學新論》。中國社會科學出版社 1997 年。

24. 王力，1956《漢語史稿》。今據 1996 年再修訂本，中華書局 2004 年

25. 王力，1981《中國語言學史》。山西人民出版社 1981 年。

26. 王力，1985《漢語語音史》。今據中國社會科學出版社 1998 年。

27. 王念孫，1832《讀書雜志》。今據江蘇古籍出版社 2000 年，影印清同治庚午年金陵書局重刊本。

28. 王先謙，1895《釋名疏證補》。今據祝敏徹、孫玉文點校本，中華書局 2008 年。

29. 魏建功，1935《古音系研究》。今據中華書局 1996 年。

30. 吳承仕，1924《經籍舊音辯證》。今據秦青點校本，中華書局 1986 年。

31. 吳承仕，1925《淮南舊注校理》。今據北京師範大學出版社 1985 年。

32. 吳承仕，1933《經典釋文敘錄疏證》。今據龔弛之點校本，中華書局 1984 年。

33. 楊天宇，2008《鄭玄三禮注研究》。中國社會科學出版社 2008 年。

34. 余迺永，2000《新校互注宋本廣韻》。上海辭書出版社 2000 年。

35. 虞萬里，1989《〈三禮〉漢讀異文及其古音系統》。原刪節載《語言研究》1997 年第 2 期，今據《榆枋齋學術論集》，江蘇古籍出版社 2001 年。

36. 虞萬里，1990《柯蔚南〈東漢音注手冊〉三禮資料補訂》。原載《國際漢學》2000 年

第 5 輯，今據《榆枋齋學術論集》，江蘇古籍出版社 2001 年。

37. 張雙棣，1997《淮南子校釋》。北京大學出版社 1997 年。

38. 周祖謨，1943《顏氏家訓音辭篇注補》。原載《輔仁學誌》1943 年第 12 期，201～220 頁，今據《周祖謨語言學論文集》，商務印書館 2001 年。

39. 宗福邦、陳世鐃、蕭海波主編，2003《故訓匯纂》。商務印書館 2003 年。

附錄（一）

1. 杜子春音讀材料

杜子春《周禮注》

序號	篇名	音注字組	聲母	韻部	等呼	聲調
1	《周禮·天官》	弛 — 施	書	歌	開三	上 — 平
2		別 — 辨	並	月 — 元	開三	入 — 上
3		七 — 小	清 — 心	質 — 宵	開三	入 — 上
4		眂 — 視	禪	脂	開三	去
5		盲 — 望	明	陽	開二 — 合三	平 — 去
6		胖 — 版	滂	元	合一	去
7		齊 — 粢	從 — 精	脂	開四 — 開三	平
8		茆 — 卯	明	幽	開二	上
9		苦 — 盬	溪 — 見	魚	合一	上
10		拍 — 膊	滂 — 幫	鐸	開二 — 開一	入
11		鴈 — 鶉	疑 — 禪	元 — 文	開二 — 合三	去 — 平
12		棘 — 材	見 — 從	職 — 之	開三 — 開一	入 — 平
13		王 — 玉	匣 — 疑	陽 — 屋	合三	平 — 入
14		錄 — 祿	來	屋	合三 — 合一	入
15		淳 — 敦	禪 — 端	文	合三 — 合一	平
16		敦 — 純	端 — 禪	文	合一 — 合三	平
17		梗 — 更	見	陽	開二	上 — 平
18		齎 — 資	精	脂	開四 — 開三	平
19		緌 — 禭	心 — 余	微	合三	平

20	《地官》	塵 — 壇	定	元	開三 — 開一	平
21		儀 — 義	疑	歌	開三	平 — 去
22		生 — 性	心	耕	開二 — 開三	平 — 去
23		求 — 救	群 — 見	幽	開三	平 — 去
24		蕃 — 藩	並 — 幫	元	合三	平
25		受 — 授	禪	幽	開三	上 — 去
26		膠 — 糾	章 — 見	幽	開三	平
27		邦 — 域	幫 — 匣	東 — 職	開二 — 合三	平 — 入
28		葅 — 蒩	精	魚	合一 — 開三	平
29		屯 — 臀	定	文	合一	平
30		舞 — 無	明	魚	合三	上 — 平
31		容 — 頌	余 — 邪	東	合三	平 — 去
32		政 — 正	章	耕	開三	去
33		酺 — 步	並	魚	合一	去
34		政 — 征	章	耕	開三	去 — 平
35		既 — 暨	見 — 群	物	開三	去
36		尨 — 龍	明 — 來	東	開二 — 合三	平
37		毀 — 甈	曉 — 溪	微 — 月	合三 — 開三	上 — 入
38		郊 — 蒿	見 — 曉	宵	開二 — 開一	平
39		漆 — 桼	清	質	開三	入
40		艱 — 摳	見	文	開二 — 開三	平
41		羈 — 寄	見	歌	開三	平 — 去
42		舉 — 與	見 — 余	魚	開三	上
43		遊 — 猶	余	幽	開三	平
44		中 — 得	端	冬 — 職	合三 — 開一	平 — 入
45		奠 — 定	定	眞 — 耕	開四	去
46		附 — 柎	並 — 幫	侯	合三	去 — 平
47		總 — 儳	精 — 崇	東 — 談	合一 — 開二	上 — 平
48		襲 — 習	邪	緝	開三	入
49		滯 — 瘬	定 — 端	月 — 歌	開三 — 開一	去 — 上
50		蕩 — 帑	定 — 透	陽	開一	上
51		鉏 — 助	崇	魚	開三	平 — 去
52		鉏 — 助	崇	魚	開三	平 — 去
53		羈 — 奇	見	歌	開三	平
54		駤 — 挈	心 — 溪	眞 — 月	開三 — 開四	平 — 入
55		受 — 授	禪	幽	開三	上 — 去
56	《春官》	靺 — 韎	明	月 — 物	合一 — 合三	入
57		吉 — 告	見	質 — 覺	開三 — 開一	入
58		竁 — 毳	清	月	合三	入
59		泯 — 泯	明	支 — 眞	開三	上
60		祈 — 幾	群 — 見	微	開三	平 — 上
61		珥 — 餌	日	之	開三	去

62		位 — 泣	匣 — 來	物 — 質	合三 — 開三	入
63		蜃 — 謨	禪 — 明	文 — 魚	開三 — 合一	去 — 平
64		齎 — 粢	精	脂	開四 — 開三	平
65		踐 — 餞	從	元	開三	上 — 去
66		縮 — 數	山	覺 — 侯	合三	入 — 去
67		齊 — 粢	從 — 精	脂	開四 — 開三	平
68		珍 — 鎮	端	文 — 眞	開三	平 — 去
69		播 — 藩	幫	歌 — 元	合一 — 合三	去 — 平
70		帝 — 定	端 — 定	錫 — 耕	開四	入 — 去
71		鏗 — 硜	溪 — 見	眞 — 文	開二 — 合一	平 — 上
72		韽 — 闇	影	侵	開一	平 — 去
73		鑿 — 戚	清	覺	開四	入
74		縵 — 慢	明	元	合一 — 開二	去
75		納 — 內	泥	緝 — 物	開一 — 合一	入
76		祴 — 陔	見	之	開一	平
77		觭 — 奇	溪 — 群	歌	開三	平
78		譙 — 樵	精 — 從	宵	開三	平
79		果 — 贏	見 — 來	歌	合一	上
80		焌 — 鐏	精	文	合一	去
81		焌 — 俊	精	文	合一 — 合三	去
82		萌 — 明	明	陽	開二 — 開三	平
83		難 — 儺	泥	元 — 歌	開一	平
84		噩 — 愕	疑	鐸	開一	入
85		誥 — 告	見	覺	開一	入
86		造 — 竈	從 — 精	幽 — 覺	開一	去 — 入
87		振 — 愼	章 — 禪	文 — 眞	開三	去
88		擩 — 芮	日	侯 — 月	合三	上 — 入
89		動 — 慟	定	東	合一	上 — 去
90		奇 — 倚	見 — 影	歌	開三	平 — 上
91		洰 — 攝	明 — 書	支 — 葉	開三	上 — 入
92		祀 — 禩	邪	之	開三	上
93		齋 — 粢	精	脂	開四 — 開三	平
94		防 — 披	並 — 滂	陽 — 歌	合三 — 開三	平
95		貉 — 百	明 — 幫	鐸	開二	入
96		貉 — 禡	明	魚	開二	去
97		菹 — 鉏	精 — 崇	魚	合一 — 開三	平
98		館 — 飽	見 — 幫	元 — 幽	合一 — 開二	去 — 上
99		贈 — 增	從 — 精	蒸	開一	去 — 平
100		弭 — 彌	明	支 — 脂	開三	上 — 平
101		協 — 叶	匣	葉	開四	入
102		汁 — 叶	章 — 匣	緝 — 葉	開三 — 開四	入
103		奠 — 帝	定 — 端	眞 — 錫	開四	去 — 入

104		奠 一 定	定	眞 一 耕	開四	去
105		鉤 一 拘	見	侯	開一 一 合三	平
106		鵠 一 結	匣 一 見	覺 一 質	合一 一 開四	入
107		捐 一 沙	心 一 山	魚 一 歌	開三 一 開二	平
108		藻 一 轍	精	宵 一 侯	開一	上 一 平
109		駹 一 龍	明 一 來	東	開二 一 合三	平
110		欺 一 柰	溪 一 清	之 一 質	開三	平 一 入
111		翠 一 氈	山 一 來	葉	開二 一 開三	入
112		莘 一 軒	並	耕	開三 一 開四	平
113		卒 一 萃	精 一 從	物	合三	入
114		鈴 一 輪	來	耕	開四	平
115		續 一 讀	邪 一 定	屋	合三 一 合一	入
116		更 一 受	見 一 禪	陽 一 幽	開二 一 開三	平 一 上
117		齋 一 資	精	脂	開四 一 開三	平
118	《夏官》	爟 一 燋	見 一 精	元 一 宵	合一 一 開三	去 一 平
119		眦 一 漬	從	支 一 錫	開三	去 一 入
120		鑿 一 造	精	覺 一 幽	開四 一 開一	入 一 去
121		待 一 持	定	之	開一 一 開三	上 一 平
122		乏 一 乏	並	葉	合三	入
123		帆 一 軛	並	侵	合三	上
124		軹 一 軒	章 一 見	支 一 元	開三	上
125		軷 一 罰	並	月	合一 一 合三	入
126		軷 一 別	並	月	合三 一 開三	入
127		滅 一 厲	明 一 來	月	開三	入
128		佚 一 逸	余	質	開三	入
129		箭 一 晉	精	元 一 眞	開三	去
130		貕 一 奚	匣	支	開四	平
131		華 一 瓠	曉 一 溪	魚	合二	平
132		離 一 雜	來	歌	開三	平
133	《秋官》	條 一 滌	定	幽 一 覺	開四	平 一 入
134		趨 一 避	幫 一 並	質 一 錫	開三	入
135		麗 一 儷	來	支 一 歌	開四 一 開三	去 一 平
136		貶 一 窆	幫	談	開三	上 一 去
137		窆 一 禁	幫 一 見	談 一 侵	開三	去
138		子 一 祀	精 一 邪	之	開三	上
139		炮 一 苞	並 一 幫	幽	開二	平
140		樟 一 枯	溪	魚	合一	平
141		枯 一 樗	溪 一 透	魚	合一	平
142		樟 一 梓	溪 一 精	魚 一 之	合一 一 開三	平 一 上
143		午 一 五	疑	魚	合一	上
144		萌 一 薨	明	陽 一 蒸	開二	平
145	《考工記》	資 一 齊	精 一 從	脂	開三 一 開四	平

146		雕 — 舟	端 — 章	幽	開四 — 開三	平
147		妢 — 邠	並 — 幫	文	合三 — 開三	平
148		妢 — 焚	並	文	合三	平
149		笴 — 稾	見	歌 — 宵	開一	上
150		庇 — 秘	幫	脂 — 質	開三	去
151		侈 — 移	昌 — 余	歌	開三	上 — 平
152		較 — 榷	見	宵 — 藥	開二	去 — 入
153		弧 — 污	匣 — 影	魚	合一	平
154		伏 — 偪	並 — 幫	職	合三 — 開三	入
155		楗 — 蹇	群 — 見	元	開三	去 — 上
156		圓 — 圍	匣	元 — 微	合二 — 合三	平
157		準 — 水	章 — 書	文 — 微	合三	上
158		狀 — 壯	從 — 精	陽	開三	去
159		臀 — 脣	定 — 船	文	合一 — 合三	平
160		欒 — 樂	來	元 — 藥	合一 — 開一	平 — 入
161		線 — 綖	心	元	開三	去
162		淫 — 湛	余 — 端	侵	開三 — 開一	平
163		淫 — 涅	余 — 泥	侵 — 質	開三 — 開四	平 — 入
164		餼 — 氣	曉 — 溪	物	開三	去
165		措 — 厝	清	鐸	合一	去
166		欵 — 弋	疑 — 余	月 — 職	開三	入
167		弋 — 杙	余	職	開三	入
168		環 — 轘	匣	元	合二	平
169		畏 — 威	影	微	合三	去 — 平
170		昵 — 黏	泥	質 — 談	開三	入 — 平
171		昵 — 樴	泥 — 章	質 — 職	開三	入
172		沒 — 汲	明 — 見	物 — 緝	合一 — 開三	入
173		與 — 其	余 — 群	魚 — 之	開三	上 — 平

2. 鄭興音讀材料

鄭興《周禮注》

序號	篇名	音注字組	聲母	韻部	等呼	聲調
1	《周禮·天官》	傅 — 符	幫 — 並	魚 — 侯	合三	去 — 平
2		別 — 辨	並	月 — 元	開三	入 — 去
3		蕭 — 茜	心 — 山	幽 — 覺	開四 — 合三	平 — 入
4		茜 — 縮	山	覺	合三	入
5		胖 — 判	滂	元	合一	去
6		茆 — 茅	明	幽	開二	上 — 平
7		拍 — 膊	滂 — 幫	鐸	開二 — 開一	入
8		梗 — 亢	見	陽	開二 — 開一	上 — 去
9	《地官》	葅 — 藉	精 — 從	魚 — 鐸	合一 — 開三	平 — 入
10		屯 — 臀	定	文	合一	平
11		耡 — 藉	崇 — 從	魚 — 鐸	開三	平 — 入
12	《春官》	竀 — 穿	清 — 昌	月 — 元	合三	入 — 平
13		比 — 庀	幫 — 滂	脂	開三	上
14		動 — 董	定 — 端	東	合一	上
15		褎 — 報	幫	幽	開一	平 — 去

3. 鄭眾音讀材料

	鄭眾《周禮注》					
序號	篇名	音注字組	聲母	韻部	等呼	聲調
1	《周禮·天官》	聯 — 連	來	元	開三	平
2		嬪 — 賓	並 — 幫	眞	開三	平
3		頒 — 班	幫	文 — 元	開二	平
4		醫 — 臆	影	之 — 職	開三	平 — 入
5		糟 — 茜	精 — 山	幽 — 覺	開一 — 合三	平 — 入
6		掌 — 主	章	陽 — 侯	開三 — 合三	上
7		政 — 正	章	耕	開三	去
8		餈 — 茨	從	脂	開三	平
9		柘 — 柜	匣 — 見	魚	合一 — 開三	去 — 上
10		珠 — 夷	章 — 余	侯 — 脂	合三 — 開三	平
11		齋 — 資	精	脂	開四 — 開三	平
12		受 — 授	禪	幽	開三	上 — 去
13		齎 — 資	精	脂	開四 — 開三	平
14		廞 — 淫	曉 — 余	侵	開三	平
15		苦 — 盬	溪 — 見	魚	合一	上
16		闕 — 屈	溪	月 — 物	合三	入
17		襢 — 展	定 — 端	元	開一 — 開三	上
18		翣 — 接	山 — 精	葉	開二 — 開三	入
19		柳 — 櫌	來	幽	開三	上
20		接 — 跲	精 — 山	葉 — 緝	開三	入
21		纁 — 煇	曉 — 影	文 — 月	合三	平 — 入
22	《地官》	馴 — 訓	邪 — 曉	文	合三	平 — 去
23		稾 — 犒	見 — 溪	宵	開一	上 — 去
24		饎 — 䊜	昌	之	開三	去
25		賙 — 周	章	幽	開三	平
26		泣 — 立	來	質 — 緝	開三	入
27		輦 — 連	來	元	開三	上 — 平
28		舞 — 無	明	魚	合三	上 — 平
29		緌 — 雉	定	支 — 脂	開三	上
30		皇 — 翌	匣	陽	合一	平
31		皇 — 義	匣 — 疑	陽 — 歌	合一 — 開三	平 — 去
32		黝 — 幽	影	幽	開四	上 — 平
33		廛 — 壇	定	元	開三 — 開一	平
34		隸 — 肆	來 — 心	質	開四 — 開三	入
35		泣 — 立	來	質 — 緝	開三	入
36		辟 — 辭	並 — 邪	錫 — 之	開三	入 — 平

37		賣 — 買	明	支	開二	去 — 上
38		塵 — 滯	定	元 — 脂	開三	平 — 去
39		鍵 — 蹇	群 — 見	元	開三	去 — 上
40		札 — 死	莊 — 心	月 — 脂	開二 — 開三	入 — 上
41		庀 — 比	滂 — 幫	脂	開三	上
42		比 — 庀	幫 — 滂	脂	開三	上
43		耡 — 藉	崇 — 從	魚 — 鐸	開三	平 — 入
44		墳 — 蚠	並	文	合三	平
45	《春官》	靺 — 昧	明	月 — 物	合一 — 合三	入
46		禩 — 禩	邪	之	開三	上
47		涖 — 立	來	質 — 緝	開三	入
48		位 — 立	匣 — 來	物 — 緝	合三 — 開三	入
49		義 — 儀	疑	歌	開三	去 — 平
50		儀 — 義	疑	歌	開三	平 — 去
51		義 — 誼	疑	歌	開三	去
52		工 — 功	見	東	合一	平
53		釁 — 徽	曉	文 — 微	開三 — 合三	去 — 平
54		瓢 — 勡	並 — 滂	宵	開三	平 — 去
55		瓢 — 瓠	並 — 匣	宵 — 魚	開三 — 合一	平
56		獻 — 犧	曉	元 — 歌	開三	去 — 平
57		斝 — 稼	見	魚	開二	上 — 去
58		蜼 — 魅	余 — 曉	微	合三	去 — 上
59		蜼 — 隼	余 — 心	微 — 文	合三	去 — 上
60		釁 — 徽	曉	文 — 微	開三 — 合三	去 — 平
61		紛 — 豳	滂 — 幫	文	合三 — 開三	平
62		紛 — 粉	滂 — 幫	文	合三	平 — 上
63		純 — 均	禪 — 見	文 — 眞	合三	平
64		繰 — 藻	心 — 精	宵	開一	平 — 上
65		齊 — 齋	從 — 精	脂	開四 — 開三	平
66		獻 — 儀	曉 — 疑	元 — 歌	開三	去 — 平
67		鎭 — 瑱	端	眞	開三	去
68		仍 — 乃	日 — 泥	蒸 — 之	開三 — 開一	平 — 上
69		鎭 — 瑱	端	眞	開三	去
70		晉 — 搢	精	眞	開三	去
71		繰 — 藻	心 — 精	宵	開一	平 — 上
72		邸 — 抵	端	脂	開四	上
73		駔 — 駔	從	魚	合一	上
74		疏 — 沙	山	魚 — 歌	開三 — 開二	平
75		儀 — 義	疑	歌	開三	平 — 去
76		弁 — 絣	並	元	開三	去
77		勠 — 幽	影	幽	開四	上 — 平
78		廞 — 淫	曉 — 余	侵	開三	平

79		比 — 庀	幫 — 滂	脂	開三	上
80		皇 — 翌	匣	陽	合一	平
81		瞽 — 鼓	見	魚	合一	上
82		皐 — 告	見	幽 — 覺	開一	平 — 入
83		倡 — 昌	昌	陽	開三	平
84		帥 — 率	山	物	合三	入
85		燕 — 舞	影 — 明	元 — 魚	開四 — 合三	去 — 上
86		矢 — 夫	書 — 幫	脂 — 魚	開三 — 合三	上 — 平
87		趨 — 趺	清 — 端	侯 — 月	合三 — 開一	平 — 入
88		拊 — 付	滂 — 幫	侯	合三	上 — 去
89		廞 — 淫	曉 — 余	侵	開三	平
90		棘 — 引	余	眞	開三	去
91		同 — 銅	定	東	合一	平
92		彌 — 迷	明	脂	開三 — 開四	平
93		隋 — 資	精	脂	開四 — 開三	平
94		祠 — 辭	邪	之	開三	平
95		銘 — 名	明	耕	開四 — 開三	平
96		防 — 披	並 — 滂	陽 — 歌	合三 — 開三	平
97		前 — 先	從 — 心	元 — 文	開四	平
98		頒 — 班	幫	文 — 元	開二	平
99		簋 — 九	見	幽	合三 — 開三	上
100		九 — 軌	見	幽	開三 — 合三	上
101		篆 — 緣	定 — 余	元	合三	上 — 平
102		篆 — 象	定 — 透	元	合三 — 合一	上 — 去
103	《夏官》	勳 — 勛	曉	文	合三	平
104		稾 — 槀	見	宵	開一	上
105		壇 — 憚	定	元	開一	平 — 去
106		畿 — 近	群	微 — 文	開三	平 — 上
107		磽 — 嘵	泥 — 曉	宵	開二 — 開四	平
108		鐲 — 濁	崇 — 定	屋	開二	入
109		提 — 提	定	支	開四	平
110		貉 — 禡	明	魚	開二	去
111		攏 — 弄	來	屋 — 東	合一	入 — 去
112		比 — 庀	幫 — 滂	脂	開三	上
113		綱 — 亢	見 — 溪	陽	開一	平 — 去
114		祀 — 禩	邪	之	開三	上
115		斝 — 嫁	見	魚	開二	上 — 去
116		斝 — 椵	見	魚	開二	上
117		眥 — 漬	從	支 — 錫	開三	去 — 入
118		襦 — 繻	日	侯	合三	平
119		抗 — 亢	溪	陽	開一	去
120		夾 — 甲	見	葉	開二	入

121		版 — 班	幫	元	開二	上 — 平
122		倅 — 卒	清 — 精	物	合一 — 合三	入
123		窆 — 氾	幫 — 滂	談	開三 — 合三	去
124		封 — 倗	幫 — 並	東 — 蒸	合三 — 開一	平
125		洒 — 灑	心	脂 — 支	開二	去 — 上
126		瑾 — 綦	群	之	開三	平
127		會 — 䠶	見	月	合一	入
128		檜 — 䠶	見	月	合一	入
129		繰 — 藻	心 — 精	宵	開一	平 — 上
130		歔 — 淫	曉 — 余	侵	開三	平
131		庳 — 痺	幫	支	開三	平
132		庳 — 罷	幫 — 並	支 — 歌	開三	平
133		椹 — 報	端 — 匣	侵 — 文	開三 — 開一	平
134		茢 — 滅	來 — 明	月	開三	入
135		滅 — 厲	明 — 來	月	開三	入
136		序 — 訝	疑	魚	開二	上 — 去
137		弦 — 汧	匣 — 溪	眞	開四	平
138		蒲 — 浦	並 — 滂	魚	合一	平 — 上
139		淮 — 睢	匣 — 心	微	合二 — 合三	平
140		沭 — 洙	船 — 禪	物 — 侯	合三	入 — 平
141	《秋官》	蟈 — 蜮	見 — 匣	職	合二 — 合三	入
142		柞 — 唶	從 — 精	鐸	開一 — 開三	入
143		柞 — 笮	從	鐸	開一	入
144		翄 — 翅	書	支	開三	去
145		萍 — 蛢	並	耕	開四	平
146		烜 — 燬	曉	元 — 微	合三	上
147		雉 — 夷	定 — 余	脂	開三	上 — 平
148		哲 — 摘	透 — 定	月 — 錫	開三	入
149		蔟 — 蔟	清	屋	合一	入
150		涿 — 獨	端 — 定	屋	開二 — 合一	入
151		涿 — 濁	端 — 定	屋	開二	入
152		避 — 辟	並 — 幫	錫	開三	入
153		弊 — 憋	並 — 幫	月	開三 — 開四	入
154		汋 — 酌	禪 — 章	藥	開三	入
155		辨 — 別	並	元 — 月	開三	上 — 入
156		辨 — 別	並	元 — 月	開三	上 — 入
157		傅 — 符	幫 — 並	魚 — 侯	合三	去 — 平
158		朋 — 倗	並	蒸	開一	平
159		判 — 辨	滂 — 並	元	合一 — 開三	去 — 上
160		辨 — 別	並	元 — 月	開三	上 — 入
161		幾 — 肢	見	微 — 歌	開三 — 合三	上
162		駹 — 龍	明 — 來	東	開二 — 合三	平

163		髡 一 完	溪 一 匣	文 一 元	合一	平
164		骴 一 脊	從 一 精	支 一 錫	開三	平 一 入
165		脊 一 瘠	精 一 從	錫	開三	入
166		墳 一 賁	並	文	合三 一 合一	平
167		互 一 巨	匣 一 群	魚	合一 一 開三	去 一 上
168		蜃 一 晨	禪	文	開三	去 一 平
169		祼 一 灌	見	元	合一	去
170		嬪 一 頻	並	眞	開三	平
171		協 一 叶	匣	葉	開四	入
172		辭 一 詞	邪	之	開三	平
173		賻 一 傅	並 一 幫	魚	合三	去
174		稾 一 犒	見 一 溪	宵	開一	上 一 去
175		焉 一 夷	影 一 余	元 一 脂	開三	平
176	《考工記》	函 一 含	匣	談 一 侵	開一	平
177		廬 一 纑	來	魚	開三 一 合一	平
178		舟 一 周	章	幽	開三	平
179		鮑 一 鞄	並	幽	開二	上 一 平
180		韗 一 運	匣	文	合三	去
181		帆 一 芒	曉 一 明	陽	合一 一 開一	平
182		椰 一 櫛	莊	質	開三	入
183		瓬 一 甫	幫	陽 一 魚	合三	上
184		埴 一 植	禪	職	開三	入
185		泐 一 扐	來	職	開一	入
186		刮 一 捖	見	月 一 文	合二 一 合一	入 一 平
187		七 一 十	清 一 禪	質 一 緝	開三	入
188		貉 一 緩	匣	鐸 一 元	開一 一 合三	入 一 平
189		樸 一 僕	滂 一 並	屋	開二 一 合一	入
190		迆 一 移	余	歌	開三	平
191		微 一 危	明 一 疑	微 一 歌	合三	平
192		圜 一 員	匣	元 一 文	合二 一 合三	平
193		綆 一 餅	見 一 幫	陽 一 耕	開二 一 開三	上
194		牙 一 訝	疑	魚	開二	平 一 去
195		牙 一 秵	疑 一 日	魚 一 幽	開二 一 開三	平
196		矩 一 距	見 一 群	魚	合三 一 開三	上
197		眼 一 限	疑 一 匣	文	開二	上
198		轐 一 僕	幫	屋	合一	入
199		菑 一 厠	莊 一 初	之 一 職	開三	平 一 去
200		菑 一 戴	莊	之	開三	平 一 去
201		積 一 奠	章 一 定	眞	開三 一 開四	上 一 去
202		蔽 一 秏	曉	宵	開一	去
203		柞 一 唶	從 一 精	鐸	開一 一 開三	入
204		摯 一 鷙	章 一 疑	緝 一 月	開三	入

205		梢 — 蛸	山 — 心	宵	開二 — 開三	平
206		藪 — 藪	心	侯	開一	上
207		萬 — 禹	匣	魚	合三	上
208		萬 — 矩	匣 — 見	魚	合三	上
209		竑 — 紘	匣	蒸	合二	平
210		溓 — 黏	來 — 泥	談	開四 — 開三	平
211		孽 — 欂	疑 — 山	月	開三 — 開二	入
212		孽 — 涅	疑 — 泥	月 — 質	開三 — 開四	入
213		桯 — 楹	透 — 余	耕	開四 — 開三	平
214		隧 — 燧	邪	物	合三	入
215		隧 — 隧	邪 — 心	物	合三	入
216		輟 — 綴	端	物 — 月	合一	入
217		輟 — 輪	端 — 來	物 — 耕	合一 — 開四	入 — 平
218		軓 — 軓	並	侵	合三	上
219		繘 — 鰌	清	幽	開三	平
220		繘 — 紂	清 — 定	幽	開三	平 — 上
221		頎 — 懇	群 — 溪	文	開三 — 開一	平 — 上
222		典 — 殄	端 — 定	文	開四	上
223		準 — 水	章 — 書	文 — 微	合三	上
224		垸 — 丸	匣	元	合一	平
225		鋝 — 刷	來 — 山	月	合三 — 合二	入
226		侈 — 移	昌 — 余	歌	開三	上 — 平
227		鮑 — 鞄	並	幽	開二	上 — 平
228		搏 — 縛	定	元	合一 — 合三	平 — 上
229		卷 — 卷	見	元	合三	上
230		迆 — 迆	余	歌	開三	平
231		惌 — 宛	影	元	合三	平 — 上
232		腥 — 渥	影	屋	開二	入
233		劃 — 需	心	侯	合三	平
234		甐 — 鄰	來	眞	開三	去 — 平
235		鄰 — 磷	來	眞	開三	平
236		穹 — 空	溪	蒸 — 東	合三 — 合一	平
237		翦 — 戔	精 — 從	元	開三 — 開一	上 — 平
238		涗 — 湄	書 — 明	月 — 脂	合三 — 開三	入 — 平
239		契 — 契	溪	月	開四	去
240		需 — 需	心	侯	合三	平
241		湛 — 漬	定 — 從	侵 — 錫	開二 — 開三	上 — 去
242		陶 — 鞠	定	幽	開一	平
243		龍 — 尨	來 — 明	東	合三 — 開二	平
244		茀 — 殺	滂 — 山	物 — 月	合三 — 開二	入
245		薜 — 檗	幫	錫	開二	入
246		暴 — 剝	並 — 幫	藥 — 屋	開一 — 開二	入

247		髻 — 刮	見	質 — 月	開四 — 合二	入
248		憚 — 但	定	元	開一	去
249		觳 — 斛	匣	屋	合一	入
250		宏 — 紘	匣	蒸	合二	平
251		笋 — 筍	心	眞	合三	上
252		顅 — 牼	溪	元 — 耕	開三 — 開二	平
253		牼 — 鬚	溪	耕 — 眞	開二 — 開四	平
254		撥 — 廢	幫	月	合一 — 合三	入
255		匪 — 飛	幫	微	合三	上 — 平
256		彈 — 但	定	元	開一	去
257		蜎 — 絹	影 — 見	元	合三	平 — 去
258		椑 — 鼙	幫 — 並	支	開三 — 開四	平
259		絹 — 悁	見 — 影	元	合三	去 — 平
260		校 — 絞	見	宵	開二	去 — 上
261		環 — 鬟	匣	元	合二	平
262		梢 — 蛸	山 — 心	宵	開二 — 開三	平
263		廞 — 淫	曉 — 余	侵	開三	平
264		庛 — 疵	清 — 從	錫 — 支	開三	入 — 平
265		仄 — 側	莊	職	開三	入
266		服 — 負	並	職 — 之	合三 — 開三	入 — 上
267		檍 — 億	影	職	開二	入
268		紾 — 抮	章 — 曉	文 — 元	開三 — 開四	上
269		昔 — 錯	心 — 清	鐸	開三 — 開一	入
270		迆 — 移	余	歌	開三	平
271		栗 — 栗	來	質	開三	入
272		菑 — 菑	莊	之	開三	平
273		簡 — 柬	見	元	開二	上
274		測 — 惻	清	職	開三	入
275		液 — 醳	余	鐸 — 錫	開三	入
276		幨 — 幨	昌	談	開三	平
277		荼 — 舒	定 — 書	魚	合一 — 開三	平
278		剽 — 漂	滂	宵	開三	去
279		茭 — 激	見	宵 — 藥	開二 — 開四	平 — 入
280		校 — 絞	見	宵	開二	去 — 上
281		恆 — 絚	匣 — 見	蒸	開一	平
282		帤 — 絮	泥	魚	合一 — 開二	平 — 上
283		燂 — 朕	定	侵	開一 — 開三	平 — 上
284		有 — 又	匣	之	開三	上 — 去
285		三 — 參	心	侵	開一	平
286		勝 — 稱	書 — 昌	蒸	開三	去
287		敝 — 蔽	並 — 幫	月	開三	去
288		荼 — 舒	定 — 書	魚	合一 — 開三	平
289		速 — 數	心 — 山	屋 — 侯	合一 — 合三	入 — 上

·279·

4. 許慎音讀材料

許慎《說文解字》

序號	篇名	音注字組	聲母	韻部	等呼	聲調
1	《說文·示部》	祟 — 祟	清	月	合三	入
2		祧 — 籑	心	元	合一	去
3	《王部》	自 — 鼻	精 – 並	質	開三	入
4	《玉部》	瓔 — 柔	泥 – 日	幽	開一 — 開三	平
5		鑿 — 鬲	來	錫	開四	入
6		珣 — 宣	心	眞 — 元	合三	平
7		珛 — 畜	曉	之 — 覺	開三 — 合三	去 — 入
8		璹 — 淑	禪	覺	合三	入
9		玤 — 菶	並 — 幫	東	開二 — 合一	上
10		玖 — 芑	見 – 溪	之	開三	上
11		琊 — 貽	余	之	開三	平
12		璡 — 津	精	眞	開三	去 — 平
13		璁 — 蔥	清	東	合一	平
14		瑙 — 鎬	匣	宵	開一	上
15		瓝 — 曷	匣	月	開二 — 開一	入
16		玽 — 苟	見	侯	開一	上
17		瓗 — 維	余	微	合三	平
18		瑂 — 眉	明	脂	開三	平
19		玆 — 私	心	脂	開三	平
20		玪 — 沒	明	物	合一	入
21		瑎 — 諧	匣	脂	開二	平
22	《玨部》	璑 — 服	並	職	合三	入
23	《士部》	壻 — 細	心	魚 – 脂	開四	去
24	《丨部》	丨 – 引而上行讀若囟	心	眞	開三	去
25	《丨部》	丨 – 引而下行讀若退	透	物	合一	入
26	《屮部》	屮 — 徹	透	月	開三	入
27	《艸部》	莠 — 酉	余	幽	開三	上
28		薄 — 督	端	覺	合一	入
29		菫 — 釐	來	之	開三	平
30		芨 — 急	見	緝	開三	入
31		葿 — 威	群 – 影	文 — 微	合三	上 — 平
32		蓀 — 萌	明	蒸 — 陽	合三 — 開二	平
33		藨 — 剽	幫	宵	開三	平
34		蒍 — 芮	日	月	合三	入
35		蘳 — 壞	匣	歌 — 微	合二	上 — 去
36		薄 — 傅	幫	魚	合三	去

37		芮—汭	日	月	合三	入
38		蕳—棼	來	侵	開一	平
39		萃—瘁	從	物	合三	去
40		茦—俠	匣	葉	開四	入
41		茦—綴	端	月	合三	去
42	《屮部》	屮—冈	明	陽	開一—合三	上
43	《小部》	尐—輟	精—端	月	開三—合三	入
44	《八部》	余—余	余	魚	開三	平
45	《釆部》	釆—辨	並	元	開二—開三	去—上
46	《牛部》	牴—塗	定	魚	合一	平
47		牧—滔	透	宵—幽	開一	平
48		辈—匪	幫	微	合三	上
49		犕—糒	定—溪	宵—幽	開一—開三	平
50		掔—賢	匣	文—眞	開二—開四	上—平
51	《口部》	噲—快	溪	月	合二	入
52		噍—集	精—從	絹	開三	入
53		嗺—卹	心	月	合三	入
54		啗—含	定—匣	談—侵	開一	去—平
55		唉—埃	影	之	開一	平
56		唪—菶	並—幫	東	合三—合一	上
57		啻—鞮	書—端	錫—支	開三—開四	入—平
58		哽—綆	見	陽	開二	上
59		哇—醫	影	支—之	合二—開三	平
60		啻—齾	影—疑	月	開一—開三	入
61		唊—莢	見	葉	開四	入
62		嗑—甲	見	葉	開一—開二	入
63		哤—尨	明	東	開二	平
64		虢—暠	見	鐸—宵	合二—開一	入—上
65		厶—沇	余	元	合三	上
66	《吅部》	吅—讙	曉	元	合三—合一	平
67		嚷—嚷	泥—日	陽	開二—開三	平
68		粥—祝	章	幽—覺	開三—合三	平—入
69	《走部》	趫—趫	群	宵	開三	平
70		赳—蹻	見—群	幽—宵	開四—開三	平
71		趁—塵	透—定	眞	開三	去—平
72		越—資	清—精	脂	開三	平
73		趣—敲	清—溪	侯—眞	合三—開三	去
74		趉—燭	章	屋	合三	入
75		趑—匠	從	陽	開三	去
76		趣—紃	邪	眞—文	合三	平
77		趨—結	見	質	開四	入
78		趏—秩	定	質	開三	入

79		趠 — 又	匣	之	開三	去
80		**趨** — 鄔	影	魚	合一	上
81		**趏** — 劬	群	侯	合三	平
82		趉 — 甇	群	耕	合三	平
83		**趌** — 孩	匣	之	開一	平
84		**越** — 讙	曉	元	合三 — 合一	平
85		趡 — 敕	透	職	開三	入
86		赾 — 菫	清 — 見	侵	開三	上
87		**趫** — 繘	見	質	合三	入
88		趉 — 窟	見 – 溪	物	合三 — 合一	入
89		**趨** — 惌	溪	元	開三	平
90		趌 — 跬	溪	支	合三	上
91		趤 — 池	定	支 — 歌	開三	平
92		趍 — 匐	並	職	合三	入
93		趫 — 趫	來	錫	開四	入
94		**趜** — 顚	端	眞	開四	平
95	《止部》	少 — 撻	透	月	開一	入
96	《癶部》	癶 — 撥	**幫**	月	合一	入
97	《辵部》	辵 — 辵	透	鐸	開三	入
98		**遘** — 害	匣	元 — 月	開四 — 開一	去 — 入
99		**遒** — 九	見	幽	開三	去 — 上
100		逝 — 誓	禪	月	開三	入
101		适 — 括	見	月	合一	入
102		**遳** – 住	定	侯	合三	去
103		遏 — 蝎	影 — 曉	月	開一 — 開三	入
104		逝 — 賨	章 — 來	錫	開三	入
105		迁 — 干	見	元	開一	平
106		逪 — 枱	心 — 匣	葉	開四 — 開二	入
107		逪 – 又若郲	心 — 章	葉 — 質	開四 — 開三	入
108		逴 — 棹	透 – 定	藥	開二	入
109	《彳部》	**徢** — 駁	心	緝	開一	入
110		**徖** — 蠭	滂	東	合三	平
111		徲 — 遲	定	脂	開三	平
112		亍 — 畜	透	屋 — 覺	合三	入
113	《齒部》	齜 — 柴	莊 – 崇	支	開三 — 開二	平
114		齤 – 權	群	元	合三	平
115		**齰** — 刺	來	月	開一	入
116		**齘** — 切	心 — 清	質	開四	入
117		齭 — 楚	山 — 初	魚	合三 — 開三	上
118	《足部》	蹢 — 蹢	端	錫	開四	入
119		蹶 — 馭	見 — 群	月	合三	入
120		跛 — 彼	**幫**	歌	合一 — 開三	上

121		踽 — 徧	並 — 幫	眞	開四	平 — 去
122		踑 — 逵	見 — 群	之 — 幽	合三	平
123		跳 — 匪	並 — 幫	微	合三	去 — 上
124		跱 — 彭	幫 — 並	陽	合三 — 開二	平
125	《疋部》	疋 — 疋	山	魚	開三	平
126	《品部》	喦 — 聶	泥 — 日	葉	開三	入
127	《龠部》	龢 — 和	匣	歌	合一	平
128	《㗊部》	㗊 — 戢	莊	緝	開三	入
129		嚣 — 讙	曉	元	合一	平
130	《干部》	芊 — 能	日 — 泥	侵 — 之	開三 — 開一	上 — 平
131	《谷部》	丙 — 導	透 — 定	談 — 幽	開四 — 開一	上 — 去
132		丙 — 沾	透 — 端	談	開四 — 開三	上 — 平
133		丙 — 誓	透 — 禪	談 — 月	開四 — 開三	上 — 入
134	《只部》	馨 — 馨	曉	耕	開四	平
135	《言部》	諄 — 庬	章 - 定	文	合三 — 合一	平
136		誧 — 逋	幫	魚	合一	平
137		佷 — 瞖	匣 — 泥	支 — 錫	開三 — 開二	上 — 入
138		譜 — 笮	清 — 從	歌 — 鐸	合一 — 開一	去 — 入
139		讀 — 醻	端 — 禪	幽	開三	平
140		誃 — 跢	余	歌	開三	平
141		詯 — 睞	曉 — 來	之	開三 — 開一	上 — 去
142		讕 — 畫	匣	支 — 錫	合四 — 合二	平 — 入
143		呟 — 玄	曉 — 匣	耕 — 眞	合二 — 合四	平
144		訬 — 巉	初 — 崇	宵 — 談	開二	平
145		讘 — 傅毅讀若慴	章	葉	開三	入
146		讖 — 振	昌 — 章	眞 — 文	開三	平 — 去
147		詆 — 指	章	脂	開三	上
148		諯 — 專	章	元	合三	平
149		譙 — 嚼	從	宵 — 藥	開三	平 — 入
150		誡 — 戒	見	職	開二	入
151		該 — 該	見	之	開一	平
152		訄 — 求	群	幽	開三	平
153		譶 — 沓	定	緝	開三 — 開一	入
154		証 — 正	章	耕	開三	去
155	《誩部》	誩 — 競	群	陽	開三	去
156	《辛部》	辛 — 讀若愆，張林說	溪	元	開三	平
157	《䇂部》	䇂 - 泟	崇	屋	開二	入
158	《丵部》	丵 - 頒	幫	文	開二	平
159		丵 — 一曰讀若非	幫	文 — 微	開二 — 合三	平
160	《廾部》	弄 — 卷	見	元	合三	上
161		羿 — 逵	群	幽	合三	平
162	《舁部》	舁 — 余	余	魚	開三	平

163	《革部》	鞄 — 朴	並 — 滂	幽 — 屋	開二	平 — 入
164		韗 — 運	匣	文	合三	去
165		靸 — 沓	心 — 定	緝	開一	入
166		䩐 — 穹	匣	蒸	合一	平
167		鑹 — 鑽	精	元	合一	平
168		韽 — 鷹	影	侵 — 蒸	開三	上 — 平
169		韂 — 騁	昌 — 透	元 — 耕	開三	上
170	《鬲部》	鬹 — 媧	見	支 — 歌	合三	平
171		鬸 — 過	見	歌	合一	平 — 去
172		鬵 — 岑	從 — 崇	侵	開三	平
173	《丮部》	丮 — 戟	見	鐸	開三	入
174		𪠿 — 載	精	之	開一	去
175		𡎺 — 踝	匣	歌	合二	上
176	《鬥部》	鬮 — 糾	見	之 — 幽	開三	平
177		鬦 — 賓	滂 — 幫	眞	開三	平
178		䦧 — 縣	匣	元	合四	平
179	《又部》	燮 — 淫	心 — 書	葉 — 緝	開四 — 開三	入
180		叕 — 贅	章	月	合三	去
181		叒 — 沬	明	月	合一	入
182	《聿部》	䇂 — 蓁	精	眞	開三	平
183	《臤部》	臤 — 賢	匣	眞	開四	平
184		䜏 — 誑	見	陽	合三	去
185	《几部》	几 — 殊	禪	侯	合三	平
186	《夋部》	夋 — 雋	精 — 從	文 — 元	合三	去 — 上
187	《支部》	敊 — 施	書	歌	開三	平
188		攽 — 彬	幫	文	開三	平
189		敠 — 狠	溪	微 — 文	開一	上
190		敽 — 矯	見	宵	開三	上
191		𢾡 — 撫	滂	魚	合三	上
192		敉 — 弭	明	支	開三	上
193		皾 — 杜	定	魚	合一	上
194		敂 — 扣	見 — 溪	侯	開一	上 — 去
195		鈙 — 琴	群	侵	開三	去 — 平
196		攺 — 巳	余	之	開三	上
197	《卜部》	卟 — 稽	見	支 — 脂	開四	平
198	《夏部》	夏 — 颰	曉	月	合三	入
199		夐 — 鬈	群	元	合三	平
200	《目部》	瞦 — 禧	曉	之	開三	平
201		睒 — 苫	透 — 書	談	開三	去 — 平
202		𥋴 — 泌	幫	質	開三	去
203		盻 — 攜	匣	支	開二	平
204		眓 — 濊	曉	月	合一	入

序號	部	字	聲	韻	開合等	聲調
205		鵰—雕	端	幽	開四	平
206		暗—卹	影—心	月—質	合三	入
207		睼—瑱	定—透	支—眞	開四	平—去
208		睩—鹿	來	屋	合一	入
209		智—委	影	元—微	合三	平—上
210		罛—隶	定	緝—月	開一	入
211	《眗部》	眗—拘	見	侯	合三	平
212		眗—瞿	見—群	侯—魚	合三	平
213		睊—卷	見	元	合三	上
214	《鼻部》	齅—畜	曉	幽—覺	開三—合三	去—入
215		鼾—汗	曉—匣	元	開一	平—去
216		齂—呬	曉	質—微	開三—合三	入—上
217	《畁部》	畁—祕	幫	質	開三	入
218		奭—郝	書—曉	質—鐸	開三—開二	入
219	《羽部》	翣—濇	山	緝	開一	入
220		翣—一曰俠也	山—匣	緝—葉	開一—開四	入
221		翌—皇	匣	陽	合一	平
222		翇—紱	幫	月	合三	入
223	《隹部》	雄—方	幫	陽	合三	去—平
224		雀—爵	精	藥	開三	入
225		雁—鴈	疑	元	開二	去
226		翟—到	端	藥—宵	開二—開一	入—去
227	《奞部》	奞—睢	心	眞—微	合三	去—平
228	《萑部》	萑—和	匣	元—歌	合一	平
229	《丫部》	丫—茻	見	微	合二	平
230		芇—宀	明	眞—元	開四—開三	上—平
231	《苜部》	苜—末	明	覺—月	合三—合一	入
232		蔑—蔑	明	月	開四	入
233.	《羊部》	羜—煮	定—章	魚	開三—合三	上
234		羍—霧	明	侯	合三	去
235		羍—達	透—定	月	開一	入
236		姚—洮	定—透	宵	開三—開一	上—平
237		羴—晉	精	眞	開三	去
238	《瞿部》	瞿—句	群—見	魚—侯	合三	平—去
239		矍—矡	見	鐸—陽	合三—合二	入—上
240	《雔部》	雔—醻	禪	幽	開三	平
241	《鳥部》	鵉—運	匣	文	合三	去
242		躷—撥	幫	月	合一	入
243	《放部》	敫—龠	影—余	宵—藥	開三	平—入
244	《夂部》	夂—標	並—幫	宵	開三	上—平
245		閵—亂	來	元	合一	去

246		馨－隱	影	文	開三	上
247		孛－律	來	月－物	合一－合三	入
248	《奴部》	奴－殘	從	元	開一	平
249		叡－郝	曉	鐸	開一－開二	入
250		叡－概	見	物	開一	入
251	《歺部》	歺－檗	疑	月	開三	入
252	《丹部》	牌－罷	幫－並	支－歌	開三	平
253	《骨部》	骭－惕	透	錫	開四	入
254	《肉部》	朡－幾	見	微	開三	平
255		臑－儒	日	侯	合三	平
256		肤－決	見	月	合四	入
257		脙－休	群－曉	幽	開三	平
258		脀－丞	章	蒸	開三	平
259		胅－跌	定	質	開四	入
260		膘－絲	幫－余	宵	開三	平
261		脘－患	見－匣	元	合一－合二	上－去
262		膴－謨	明	魚	合三－合一	上－平
263		肍－舊	群	幽－之	開三	平－去
264		膡－遜	心	文	合一	上－去
265		膡－纂	精	文－元	合三－合一	上
266		腏－啜	端－昌	月	合三	入
267		脂－陷	匣	侵－談	開一－開二	去
268		狀－然	日	元	開三	平
269	《刀部》	刐－殨	見－疑	微－質	開三－開四	平
270		劍－鍥	見－溪	質－月	開四	平
271	《丰部》	丰－介	見	月	開二	入
272	《角部》	觟－又讀若繠	曉－心	元－月	合三	平－入
273		觟－謹	曉	元	合三－合一	平
274		鮹－鰌	從－清	幽	開三	平
275		斛－斜	匣	屋	合一	入
276	《竹部》	箊－絮	定－心	魚	開三	去
277		箏－彄	滂－溪	幽－侯	合三－開一	平
278		贊－纂	精	元	合一	上
279		箈－錢	從	元	開四－開三	平
280		算－筭	心	元	合一	去
281	《丌部》	丌－箕	見	之	開三	平
282		邔－記	見	之	開三	去
283	《甘部》	曆－函	匣	談	開一	平
284	《乃部》	卤－仍	日	蒸	開三	平
285		卤－攸	余	幽	開三	平
286	《丂部》	丂－呵	曉	歌	開一	平

287	《豈部》	尌 — 駐	定 — 端	侯	合三	去
288		鑿 — 戚	清	覺	開四	入
289	《豆部》	鼻 — 鐙	端	蒸	開一	去
290	《豊部》	豐 — 禮	來	脂	開四	上
291		號 — 鎬	匣	宵	開一	上
292	《虍部》	虔 — 矜	群	元 — 眞	開三	平
293		盧 — 鄘	從	魚	開一	平
294	《虎部》	虩 — 隔	見	錫	開二	入
295		覤 — 霹	明	錫	開四	入
296	《虤部》	替 — 憖	疑	文 — 眞	開三	平 — 去
297		贙 — 迴	匣	眞 — 微	合四 — 合一	去 — 平
298	《皿部》	皿 — 猛	明	陽	開三 — 開二	上
299		盍 — 灰	匣 — 曉	之	開三 — 合一	上平
300		盅 — 一曰若賄	匣 — 曉	之	開三 — 合一	上
301	《去部》	㚇 — 陵	來	蒸	開三	平
302	《血部》	嫍 — 亭	定	耕	開四	平
303		盡 — 盡	匣	職	開三	入
304	《丹部》	雘 — 崔	影 — 匣	鐸 — 藥	合一	入
305	《井部》	刱 — 創	初	陽	開三	去
306	《皀部》	皀 — 又讀若香	曉	陽	開三	平
307		皀 — 適	書	錫	開三	入
308	《鬯部》	陝 — 迅	山 — 心	之 — 眞	開三	上 — 去
309	《食部》	鎌 — 濂	來	談	開三	上
310		鎌 — 一曰廉潔也	來	談	開三	平
311		餥 — 讀若楚人言恚人	影	鐸 — 支	開一 — 合三	入 — 去
312	《亼部》	亼 — 集	從	緝	開三	入
313	《缶部》	㲉 — 莩	溪 — 滂	侯 — 幽	開一 — 開三	去 — 平
314		匋 — 缶	幫	幽	開三	上
315		鉙 — 勗	透	葉	開一	入
316	《矞部》	觖 — 決	溪 — 見	月	合四	入
317	《㐆部》	㐆 — 純	禪	文	合三	平
318		箟 — 篤	端	覺	合一	入
319		亶 — 庸	余	東	合三	平
320	《富部》	富 — 伏	並	職	合三	入
321	《麥部》	麶 — 馮	滂 — 並	冬 — 蒸	合三	平
322		䴸 — 庫	溪	屋 — 魚	合一	入 — 去
323	《夊部》	夏 — 僕	並	屋	合一	入
324		夅 — 范	明 — 並	談	合三	去
325	《舛部》	舝 — 皇	匣	陽	合一	平
326	《韋部》	韲 — 酋	精 — 從	幽	開三	平

327	《夊部》	夊 — 媺	端	脂	開三	上
328		夆 — 縫	並	東	合三	平
329	《木部》	楸 — 髦	明	宵	開一	平
330		楢 — 糗	余 — 溪	幽	開三	平 — 上
331		棆 — 屯	來 — 定	文	合一	平
332		楈 — 芟	心 — 山	魚 — 談	開三 — 開二	平
333		桍 — 皓	見 — 匣	宵 — 幽	開一	上
334		椆 — 丩	章 — 見	之 — 幽	開三	去 — 平
335		棷 — 導	余 — 定	談 — 幽	開三 — 開一	上 — 去
336		柔 — 杼	定	魚	開三	上
337		椵 — 賈	見	魚	開二	上
338		杒 — 仍	日	蒸	開三	平
339		樗 — 華	透 — 匣	魚	開三 — 合二	平
340		樠 — 樊	並	元	合三	平
341		㮕 — 噠	端 — 透	緝	開一	入
342		栞 — 刊	溪	元	開一	平
343		槖 — 薄	透 — 並	鐸	開一	入
344		模 — 嫫	明	魚	合一	平
345		棍 — 枇	並	脂	開三	平
346		樀 — 滴	端	錫	開四	入
347		杝 — 他	定 — 透	支 — 歌	開三 — 開一	去 — 平
348		樻 — 渾	匣	文	合一	平
349		楷 — 纚	心 — 來	耕 — 支	開三	上 — 平
350		棶 — 昵	泥	脂 — 質	開四 — 開三	上 — 入
351		楥 — 撝	匣 — 曉	眞 — 歌	合四 — 合三	去 — 平
352		桻 — 鴻	匣	東	開二 — 合一	平
353		极 — 急	群 — 見	緝	開三	入
354		樔 — 藪	山 — 心	侯	合三 — 開一	平 — 上
355		槁 — 過	見	歌	合一	平 — 去
356		柫 — 爾	泥 — 日	物 — 脂	合二 — 開三	入 — 上
357		杞 — 骇	邪 — 匣	之	開三 — 開二	上
358		杽 — 丑	透	幽	開三	上
359	《林部》	森 — 參	山	侵	開三	平
360	《之部》	㞢 — 皇	匣	陽	合一	平
361	《宋部》	宋 — 韣	澇 — 幫	月	合一	入
362	《生部》	甤 — 綏	日 — 心	微	合三	平
363	《稽部》	暬 — 皓	見 — 匣	宵 — 幽	開一	上
364	《束部》	棄 — 繭	見	元	開四	上
365	《囗部》	圓 — 員	匣	文	合三	平
366		圛 — 驛	余	鐸	開三	入
367		囟 — 聂	泥	葉	開三	入
368		囮 — 譌	疑	歌	合一	平

369	《員部》	貟 － 郞	匣	文	合三	平
370	《貝部》	賯 － 貴	見	歌 － 物	合三	去 － 入
371		贁 － 所	山	魚	合三	上
372		賣 － 育	余	覺	合三	入
373	《邑部》	郲 － 薊	見	月	開四	去
374		郙 － 陪	滂 － 並	蒸 － 之	開一 － 合一	平
375		郬 － 寧	泥	眞 － 耕	開四	平
376		邢 － 區	匣 － 溪	魚 － 侯	合三	平
377		郇 － 泓	匣 － 影	元 － 蒸	合二	平
378		鄦 － 許	曉	魚	開三	上
379		郋 － 奚	匣	支	開四	平
380		鄤 － 蔓	明	元	合三	去
381		鱉 － 驚	幫	月	開三	去
382		鄝 － 讒	崇	談	開二	平
383		鄅 － 矩	匣 － 見	魚	合三	上
384		郗 － 塗	定	魚	合一	平
385		鄩 － 淫	余	侵	開三	平
386		鄩 － 炙	定 － 見	侵 － 之	開一 － 開三	平 － 上
387	《日部》	旭 － 勖	曉	覺	合三	入
388		晼 － 酏	余	歌	開三	上
389		轡 － 戀	來	元	合一	平
390		㫐 － 窈	影	幽	開四	上
391		暴 － 报	泥	元	開二	上
392		㬎 － 唅	曉 － 疑	元 － 侵	開四 － 開三	上 － 平
393		昕 － 希	曉	文 － 微	開三	平
394	《放部》	放 － 偃	影	元	開三	上
395	《冥部》	鼆 － 黽	明	陽	開三	上
396	《有部》	龓 － 聾	來	東	合一	上 － 平
397	《囧部》	囧 － 獷	見	陽	合三	上
398		囧 － 賈侍中說讀與明同	見 － 明	耕 － 陽	合四 － 開三	上 － 平
399	《毌部》	毌 － 冠	見	元	合一	去
400	《弓部》	弓 － 含	匣	侵	開一	平
401	《鹵部》	鹵 － 調	定	幽	開四	平
402	《束部》	束 － 刺	清	錫	開三	入
403	《片部》	牑 － 邊	幫	眞	開四	平
404		牏 － 俞	余	侯	合三	平
405		牏 － 一曰若紐	余 － 泥	侯 － 幽	合三 － 開三	平 － 上
406	《禾部》	穮 － 麂	並 － 明	微 － 歌	合三 － 開三	上
407		穇 － 廉	來	談	開三	上
408		稦 － 端	端	元	合一	平
409		秨 － 昨	從	鐸	開一	入

410	《秫部》	秝 — 歷	來	錫	開四	入
411	《米部》	糧 — 鄲	定	侵	開一	平
412	《臼部》	舀 — 膊	幫	鐸	開一	入
413	《木部》	朮 — 髓	滂 — 並	眞	開三	上
414	《瓜部》	瓬 — 庾	余	侯	合三	上
415	《宀部》	寄 — 眄	明	眞	開四	去 — 上
416		宄 — 軌	見	幽	合三	上
417		寂 — 寂	清	月	合一	入
418		宋 — 送	心	冬 — 東	合一	去
419	《穴部》	盆 — 猛	明	陽	開三 — 開二	上
420		窕 — 挑	定 — 透	宵	開四	上 — 平
421		突 — 導	書 — 定	侵 — 幽	開三 — 開一	平 — 去
422	《㝠部》	㝱 — 悸	群	質	合三	入
423	《广部》	㦬 — 洫	匣 — 曉	錫 — 質	合二 — 合三	入
424		㾕 — 隷	來	支 — 質	開三 — 開四	去 — 入
425		瘱 — 脅	影 — 曉	葉	開一 — 開三	入
426		瘱 — 又讀若掩	影	葉 — 談	開一 — 開三	入 — 上
427		疧 — 欻	曉	物	合一	入
428		病 — 枏	日 — 泥	談	開三 — 開一	平
429		病 — 又讀若襜	日 — 昌	談	開三	平
430		疛 — 紂	定	幽	開三	去 — 上
431	《冃部》	冃 — 莓	明	幽	開二 — 開一	上
432	《㒼部》	㒼 — 蠻	明	元	合一 — 開二	平
433	《两部》	两 — 晉	影	鐸	開二	入
434	《巾部》	帗 — 潑	幫 — 滂	物 — 月	合三 — 合一	入
435		幌 — 荒	曉	陽	合一	平
436		帴 — 殺	從 — 山	元 — 月	開一 — 開二	平 — 入
437		飾 — 式	書	職	開三	入
438		幨 — 屯	端	文	合三	平
439		帢 — 蛤	見	緝	開一	入
440		幝 — 溫	匣 — 影	文	合一	上 — 平
441		帑 — 頊	明 — 疑	魚 — 屋	合一 — 合三	平 — 入
442	《白部》	皛 — 皎	見	宵	開四	上
443	《人部》	倓 — 談	定	談	開一	平
444		倳 — 洓	從	質	開四	入
445		仜 — 紅	匣	東	合一	平
446		倗 — 陪	並	蒸 — 之	開一 — 合一	平
447		傗 — 屑	心	質	開三 — 開四	入
448		俌 — 撫	幫 — 滂	魚	合三	上
449		侸 — 樹	禪	侯	合三	去
450		佁 — 駭	余 — 崇	之	開三	上

451		僇 — 雛	來	覺 — 幽	合三 — 開三	入 — 上
452		僇 – 一曰且也	來 — 清	覺 — 魚	合三 — 開三	入 — 上
453		儡 — 雷	來	微	合一	平
454		像 — 養	邪 — 余	陽	開三	上
455	《似部》	似 — 㠯	余	侵	開三	平
456	《衣部》	襡 — 督	定 — 端	幽 — 覺	開一 — 合一	去 — 入
457		裾 — 居	見	魚	開三	平
458		襡 — 蜀	定 — 禪	屋	合一 — 合三	入
459		袢 — 普	並 — 滂	元 — 魚	合三 — 合一	平 — 上
460		褫 — 池	透 — 定	支	開三	上 — 平
461		祷 — 雕	端	幽	開四	平
462		褮 — 靜	影 — 從	耕	合三 — 開三	平 — 上
463	《裘部》	䙡 — 擊	溪 — 見	鐸 — 錫	開二 — 開四	入
464	《老部》	耇 — 耿	端 — 見	談 — 耕	開四 — 開二	上
465		耇 — 樹	禪	侯	合三	去
466	《毛部》	毨 — 選	心	文 — 元	開四 — 合三	上
467	《舟部》	𦨖 — 兀	疑	物	合三	入
468		𦪙 — 莘	見 — 莊	質 — 之	開二 — 開三	入 — 上
469	《儿部》	兀 — 夐	疑 — 曉	物 — 耕	合三	入 — 去
470	《兄部》	兢 — 矜	見 — 群	蒸 — 真	開三	平
471	《兆部》	兆 — 瞽	見	魚	合一	上
472	《見部》	觀 — 池	來 – 定	支 — 歌	開四 — 開三	去 — 平
473		現 — 鎌	來	談	開三	上
474		覶 — 運	匣	文	合三	去
475		覸 — 幡	並 — 滂	元	合三	平
476		覭 — 迷	明	脂	開四	平
477		覛 — 攸	余	幽	開三	平
478		覘 — 郴	透	侵	開三	平
479		覞 — 苗	明	宵	開一 — 開三	去 — 平
480		覘 — 馳	書 — 定	歌	開三	平
481		覼 — 兆	端	侯	開一	平
482	《覞部》	靏 — 歊	曉	質 — 微	開三	入 — 平
483	《欠部》	歠 — 輇	禪	元	合三	平
484		欥 — 忽	曉	物	合一	入
485		歈 — 酉	余	幽	開三	上
486		歗 — 叫	見	幽	開四	去
487		歅 — 蜃	禪	真 — 文	開三	去
488		歁 — 坎	溪	談	開一	上
489		欲 — 貪	匣 — 透	侵	開一	上 — 平
490		歆 — 讀若《爾雅》曰麕牝短脛	影 — 群	幽	開四 — 開三	上
491		欨 — 卉	曉	質 — 物	開三 — 合三	入

492	《次部》	灰—移	余	歌	開三	平
493	《旡部》	既—讀若楚人名多夥	匣—曉	歌	合一	上
494	《頁部》	顤—郎	匣	文	合三	上—平
495		顝—魁	溪	微	合一	上—平
496		顊—昧	明	物	合一	去
497		䪼—規	見	支	合三	平
498		頢—讀又若骨	章—見	物	合三—合一	入
499		䫸—翩	曉—滂	元—真	合三—開三	平
500		頼—齧	來—疑	微—月	合一—開四	上—入
501		頍—禊	溪—匣	月—支	開四	入—去
502		顲—戀	溪—見	談—侵	開一	上—去
503		籲—籥	余	藥	開三—合三	入
504		頒—賓	幫	文—真	開二—開三	平
505	《百部》	䐈—柔	日	幽	開三	平
506	《髟部》	鬘—蔓	明	元	合一	平
507		鬒—濫	來	談	開一	平—去
508		鬢—宀	明	真—元	開四—開三	平
509		鬟—讀若江南謂酢母為鬟	泥	脂	開四	上
510		鬑—慊	來—溪	談	開三—開四	平—上
511		髼—槃	並	元	合一	平
512	《匠部》	褊—捶	禪—章	文—之	合三—開三	上—平
513	《卩部》	卯—侈	昌	歌	開三	上
514		卸—寫	心	魚	開三	去—上
515	《勹部》	勼—鳩	見	幽	開三	平
516	《鬼部》	魌—儺	泥	歌	開一	平
517	《山部》	岊—蔦	端	幽	開一—開四	上
518		隋—橢	定	歌	合一	上
519		巤—厲	來	月	開三	入
520		嵒—吟	疑	侵	開二—開三	平
521	《屵部》	嵏—費	滂	物	合一—合三	入
522	《广部》	广—儼	疑	談	開三	上
523		廬—鹵	來	魚	合一	上
524		庂—環	匣	元	合二	平
525		庳—逋	幫	支—魚	開三—合一	平
526		厰—歆	曉	侵	開三	平
527	《厂部》	厬—軌	見	幽	合三	上
528		厱—藍	溪—來	侵—談	開二—開一	平
529		厎—枲	心	之	開三	上
530		厹—紞	群	侵	開三	去
531		庯—敷	滂	魚	合三	平

532		屵一躍	余	藥	開三	入
533	《丸部》	颭一颰	曉一影	微	合三	上
534	《石部》	礦一穬	見	陽	合二	上
535		礛一鎌	來	談	開三	上
536		碞一巖	疑	談	開二	平
537	《豕部》	豕一豨	書－曉	支一微	開三	上
538		豲一桓	匣	元	合一	平
539		豦一蒢	見	魚一月	開三	去一入
540	《希部》	希一弟	定	脂	開四	去一上
541	《互部》	互一闋	見	月	開三	入
542		彖一弛	昌一書	歌	開三	上
543		彘一瑕	匣	魚	開二	平
544	《豚部》	豚一闕	匣一見	月	合三一開三	入
545	《豸部》	貒一湍	透	元	合一	平
546	《馬部》	隲一郅	章	職一質	開三	入
547		馬一弦	匣	元一眞	合二一開四	平
548		馬一一曰若環	匣	元	合二	平
549		翚一注	章	屋一侯	合三	入一去
550		驔一簟	定	侵	開四	上
551		騅一箠	章一端	微	合三	平
552		馺一馺	心	緝	開一	入
553		罍一輒	端	緝一葉	開三	入
554	《鹿部》	麎一倓	泥	元	合一	去
555	《怠部》	魯一寫	心	魚	開三	上
556	《莧部》	莧一丸	匣	元	合二一合一	平
557	《犬部》	狉一注	章一端	幽一侯	合三	去
558		默一墨	明	職	開一	入
559		獫一檻	匣	談	開二	上
560		狋一讀又若銀	疑	支一文	開四一開三	平
561		獦一愬	山	鐸	開二	入
562		獳一槈	泥	侯一屋	開一	平一入
563		狧一鰈	透	葉	開一	入
564		倏一叔	書	覺	合三	入
565		狒一孛	並	物	合一	入
566		猌一讀又若銀	疑	眞一文	開三	去一平
567		㱿一構	曉一見	屋一侯	開一	入一去
568		狛一藥	滂一幫	鐸一錫	開一一開二	入
569		狛一甯嚴讀之若淺泊	滂一並	鐸	開一	入
570	《鼠部》	鼶一樊	並	元	合三	平
571		鮯一合	見一匣	侵	開一	平
572	《火部》	炪一拙	昌一章	物	合三	入

573		閔—舞	來	眞	開三	平
574		㬦—鴈	疑	元	開一—開二	去
575		㬒—標	幫	宵	開三	平
576		羨—薔	從	歌	開一	平
577		敥—狡	見	宵	開二	上
578		烓—回	影—見	支—耕	合四	平
579		爐—焦	精	宵	開三	平
580		炮—駒	透	錫	開四	入
581	《炎部》	醬—甚	來—船	侵	開三	上
582	《黑部》	黗—煬	余	陽	開三	平
583		點—點	群	侵	開三	平
584		黮—登	影	月—元	合三—合一	入—平
585		爨—軺	初—禪	月—元	合二—合三	入—平
586	《焱部》	燊—莘	山	眞	開三	平
587	《炙部》	爒—燎	來	宵	開三	平
588	《赤部》	赮—浣	匣	元	合一	上
589	《大部》	羬—濊	曉	月	合一	入
590		截—截	定	質	開四	入
591		奄—氏	端	支—脂	開四	平
592		奔—蓋	見	月	開二—開一	入
593		㡓 — 讀若予違汝弼。	並	物	開三	入
594		奄—鶉	禪	文	合三	平
595		奈—羵	余	文	合三	上
596	《矢部》	奂—子	見	月	開三	入
597	《仚部》	旭—燿	余	藥	開三	入
598	《幸部》	幸 — 一曰讀若瓠	匣	耕—魚	開二—合一	上—平
599		幸 — 一曰幸讀若爾	匣—泥	耕—葉	開二—開三	上—入
600	《本部》	本—滔	透	幽	開一	平
601	《夰部》	暴—傲	疑	宵	開一	去
602	《大部》	奊—傔	日	元	合三	平
603		奰—傿	影	元	開四	去
604		羲 — 讀若《易》慮羲氏	並	物—職	開三—合三	入
605	《夫部》	扶—伴	並	元	合一	上
606	《立部》	竘—齲	溪	魚	合三	上
607		竦—慮	並	職	合三	入
608	《心部》	憶—移	余	歌	開三	平
609		愍—蟊	清	月	合三	入
610		悔—侮	明	侯	合三	上
611		忞—旻	明	文	開三	平
612		懁—絹	見	元	合三	去

613		慫 — 悚	心	東	合三	上
614		忍 — 顈	疑	物 — 月	開三 — 合一	入
615		愫 — 膝	匣	支	開二	平
616		簡 — 簡	見	元	開二	上
617		忧 — 祐	匣	之	平 — 去
618		惄 — 怒	泥	藥 — 覺	開四	入
619		悴 — 萃	從	物	合三	入
620		忓 — 吁	曉	魚	合三	平
621		慴 — 疊	章 — 定	葉	開三 — 開四	入
622		惻 — 沔	明	支 — 眞	開三	上
623	《忩部》	悤 — 瑣	心	歌	合一	上
624	《水部》	泑 — 緲	影	幽	開四	平
625		澅 — 瑣	心	歌	合一	上
626		潒 — 蕩	邪 — 定	陽	開三 — 開一	上
627		沖 — 動	定	冬 — 東	合三 — 合一	平 — 上
628		沄 — 混	匣	文	合三 — 合一	平 — 上
629		泏 — 窋	端 — 溪	物	合三 — 合一	入
630		潃 — 尊	精	文	開四 — 合一	去 — 平
631		漸 — 麵	定	鐸 — 錫	開二 — 開四	入
632		瀶 — 林	來	侵	開三	平
633		澩 — 學	匣	覺	開二	入
634		涸 — 貉	匣	鐸	開一	入
635		泧 — 猰	曉 — 山	月	合一 — 開二	入
636		濜 — 勤	精	宵	開三	上
637		溂 — 哥	見	歌	開一	平
638		壟 — 隴	來	東	合三	上
639		潠 — 粉	幫	文	合三	上
640	《泉部》	灓 — 飯	並	元	合三	去
641	《氐部》	辰 — 稗	滂 — 並	錫 — 支	開二	入 — 去
642	《谷部》	瀧 — 聾	來	東	合三	平
643	《雨部》	霹 — 斯	心	元 — 支	開四 — 開三	去 — 平
644		霙 — 芟	山	談	開二	平
645		霣 — 資	精	脂	開三	平
646		雺 — 禹	匣	魚	合三	上
647		翬 — 膊	見 — 幫	錫 — 鐸	開二 — 開一	入
648		霪 — 墊	定	侵	開四	去
649		霣 — 昆	匣 — 見	文	合三 — 合一	上 — 平
650	《魚部》	魰 — 而	日	之	開三	平
651		鮦 — 襱	定 — 來	東	合一 — 合三	平
652		魢 — 幽	影	宵 — 幽	開四	平
653		魧 — 岡	匣 — 見	陽	開一	平

654	《龍部》	龓 — 沓	定	緝	開一	入
655		邕 — 雕	影	東	合三	平
656	《至部》	臸 — 摯	透 — 章	緝	開三	入
657	《戶部》	戾 — 釱	定	月	開四	入
658	《門部》	闌 — 蘭	來	元	開一	平
659		肙 — 陳	定	眞	開三	去
660		闖 — 郴	透	侵	開三	去 — 平
661	《耳部》	聅 — 蘖	疑	物 — 月	開三	入
662		麿 — 洍	明	支	開三	上
663		麿 — 一曰若《月令》麾草之麾	明	歌	開三	上
664	《手部》	揮 — 驒	定	元	開一	平
665		撇 — 蠿	端	月	開四	入
666		扺 — 抵	章 — 端	支 — 脂	開三 — 開四	上
667		擎 — 擎	溪	眞	開四	平
668		扮 — 粉	幫	文	合三	上
669		柤 — 樝	莊	魚	開二	平
670		扟 — 莘	山	眞	開三	平
671		揩 — 罜	定	緝	開一	入
672		掔 — 鏗	溪	眞	開二	平
673		扰 — 扰	端	侵	開一	上
674	《女部》	媼 — 奧	影	覺	開一	入
675		妸 — 杜林說：加教於女也。讀若阿	影	歌	開一	平
676		姆 — 母	明	之	開一	上
677		妸 — 阿	影	歌	開一	平
678		㜊 — 余	余	魚	開三	平
679		妷 — 衣	影	微	開三	平
680		嬔 — 讀若蜀郡布名	匣	文	合三	平
681		婠 — 宛	影	元	合三	上
682		娸 — 騧	見	歌	合二	平
683		媣 — 或若委	見 — 影	歌 — 微	合二 — 合三	平 — 上
684		姑 — 或讀若占	昌 — 章	葉 — 談	開三	入 — 平
685		孎 — 糾	見	宵 — 幽	開三	平
686		婧 — 菁	精	耕	開三	平
687		嫢 — 癸	見	支	合三	平 — 上
688		娓 — 媦	明	微 — 脂	合三 — 開三	上 — 去
689		孎 — 孎	端	屋	開二	入
690		媣 — 敕	初 — 透	屋 — 職	開二 — 開三	入
691		贄 — 摯	章	緝	開三	入
692		姷 — 祐	匣	之	開三	去
693		妓 — 跂	群	支	開三	上

694		嫠 — 擊	滂	月	開四	入
695		錣 — 唾	端 — 透	物 — 歌	合二 — 合一	入 — 去
696		妍 — 研	疑	元	開四	平
697		妜 — 炔	見	月 — 支	合四	入 — 去
698		孈 — 隓	余 — 曉	微 — 歌	合三	平
699		婼 — 㒼	初 — 章	葉	開二 — 開三	入
700		姑 — 箁	並	幽	開一	平
701		嬛 — 深	書	侵	開三	上 — 平
702		嫠 — 潭 [杜林說]	來 — 定	侵	開一	平
703		酨 — 蹴	精	覺	合三	入
704		姰 — 旬	心	眞	合三	平
705		魗 — 幡	滂	元	合三	平
706		婕 — 接	精	葉	開三	入
707		娸 — 近	群	之 — 文	開三	平 — 上
708	《毋部》	毐 — 娭	影	之	開一	上
709	《民部》	氓 — 盲	明	陽	開二	平
710	《丿部》	乀 — 弗	幫	物	合三	入
711	《乁部》	乁 — 移	余	歌	開三	平
712	《氏部》	乤 — 厥	見	月	合三	入
713	《戈部》	戁 — 棘	見	鐸 — 職	開三	入
714		戛 — 棘	見	鐸 — 質	開二 — 開三	入
715		戠 — 攕	精 — 心	談	開三	平
716	《我部》	義 — 錡	疑 — 溪	歌	開三	去 — 上
717	《丨部》	丨 — 麜	見	月	合三	入
718		乚 — 窫	端	月	合二	入
719	《乚部》	乚 — 隱	影	文	開三	上
720	《匸部》	匸 — 傒	匣	脂 — 支	開四	上 — 平
721		匿 — 讀如羊騶箠	泥 — 端	職 — 歌	開三 — 合三	入 — 平
722	《匚部》	匚 — 方	幫	陽	合三	平
723	《甾部》	鈃 — 輧	並	耕	開四	平
724		盧 — 盧	來	魚	合一	平
725	《瓦部》	瓬 — 放	幫	陽	合三	上 — 去
726		甗 — 言	疑	元	開三	上 — 平
727		㽃 — 洪	見 — 匣	東	開二 — 合一	平
728	《弓部》	弲 — 燒	余 — 書	宵	開三	平
729		彉 — 郭	曉 — 見	鐸	合一	入
730	《弦部》	盭 — 戾	來	月 — 質	開三 — 開四	入
731		玂 — 讀若瘞葬	影	葉	開三	入
732	《糸部》	糸 — 覛	明	錫	開四	入
733		綹 — 柳	來	幽	開三	上
734		緹 — 聽	透	耕	開四	平

735		絳—陉	匣	耕	開四	上—平
736		綝—郴	透	侵	開三	平
737		繺—捷	從	葉	開三	入
738		綰—卵	影—來	元	合二—合一	上
739		繰—槱	心	宵	開一	平—去
740		纔—讒	崇	談	開二	平
741		繻—繻	心	侯	合三	平
742		綍—波	幫	歌	合一	平
743		繣—畫	匣	支	合二	去
744		繬—或讀若維	余	微	合三	去—平
745		緈—旌	莊—精	耕	開二—開三	平
746		絇—鳩	群—見	侯—幽	合三—開三	平
747		紖—弳	定—書	眞	開三	上
748		屧—陌	匣—明	歌—鐸	合二—開二	上—入
749		紕—批	滂—並	脂—眞	開三—開四	平
750	《虫部》	蜮—潰	匣	物	合一	去
751		蠁—讀若蜀都布名	群	元	合三	平
752		蚳—祁	定—群	脂	開三	平
753		蚼—赦	明—泥	元	開三—開二	平—上
754		蚩—騁	透	元—耕	開三	上
755		蜦—戾	來	文—質	合一—開四	去—入
756		蠊—嗛	來—溪	談	開三—開四	上
757		蠆—賴	來	月	開三—開一	入
758		蝷—笮	清—心	錫—之	開三	入—去
759	《蚰部》	蚰—昆	見	文	合一	平
760	《風部》	颲—栗	來	質	開三	入
761		颲—列	來	月	開三	入
762	《黽部》	鼂—朝	端	宵	開三	平
763	《土部》	坴—逐	來—定	覺	合三	入
764		堨—謁	影	月	開一—開三	入
765		坌—糞	幫	文	合三	去
766		埻—準	章	文	合三	上
767		圣—窟	溪	物	合一	入
768		坲—冀	群—見	微	開三	去
769		埵—朵	端	歌	合一	上
770		壔—毒	端—定	幽—覺	開一—合一	上—入
771		埂—綆	見	陽	開二	上
772		埍—夐	匣—曉	元—耕	合四—合三	上—去
773	《力部》	勘—萬	明	月	開二	入
774		劭—韶	禪	宵	開三	去—平
775		勞—豪	匣	宵	開一	平
776		飭—敕	透	職	開三	入

777		勦 — 演	余	陽 — 元	開三	上
778	《金部》	鐕 — 熏	並 — 曉	文	合三	平
779		鋏 — 莢	見	葉	開四	入
780		鋏 — 一曰若挾持	見 — 匣	葉	開四	入
781		鈔 — 撍	昌 — 透	歌 — 覺	開三 — 開四	上 — 入
782		鐪 — 彗	邪	月	合三	去
783		鉛 — 浴	余	屋	合三	入
784		鍫 — 銑	余 — 心	耕 — 文	合三 — 開四	平 — 上
785		鑴 — 讖	精	元 — 談	合三 — 開三	平
786		銛 — 枀	見 — 余	月 — 談	合一 — 開三	入 — 上
787		銛 — 桑欽讀若鐮	見 — 來	月 — 談	合一 — 開三	入 — 平
788		鈹 — 跛	見 — 幫	歌	合三 — 合一	上
789		鏺 — 撥	滂 — 幫	月	合一	入
790		鈍 — 同	定	多 — 東	合一	平
791		鑼 — 嫣	並 — 見	歌	開二 — 合三	上 — 平
792		鑋 — 跫	溪	耕	開三	平
793		鈗 — 允	余	眞 — 文	合三	上
794		鈂 — 耼	定 — 透	談	開一	平
795		鏨 — 誓	禪	月	開三	去
796		鈷 — 劫	見	葉	開三	入
797		鷙 — 至	章	緝 — 質	開三	入
798		鈭 — 齊	精 – 從	脂	開四	平
799		鈂 — 沈	定	侵	開三	平
800	《几部》	凭 — 馮	並	蒸	開三	平
801	《斗部》	料 — 遼	來	宵	開四	去 — 平
802		斜 — 荼	邪 — 定	魚	開三 — 合一	平
803	《矛部》	矠 — 筰	初 — 從	職 — 鐸	開二 — 開一	入
804	《車部》	輼 — 幠	溪	文	合三	平
805		輼 — 又讀若禈	溪 — 見	文	合三 — 合一	平
806		轙 — 閔	明	文	開三	上
807		軬 — 榮	群	耕	合三	平
808		軵 — 抍	章 — 書	蒸	開三	平
809		範 — 犯	並	談	合三	上
810		輑 – 鏗	溪	眞	開二	平
811		輑 — 又讀若掔	溪 — 見	眞	開二 — 開四	平
812		軝 — 茸	日	東	合三	平
813		輇 — 饌	禪 — 崇	元	合三 — 合二	平 — 上
814		轃 — 臻	莊	眞	開三	平
815		輂 — 遲	崇 — 定	之 — 脂	開二 — 開三	平
816		軖 — 狂	群	陽	合三	平
817	《自部》	皀 — 梟	疑	月	開三 — 開四	入
818	《自部》	陧 — 蜺	疑	月	開四	入

819		隤 一 濆	定	屋	合一	入
820		陳 一 儼	疑	談	開三	上
821		叮 一 丁	端	耕	開四	平
822		阮 一 昆	疑 一 見	元 一 文	合三 一 合一	上 一 平
823	《内部》	禼 一 偰	心	月 一 質	開三 一 開四	入
824	《己部》	叾 一 己	見	蒸 一 之	開三	上
825		眔 一 杞	溪	之	開三	上
826	《弇部》	弇 一 翦	章 一 精	元	合三 一 開三	上
827		睿 一 薿	疑	之	開三	上
828		昚 – 一曰若弇	疑 一 章	之 一 元	開三 一 合三	上
829	《酉部》	酴 一 廬	定 一 來	魚	合一 一 開三	平
830		醫 一 豔	見 一 余	侵 一 談	開一 一 開三	上 一 去
831		醨 一 離	來	歌	開三	平
832		鉮 一 引	余	眞	開三	去
833		醋 一 爕	滂 一 並	之 一 職	合一 一 開一	平 一 入

5. 鄭玄音讀材料

	鄭玄《周禮注》、《禮紀注》、《儀禮注》、《毛詩箋》					
序號	篇名	音注字組	聲母	韻部	等呼	聲調
1	《周禮·天官》	胥 — 諝	心	魚	開三	平
2		斿 — 游	余	幽	開三	平
3		頒 — 班	幫	文 — 元	開二	平
4		腥 — 星	心	耕	開四	平
5		豆 — 羞	定 — 心	侯 — 幽	開一 — 開三	去 — 平
6		祝 — 注	章	覺 — 侯	合三	入 — 去
7		蠭 — 逢	滂 — 並	冬 — 東	合三	平
8		齊 — 薺	從 — 精	脂	開四	平
9		拍 — 鎛	滂 — 幫	鐸	開二 — 開一	入
10		豚 — 鍛	定 — 端	文 — 元	合一	平 — 去
11		授 — 受	禪	幽	開三	去 — 上
12		齍 — 資	精	脂	開四 — 開三	平
13		狄 — 翟	定	錫 — 藥	開四	入
14		禕 — 揄	影 — 余	歌 — 侯	開三 — 合三	平
15		狄 — 展	定 — 端	錫 — 元	開四 — 開三	入 — 上
16		句 — 絇	見	侯	合三	去
17		綏 — 緌	心 — 日	微	合三	平
18		綏 — 蕤	心 — 日	微	合三	平
19		良 — 苦	來 — 溪	陽 — 魚	開三 — 合一	平 — 上
20	《地官》	膏 — 藁	見	宵 — 幽	開一	平
21		政 — 征	章	耕	開三	去 — 平
22		巡 — 述	邪 — 船	文 — 物	合三	平 — 入
23		職 — 機	章	職	開三	入
24		稍 — 削	山 — 心	宵 — 藥	開二 — 開三	去 — 入
25		士 — 仕	從	之	開三	上
26		旬 — 嬭	邪	眞	合三	平
27		緇 — 紂	莊	之	開三	平
28		思 — 司	心	之	開三	平
29		緫 — 總	精	東	合一	上
30		抵 — 柢	端	脂	開四	上
31		政 — 征	章	耕	開三	去 — 平
32		施 — 弛	書	歌	開三	平 — 上
33		施 — 弛	書	歌	開三	平 — 上
34		施 — 弛	書	歌	開三	平 — 上
35		蜃 — 軺	禪	文 — 元	開三 — 合三	去 — 平
36		蜃 — 槫	禪	文 — 元	開三 — 合三	去 — 平

37		旬 — 陳	定	眞	開四 — 開三	去
38		而 — 若	日	之 — 鐸	開三	平 — 入
39		余 — 餘	余	魚	開三	平
40		施 — 弛	書	歌	開三	平 — 上
41		匪 — 分	幫	微 — 文	合三	上 — 平
42		接 — 扱	精 — 清	葉 — 緝	開三	入
43	《春官》	蘲 — 屢	來	侯	開一 — 合三	平 — 去
44		札 — 截	莊 — 從	月	開二 — 開四	入
45		信 — 身	心 — 書	眞	開三	去 — 平
46		果 — 裸	見	歌 — 元	合一	上 — 去
47		頒 — 班	幫	文 — 元	開二	平
48		果 — 裸	見	歌 — 元	合一	上 — 去
49		齋 — 粢	精	脂	開三	平
50		旬 — 田	定	眞	開四	去 — 平
51		竁 — 脆	清	月	合三	入
52		珥 — 餌	日	之	開三	去
53		祈 — 畿	群 — 見	微	開三	平
54		珥 — 衈	日	之	開三	去
55		儀 — 義	疑	歌	開三	平 — 去
56		肆 — 肆	余 — 心	質	開三	入
57		職 — 樴	章	職	開三	入
58		表 — 剽	幫 — 滂	宵	開三	上 — 去
59		貉 — 百	明 — 幫	鐸	開二	入
60		斝 — 椵	見	魚	開二	上
61		脩 — 卣	心 — 余	幽	開三	平 — 上
62		裸 — 埋	見 — 明	元 — 之	合一 — 開二	去 — 平
63		齋 — 齊	精	脂	開四	平
64		昨 — 酢	從	鐸	開一	入
65		昨 — 酢	從	鐸	開一	入
66		昨 — 酢	從	鐸	開一	入
67		澤 — 醳	定 — 余	鐸 — 錫	開二 — 開三	入
68		修 — 滌	心 — 定	幽 — 覺	開三 — 開四	平 — 入
69		獻 — 莎	曉 — 心	元 — 歌	開三 — 合一	去 — 平
70		敦 — 燾	端 — 定	文 — 幽	合一 — 開一	平
71		駔 — 組	從 — 精	魚	合一	上
72		希 — 絺	曉 — 透	微	開三	平
73		希 — 黹	曉 — 端	微 — 脂	開三	平 — 上
74		道 — 導	定	幽	開一	上 — 去
75		磬 — 韶	禪	宵	開三	平 — 上
76		九 — 十	見 — 禪	幽 — 緝	開三	上 — 入
77		采 — 茱	清	之	開一	上 — 去
78		砥 — 砥	見 — 匣	文	開二	平 — 去

79		觭 — 掎	溪 — 見	歌	開三	上
80		運 — 褌	匣 — 見	文	合三	去
81		運 — 煇	匣 — 見	文	合三 — 合一	去 — 上
82		陟 — 德	端	職	開三 — 開一	入
83		焌 — 鐏	精	文	合一	去
84		舍 — 釋	書	魚 — 鐸	開三	去 — 入
85		鑴 — 鑴	匣	支	合四	平
86		衍 — 延	余	元	開三	上 — 平
87		炮 — 包	並 — 幫	幽	開二	平
88		佑 — 侑	匣	之	開三	去
89		佑 — 侑	匣	之	開三	去
90		皋 — 嗥	見 — 匣	幽	開一	平
91		付 — 祔	幫 — 並	侯	合三	去
92		彌 — 敉	明	脂 — 支	開三	平 — 上
93		裯 — 誅	端	幽 — 侯	開一 — 合三	上 — 平
94		舍 — 釋	書	魚 — 鐸	開三	去 — 入
95		衍 — 延	余	元	開三	上 — 平
96		弭 — 敉	明	支	開三	上
97		舍 — 釋	書	魚 — 鐸	開三	去 — 入
98		誌 — 識	章	之 — 職	開三	去 — 入
99		樊 — 鞶	並	元	合三 — 合一	平
100		前 — 翦	從 — 精	元	開四 — 開三	平 — 上
101		驚 — 繄	影	脂	開四	平
102		條 — 條	定 — 透	幽	開四 — 開一	平
103		服 — 菔	並	職	合三	入
104		疏 — 揟	山 — 心	魚	開三	平
105		棼 — 蕡	並	文 — 元	合三	平
106		鬈 — 欺	曉 — 溪	幽 — 脂	開三	平
107		翣 — 犣	山 — 來	葉	開二 — 開三	入
108		苹 — 平	並	耕	開三	平
109		繪 — 潰	匣	月 — 物	合一	入
110	《夏官》	爟 — 觀	見	元	合一	去
111		挈 — 絜	溪 — 見	月	開四	入
112		壇 — 墠	定 — 禪	元	開一 — 開三	平 — 上
113		撰 — 算	崇 — 心	元	合二 — 合一	上 — 去
114		茇 — 沛	並 — 滂	月	合一 — 開一	入
115		祊 — 方	幫	陽	合三	平
116		摝 — 鹿	來	屋	合一	入
117		慎 — 震	禪	眞 — 文	開三	去 — 平
118		珥 — 衈	日	之	開三	去
119		祈 — 刉	群 — 見	微	開三	平
120		罟 — 嘏	見	魚	開二	上

121		肆 — 鬢	心	質 — 錫	開三 — 開四	入
122		積 — 眦	精 — 從	錫 — 支	開三	入 — 去
123		豻 — 干	匣 — 見	元	開一	平
124		參 — 糝	心	侵	開一	平 — 上
125		戒 — 駭	見 — 匣	職 — 之	開二	入 — 上
126		瑂 — 璑	明	文 — 魚	開三 — 合三	平
127		侯 — 公	匣 — 見	侯 — 東	開一 — 合一	平
128		庳 — 痺	幫	支	開三	平
129		波 — 播	幫	歌	合一	平 — 去
130		盧 — 雷	來	魚 — 微	合一	平
131		華 — 瓜	曉 — 溪	魚	合二	平
132	《秋官》	庶 — 煮	書 — 章	鐸 — 魚	開三	入 — 上
133		蠟 — 狙	從 — 精	鐸 — 魚	開三	平
134		蘋 — 平	並	眞 — 耕	開三	平
135		雉 — 鬢	定	脂	開三 — 開四	上 — 去
136		附 — 付	並 — 幫	侯	合三	去
137		附 — 付	並 — 幫	侯	合三	去
138		胥 — 偦	心	魚	開三	平
139		辨 — 貶	並 — 幫	元 — 談	開三	上
140		珥 — 衈	日	之	開三	去
141		判 — 辨	滂 — 並	元	合一 — 開三	去 — 上
142		貶 — 窆	幫	談	開三	上 — 去
143		慮 — 憲	來 — 曉	魚 — 元	開三	去
144		珥 — 衈	日	之	開三	去
145		珥 — 衈	日	之	開三	去
146		幾 — 刉	見	微 — 物	開三	平 — 入
147		搏 — 膊	幫	鐸	開一	入
148		蠲 — 圭	見	錫 — 支	合四	入 — 平
149		屋 — 剭	影	屋	合一	入
150		胥 — 偦	心	魚	開三	平
151		襘 — 潰	匣	月 — 物	合一	入
152		炮 — 泡	並 — 滂	幽	開二	平
153		黿 — 蛔	影 — 見	支 — 職	合二	平 — 入
154		咸 — 函	匣	侵 — 談	開二 — 開一	平
155		裸 — 果	見	元 — 歌	合一	去 — 上
156		胥 — 諝	心	魚	開三	平
157		旅 — 臚	來	魚	開三	上 — 平
158		賓 — 儐	幫	眞	開三	平
159		授 — 受	禪	幽	開三	去 — 上
160		賓 — 儐	幫	眞	開三	平
161		筥 — 柜	見 — 來	魚	開三	上
162		犢 — 牘	定	屋	合一	入

163		牲 — 腥	山 — 心	耕	開二 — 開四	平
164		牲 — 腥	山 — 心	耕	開二 — 開四	平
165	《考工記》	瓬 — 放	幫	陽	合三	上 — 去
166		笴 — 笱	見 — 心	歌 — 眞	開一 — 合三	上
167		疾 — 戚	從 — 清	質 — 覺	開三 — 開四	入
168		蚤 — 爪	精 — 莊	幽	開一 — 開二	上
169		掣 — 蛸	心	宵	開三	平
170		槷 — 涅	疑 — 泥	月 — 質	開三 — 開四	入
171		蚤 — 爪	精 — 莊	幽	開一 — 開二	上
172		隧 — 隧	邪	物	合三	入
173		桊 — 倦	溪 — 群	元	合三	去
174		鋌 — 鋌	定	耕	開四	上
175		柞 — 咋	從 — 莊	鐸	開一 — 開二	入
176		槀 — 歷	來	質 — 錫	開三 — 開四	入
177		屬 — 注	章	屋 — 侯	合三	入 — 去
178		穹 — 穹	溪	蒸	合三	平
179		翦 — 俴	精 — 從	元	開三	上
180		帴 — 翦	精	元	開三	上
181		三 — 參	心	侵	開一	平
182		章 — 獐	章	陽	開三	平
183		緅 — 爵	精	侯 — 藥	開一 — 開三	平 — 入
184		漚 — 湋	影	侯 — 微	開一 — 合一	平
185		湛 — 漸	定 — 從	侵 — 談	開二 — 開三	上
186		渥 — 渥	影	屋	開二	入
187		必 — 縪	幫	質	開三	入
188		瓚 — 戩	從 — 精	元	開一 — 開三	上 — 平
189		裸 — 渦	見	元 — 歌	合一	去 — 上
190		裸 — 果	見	元 — 歌	合一	去 — 上
191		勺 — 約	禪 — 影	藥	開三	入
192		衡 — 橫	匣	陽	開二 — 合二	平
193		駔 — 組	從 — 精	魚	合一	上
194		髻 — 趹	見 — 疑	月	開四 — 合三	入
195		膞 — 輇	禪	元	合三	平
196		庾 — 庾	余	侯	合三	平
197		笴 — 槀	見	歌 — 宵	開一	上
198		燿 — 哨	余 — 心	藥 — 宵	開三	入 — 去
199		搏 — 搏	定	元	合一	平
200		个 — 靯	見	魚 — 元	開一	去 — 上
201		觓 — 觶	見 — 章	魚 — 支	合一 — 開三	平 — 去
202		豆 — 斗	定 — 端	侯	開一	去 — 上
203		豆 — 斗	定 — 端	侯	開一	去 — 上
204		春 — 蠢	昌	文	合三	平 — 上

205		晉 — 搢	精	眞	開三	去
206		蓺 — 臬	疑	月	開三 — 開四	入
207		屬 — 注	章	屋 — 侯	合三	入 — 去
208		淫 — 淫	余	侵	開三	平
209		庇 — 刺	清	錫	開三	入
210		昔 — 錯	心 — 清	鐸	開三 — 開一	入
211		栗 — 裂	來	質 — 月	開三	入
212		休 — 煦	曉	幽 — 侯	開三 — 合三	平 — 去
213		簡 — 簡	見	元	開二	上
214		合 — 洽	匣	緝	開一 — 開二	入
215		畏 — 隈	影	微	合三 — 合一	去 — 平
216		奠 — 定	定	眞 — 耕	開四	去
217		筋 — 薊	見	文 — 月	開三 — 開四	平 — 入
218		荽 — 骹	見 — 溪	宵	開二	平
219		恆 — 楔	匣 — 見	蒸	開一	平 — 去
220		羽 — 扈	匣	魚	合三 — 合一	上
221	《禮記·曲禮》	學 — 御	匣 — 疑	覺 — 魚	開二 — 開三	入 — 去
222		視 — 示	禪 — 船	脂	開三	去
223		丈 — 杖	定	陽	開三	上
224		扱 — 吸	清 — 曉	緝	開三	入
225		拾 — 涉	禪	緝 — 葉	開三	入
226		髢 — 肆	定 — 余	歌 — 質	開四 — 開三	去 — 入
227		遷 — 還	清 — 匣	元	開三 — 合二	平
228		遷 — 還	清 — 匣	元	開三 — 合二	平
229		苞 — 菲	幫 — 滂	幽 — 微	開二 — 合三	平
230		澤 — 擇	定	鐸	開二	入
231		士 — 仕	從	之	開三	上
232		繕 — 勁	禪 — 見	元 — 耕	開三	去
233		攘 — 讓	日	陽	開三	平 — 去
234		筴 — 蓍	初 — 書	錫 — 脂	開二 - 開三	入 - 平
235		與 — 予	余	魚	開三	上
236		御 — 訝	疑	魚	開三 — 開二	去
237		踐 — 善	從 — 禪	元	開三	上
238		崣 — 蘂	匣 — 日	支 — 歌	合四 — 合三	平 — 上
239		綏 — 妥	心 — 透	微 — 歌	合三 — 合一	平 — 上
240		憂 — 疢	影 — 見	幽 — 之	開三	平 — 去
241		蚤 — 爪	精	幽	開一 — 開二	上
242		綏 — 妥	心 — 透	微 — 歌	合三 — 合一	平 — 上
243		幂 — 幕	明	錫 — 鐸	開四 — 開一	入
244		予 — 余	余	魚	開三	上 — 平
245		畛 — 祇	章	文 — 脂	開三	上
246		是 — 氏	禪	支	開三	上

247		傾 — 側	溪 — 精	耕 — 職	合三 — 開三	平 — 入
248	《檀弓》	居 — 姬	見	魚 — 之	開三	平
249		慎 — 引	禪 — 余	眞	開三	去 — 上
250		蓋 — 盍	見 — 匣	月 — 葉	開一	去 — 入
251		縿 — 綃	心	宵	開二 — 開三	平
252		幕 — 帞	明	鐸 — 錫	開一	入
253		睆 — 刮	匣 — 見	元 — 月	合二	上 — 入
254		臺 — 壺	定 — 匣	之 — 魚	開一 — 合一	平
255		臺 — 狐	定 — 匣	之 — 魚	開一 — 合一	平
256		申 — 顓（申祥 — 顓孫）	書 — 章	眞 — 元	開三 — 合三	平
257		祥 — 孫（申祥 — 顓孫）	邪 — 心	陽 — 文	開三 — 合一	平
258		衡 — 橫	匣	陽	開二 — 合二	平
259		塡 — 奠	定	眞	開四	平 — 去
260		池 — 徹	定 — 透	歌 — 月	開三	平 — 入
261		縱 — 摠	精	東	合三 — 合一	去 — 上
262		卜 — 僕	幫 — 並	屋	合一	入
263		味 — 沫	明	物	合三 — 開一	去
264		折 — 提	禪	月 — 支	開三 — 開四	入 — 平
265		朱 — 戍	章 — 書	侯	合三	平 — 去
266		木 — 戍	明 — 書	屋 — 侯	合一 — 合三	入 — 去
267		封 — 窆	幫	東 — 談	合三 — 開三	平 — 去
268		封 — 堋	幫 — 並	東 — 蒸	合三 — 開二	平
269		衡 — 橫	匣	陽	開二 — 合二	平
270		顯 — 韅	曉	元	開四	上
271		穀 — 告	見	屋 — 覺	合一 — 開一	入
272		封 — 窆	幫	東 — 談	合三 — 開三	平 — 去
273		沾 — 覘	透	談	開三	平
274		猶 — 搖	余	幽 — 宵	開三	平
275		簍 — 柳	來	侯 — 幽	開一 — 開三	上
276		杜 — 屠	定	魚	合一	上 — 平
277		揚 — 朕	余	陽 — 蒸	開三	平 — 去
278		拔 — 發	並 — 幫	月	合二 — 合三	入
279		蕢 — 蒯	群 — 溪	物 — 微	合三 — 合二	入 — 去
280		重 — 童	定	東	合三 — 合一	上 — 平
281		桓 — 宣	匣 — 心	元	合一 — 合三	平
282		以 — 已	余	之	開三	上
283		禺 — 務	疑 — 明	侯	合三	平 — 去
284		陳 — 陵	定 — 來	眞 — 蒸	開三	平
285		奪 — 兌	定	月	合一	入 — 去
286		奪 — 隧	定 — 邪	月 — 物	合一 — 合三	入
287		都 — 豬	端	魚	合一 — 開三	平
288		封 — 窆	幫	東 — 談	合三 — 開三	平 — 去

289		繆 — 樛	明 — 見	幽	開四	去 — 平
290		植 — 特	禪 — 定	職	開三 — 開一	入
291		京 — 原	見 — 疑	陽 — 元	開三 — 合三	平 — 去
292		退 — 妥	透	物 — 歌	合一	入 — 上
293		穆 — 繆	明	覺 — 幽	合三 — 開四	入 — 去
294	《王制》	分 — 糞	幫	文	合三	平 — 去
295		盼 — 班	並 — 幫	文 — 元	開二 — 合三	平
296		卷 — 袞	見	元 — 文	合三	上
297		馘 — 國	見	職	合二 — 合一	入
298		封 — 窆	幫	東 — 談	合三 — 開三	平 — 去
299		綏 — 緌	心 — 日	微	合三	平
300		論 — 倫	來	文	合一 — 合三	平
301		棘 — 僰	見 — 並	職	開三 — 開一	入
302		即 — 則	精	質 — 職	開三 — 開一	入
303		又 — 宥	匣	之	開三	去
304		膠 — 絿	見 — 群	幽	開二 — 開三	平
305	《月令》	鴻 — 侯	匣	東 — 侯	合一 — 開一	平
306		離 — 儷	來	歌 — 支	開三 — 開四	平 — 去
307		術 — 遂	船 — 邪	物	合三	入
308		鮮 — 獻	心 — 曉	元	開三	平 — 去
309		淫 — 眾	余 — 章	侵 — 冬	開三 — 合三	平 — 去
310		瓜 — 蕡	見 — 並	魚 — 之	合二 — 開三	平
311		爲 — 僞	匣 — 疑	歌	合三	平 — 去
312		作 — 詐	精	鐸	開一 — 開二	入 — 去
313		翳 — 弋	影 — 余	脂 — 職	開四 — 開三	去 — 入
314		刑 — 徑	匣 — 見	耕	開四	平 — 去
315		閎 — 紘	匣	蒸	合二	平
316		玄 — 軫	匣 — 章	眞 — 文	合四 — 開三	平
317		軫 — 袗	章	文	開三	上
318		淵 — 深	影 — 書	眞 — 侵	合四 — 開三	平
319	《曾子問》	殯 — 賓	幫	眞	開三	去 — 平
320		封 — 窆	幫	東 — 談	合三 — 開三	平 — 去
321		封 — 窆	幫	東 — 談	合三 — 開三	平 — 去
322		假 — 嘏	見	魚	開二	上
323		數 — 速	山 — 心	侯 — 屋	合三 — 合一	去 — 入
324		袝 — 備	並	侯 — 職	合三 — 開三	去
325		綏 — 墮	心 — 定	微 — 歌	合三 — 合一	平 — 上
326		輿 — 餘	余	魚	開三	平
327		輿 — 釁	曉	蒸 — 文	開三	去
328		于 — 迂	匣 — 影	魚	合三	平
329		纖 — 殲	心 — 精	談	開三	平
330		告 — 鞠	見	覺	開一 — 合三	入

331		承 — 贈	禪 — 從	蒸	開三 — 開一	平 — 去
332		兌 — 說	定 — 余	月	合一 — 合三	去
333	《禮運》	蕢 — 凷	群 — 溪	物 — 微	合三 — 合一	入 — 去
334		苴 — 俎	精	魚	開三	平 — 上
335		粢 — 齊	精 — 從	脂	開三 — 開四	平
336		變 — 辨	幫 — 並	元	開三	去 — 上
337		耐 — 能	泥	之	開一	去
338		繒 — 贈	從	蒸	開三 — 開一	平 — 去
339		藝 — 倪	疑	月 — 支	開三 — 開四	入 — 平
340		車 — 居	見	魚	開三	平
341		鼏 — 幕	明	錫	開四	入
342		琢 — 篆	端 — 定	屋 — 元	開二 - 合三	入 - 上
343		侑 — 囿	匣	之	開三	去
344		詔 — 紹	章 — 禪	宵	開三	去 — 上
345		武 — 無	明	魚	合三	上 — 平
346		惡 — 呼	影 — 曉	鐸 — 魚	合一	入 — 平
347		奧 — 竈	影 — 精	覺	開一	去
348		詔 — 紹	章 — 禪	宵	開三	去 — 上
349		犧 — 獻	曉	歌 — 元	開三	平 — 去
350	《郊特牲》	旦 — 神	端 — 船	元 — 眞	開一 — 開三	去 — 平
351		鹽 — 豓	余	談	開三	平 — 去
352		繡 — 綃	心	幽 — 宵	開三	去 — 平
353		居 — 姬	見	魚 — 之	開三	平
354		禓 — 儺	余 — 泥	陽 — 歌	開三 — 開一	平
355		獻 — 儺	曉 — 泥	元 — 歌	開三 — 開一	去 — 平
356		乘 — 鄰	船 — 來	蒸 — 眞	開三	平
357		禓 — 獻	余 — 曉	陽 — 元	開三	平 — 去
358		庫 — 廐	溪 — 見	魚 — 幽	合一 — 開三	去
359		琢 — 篆	端 — 定	屋 — 元	開二 - 合三	入 - 上
360		夫 — 傅	幫	魚	合三	平 — 去
361		齊 — 醮	從 — 精	脂 — 宵	開四 — 開三	平 — 去
362		襢 — 馨	書 — 曉	元 — 耕	開三 — 開四	平
363		爓 — 腤	邪 — 定	談 — 緝	開三	去 — 入
364		奠 — 薦	定 — 精	眞 — 文	開四	去
365		辟 — 弴	幫 — 明	錫 — 支	開三	入 — 上
366		爓 — 腤	邪 — 定	談 — 緝	開三	去 — 入
367		獻 — 莎	曉 — 心	元 — 歌	開三 — 合一	去 — 平
368		兌 — 汎	定 — 滂	月 — 侵	合一 — 合三	去
369		直 — 犆	定	職	開三	入
370		倞 — 諒	群 — 來	陽	開三	去
371		澤 — 醳	定 — 余	鐸	開二 — 開三	入
372	《內則》	车 — 整	明	幽	開三	平

373		溲 — 滫	心	幽	開三	平 — 上
374		滑 — 瀡	匣 — 心	物 — 歌	合二 — 合三	入 — 上
375		嘯 — 叱	心 — 昌	幽 — 質	開四 — 開三	去 — 入
376		軒 — 憲	曉	元	開三	平 — 去
377		濫 — 涼	來	談 — 陽	開一 — 開三	去 — 平
378		膚 — 胖	幫 — 滂	魚 — 元	合三 — 合一	平 — 去
379		卵 — 攔	來 — 見	元	合一 — 合二	上
380		鸒 — 駕	影 — 日	元 — 魚	開三	上 — 平
381		卵 — 鯤	來 — 見	文 — 元	合一	上 — 平
382		薆 — 檒	疑 — 心	物 — 月	開三 — 開二	入
383		腥 — 星	心	耕	開四	平
384		漏 — 蔞	來	侯	開一	去 — 平
385		宛 — 鬱	影	元 — 物	合三	上 — 入
386		軒 — 胖	曉 — 滂	元	開三 — 合一	平 — 去
387		鵠 — 鴉	匣	覺 — 宵	合一 — 開三	入 — 平
388		將 — 牂	精	陽	開三 — 開一	平
389		有 — 又	匣	之	開三	上 — 去
390		謹 — 墐	見 — 群	文	開三	上 — 去
391		糗 — 滫	心	幽	開三	上
392		毋 — 模	明	魚	合三 — 合一	平
393		醢 — 醯	曉	之 — 支	開一 — 開四	上 — 平
394		舉 — 巨	見 — 群	魚	開三	上
395		酏 — 饘	余 — 章	歌 — 元	開三	平
396		醴 — 禮	來	脂	開四	上
397		袛 — 振	章	脂 — 文	開三	上 — 去
398		接 — 捷	精 — 從	葉	開三	入
399		旬 — 均	邪 — 見	眞	合三	平
400		奔 — 衎	幫 — 匣	文 — 眞	合一 — 合四	平 — 去
401	《玉藻》	牄 — 直	定	職	開三	入
402		卷 — 袞	見	元 — 文	合三	上
403		端 — 冕	端 — 明	元	合一 — 開三	平 — 上
404		端 — 冕	端 — 明	元	合一 — 開三	平 — 上
405		帛 — 白	並	鐸	開二	入
406		綏 — 蕤	心 — 日	微	合三	平
407		灑 — 察	心 — 清	脂 — 月	開三 — 開二	去 — 入
408		紕 — 埤	並	支	開三 — 合三	平
409		繢 — 繪	匣	物 — 月	合一	入
410		荼 — 舒	定 — 書	魚	合一 — 開三	平
411		縫 — 逢	並	東	合三	平
412		省 — 獮	心	耕 — 脂	開三	上
413		辟 — 神	幫 — 並	錫 — 支	開三	入 — 平
414		縫 — 豐	並 — 滂	東 — 冬	合三	平

415		振 — 袗	章	文	開三	去 — 上
416		齊 — 薺	從	脂	開四	平 — 上
417		幽 — 黝	影	幽	開四	平 — 上
418		褘 — 翬	曉	微	合三	平
419		褘 — 鞠	影 — 見	脂 — 微	合三	平 — 入
420		褖 — 稅	透 — 書	元 — 月	合一 — 合三	去 — 入
421		揄 — 搖	余	侯 — 宵	合三 — 開三	平
422		結 — 衿	見	質 — 侵	開四 — 開三	入 — 平
423		屈 — 闕	溪	物 — 月	合三	入
424		揚 — 陽	余	陽	開三	平
425		緇 — 紂	精	之	開三	平
426		肆 — 肄	心 — 余	質	開三	入
427		顛 — 闐	端 — 定	眞	開四	平
428		臬 — 枿	疑	月	開三	入
429		頤 — 霣	余 — 端	之 — 微	開三 — 合三	平
430		辨 — 貶	並 — 幫	元 — 談	開三	上
431		省 — 獮	心	耕 — 脂	開三	上
432		頒 — 班	幫	文 — 元	開二	平
433		鸞 — 孿	來	元	合一	平
434		夷 — 彝	余	脂	開三	平
435		綏 — 緌	心 — 日	微	合三	平
436		綏 — 蕤	心 — 日	微	合三	平
437		康 — 亢	溪	陽	開一	平
438		厥 — 距	見 — 群	月 — 魚	合三 — 開三	入 — 上
439		賮 — 凷	群 — 溪	物 — 微	合三 — 合一	入 — 去
440		敝 — 黻	幫	月	合三	入
441	《大傳》	繆 — 穆	明	幽 — 覺	開四 — 合三	去 — 入
442	《少儀》	憮 — 盱	曉	魚	合三	上
443		徽 — 褘	曉	微	合三	平
444		皇 — 往	匣	陽	合一 — 合三	平 — 上
445		匪 — 騑	幫 — 滂	微	合三	上 — 平
446		美 — 儀	明 — 疑	脂 — 歌	開三	上 — 平
447		報 — 赴	幫 — 滂	幽 — 屋	開一 — 合三	去 — 入
448		説 — 伸	書	月 — 眞	合三 — 開三	入 — 平
449		夫 — 煩	幫 — 並	魚 — 元	合三	平
450		軓 — 范	明	侵 — 談	合三	上
451		圜 — 豢	匣	文 — 元	合一 — 合二	去
452		撰 — 驟	崇 — 精	元 — 侯	合二 — 合三	去 — 平
453		僎 — 遵	崇 — 精	元 — 文	合二 — 合一	去 — 平
454		酢 — 作	從 — 精	鐸	開一	入
455	《學記》	兑 — 説	定 — 余	月	合一 — 合三	去
456		訊 — 訾	心 — 精	眞 — 支	開三	上

457		呻—慕	書—明	眞—鐸	開三—合一	平-入
458		依—衣	影	微	開三	平
459		雜—推	從—透	緝-微	開一-合一	入-平
460		從—春	從—書	東	合三	平
461		從—松	從—邪	東	合三	平
462		醜—計	昌—見	幽—質	開三—開四	上—入
463	《樂記》	泲—緣	余	元	合三	平
464		齊—躋	從—精	脂	開四	平
465		賁—憤	並	文	合一—合三	平—上
466		獿—優	泥—影	幽	開三	平
467		訢—熹	心—曉	文—之	開三	平
468		糠—相	溪—心	陽	開一—開三	平
469		聚—取	從	侯	合三	上
470		磬—罄	溪	耕	開四	去
471		讙—歡	曉	元	合一	平
472		憲—軒	曉	元	開三	去—平
473		數—速	山—心	侯—屋	合三—合一	去—入
474		俾—比	幫	支—脂	開三	上
475		趨—促	清	侯—屋	合三	平—入
476		壎—簾	曉—心	文	合三	平—上
477		篪—虡	定—群	支—魚	開三	平—上
478		駟—四	心	質	開三	去
479		建—鍵	見—群	元	開三	去—上
480		衅—釁	曉	文	開三	去
481		祝—鑄	章	覺—幽	合三	入—去
482		薊—續	見—邪	月—屋	開四—合三	入
483		耐—能	泥	之	開一	去
484		報—褒	幫	幽	開一	去—平
485		愛—哀	影	物—微	開一	入—平
486	《雜記》	輤—蒨	清	眞	開四	去
487		訃—赴	滂	屋	合三	去
488		綏—蕤	心—日	微	合三	平
489		輇—軨	襌	元	合三	平
490		輇—槫	襌	元	合三	平
491		輇—蜃	襌	元—文	合三—開三	平—去
492		毀—燬	曉—透	微—月	合三—開三	上—入
493		綏—綏	心—日	微	合三	平
494		適—敵	書—定	錫	開三—開四	入
495		禮—展	定—端	元	開一—開三	上
496		實—至	船—章	質	開三	入
497		附—袝	並	侯	合三	去
498		待—侍	定—襌	之	開一—開三	上—去

499		繰 — 澡	心 — 精	宵	開一	平 — 上
500		衡 — 桁	匣	陽	開二	平
501		冕 — 端	明 — 端	元	開三 — 合一	上 — 平
502		冕 — 冠	明 — 見	元	開三 — 合一	上 — 平
503		使 — 史	心	之	開三	上
504		猶 — 由	余	幽	開三	平
505		附 — 袝	並	侯	合三	去
506		猶 — 由	余	幽	開三	平
507		附 — 袝	並	侯	合三	去
508		坎 — 壙	溪	談 — 陽	開一 — 合一	上 — 去
509		里 — 士	來 — 從	之	開三	上
510		闈 — 帷	匣	微	合三	平
511		踰 — 越	匣 — 余	侯 — 月	合三	平 — 入
512	《喪大記》	牖 — 墉	余	幽 — 東	開三 — 合三	上 — 平
513		徹 — 廢	透 — 幫	月	開三 — 合三	入
514		胥 — 祝	心 — 章	魚 — 覺	開三 — 合三	平 — 入
515		篹 — 簀	崇	元	合二	去
516		統 — 點	端	侵 — 談	開一 — 開四	上
517		襌 — 道	定	侵 — 幽	開一	上
518		堲 — 期	影 — 群	鐸 — 之	開一 — 開三	入 — 平
519		黝 — 要	影	幽 — 宵	開四 — 開三	上 — 去
520		裁 — 材	從	之	開一	平
521		執 — 傯	章	緝	開三	入
522		踊 — 哭	余 — 溪	東 — 屋	合三 — 合一	上 — 入
523		踊 — 浴	余	東 — 屋	合三	上 — 入
524		綠 — 角	來 — 見	屋	合三 — 開二	入
525		綠 — 簍	來	屋 — 侯	合三 — 開一	入 — 上
526		幬 — 錞	定	幽 — 文	開一 — 合一	去 — 平
527		幬 — 焞	定	幽 — 文	開一 — 合一	去 — 平
528		踘 — 浴	余	東 — 屋	合三	上 — 入
529		復 — 服	並	覺 — 職	合三	入
530		綏 — 緌	心 — 日	微	合三	平
531		輴 — 團	透 — 定	文 — 元	合三 — 合一	平
532		輴 — 輇	透 — 禪	文 — 元	合三	平
533		僞 — 帷	疑 — 匣	歌 — 微	合三	去 — 平
534		僞 — 于	疑 — 匣	歌 — 魚	合三	去 — 平
535		封 — 斂	幫 — 曉	東 — 談	合三	平
536		綍 — 率	幫 — 心	物	合三	入
537		封 — 窆	幫	東 — 談	合三 — 開三	平 — 去
538		綏 — 蕤	心 — 日	微	合三	平
539		咸 — 緘	匣 — 見	侵	開二	平
540		咸 — 械	匣	侵	開二	平

541	《祭法》	近 — 祈	群	文 — 微	開三	上 — 平
542		相 — 禳	心 — 日	陽	開三	平
543	《祭義》	漆 — 切	清	質	開三 — 開四	入
544		趣 — 促	清	侯 — 屋	合三	平 — 入
545		饗 — 相	曉 — 心	陽	開三	上 — 平
546		陽 — 暘	余	陽	開三	平
547		巡 — 沿	邪 — 余	文 — 元	合三	平
548		見 — 覵	見	元	開四 — 開二	去
549		陰 — 蔭	影	侵	開三	平 — 去
550		蒿 — 薧	曉 — 幫	宵	開一 — 開三	平
551		羶 — 馨	書 — 曉	元 — 耕	開三 — 開四	平
552		報 — 褒	幫	幽	開一	去 — 平
553		頃 — 跬	溪	耕 — 支	合三	上
554		子 — 子	精	之	開三	上
555		術 — 述	船	物	合三	入
556	《祭統》	剹 — 穋	清 — 從	侯	合三	平
557		紃 — 絇	定	眞 — 支	開三	上
558		宿 — 肅	心	覺	合三	入
559		舍 — 釋	書	魚 — 鐸	開三	去 — 入
560		進 — 餕	精	眞 — 文	開三 — 合三	去
561		齊 — 粢	從 — 精	脂	開四 — 開三	平
562		輝 — 翬	曉 — 匣	微 — 文	合三	平
563	《經解》	誠 — 成	禪	耕	開三	平
564	《哀公問》	誌 — 識	章	之 — 職	開三	去 — 入
565	《孔子閒居》	齊 — 躋	從 — 精	脂	開四	平
566		其 — 基	見	之	開三	平
567	《坊記》	慊 — 嫌	溪 — 匣	談	開四	上 — 平
568		謹 — 歡	曉	元	合一	平
569		二 — 貳	日	脂	開三	去
570	《中庸》	塞 — 色	心	職	開一 — 開三	入
571		素 — 傃	心	魚	合一	去
572		素 — 傃	心	魚	合一	去
573		示 — 寘	船 — 章	脂 — 錫	開三	去 — 入
574		栽 — 植	精 — 禪	之 — 職	開一	平
575		踐 — 纘	從 — 精	元	開三 — 開一	上 — 去
576		栽 — 兹	精 — 從	之	開一 — 開三	平
577		衣 — 殷	影	微 — 文	開三	平
578		敏 — 謀	月	之	開三	上 — 平
579		既 — 餼	見 — 曉	物	開三	入
580		徵 — 徹	端 — 透	蒸 — 月	開三	平 = 入
581		徵 — 證	端 — 章	蒸	開三	平 — 去
582		徵 — 證	端 — 章	蒸	開三	平 — 去

583		肫—純	章—禪	文	合三	平
584		肫—忳	章—定	文	合三—合一	平
585		載—栽	精	之	開一	上—平
586	《表記》	肆—藝	心	質—月	開三	去—入
587		仁—民	日—明	眞	開三	平
588		靜—情	從	耕	開三	上—平
589	《緇衣》	告—誥	見	覺	開一	去
590		吉—告	見	質—覺	開三—開一	入
591		先—天	心—透	文—眞	開四	平
592		儀—義	疑	歌	開三	平—去
593		兌—説	定—余	月	合一—合三	去
594		費—哱	並	物	合三—合一	去—入
595		費—悖	滂—並	物	合三—合一	去
596		費—悖	滂—並	物	合三—合一	去
597		邑—予	影—余	緝—魚	開三	入—上
598		祁—是	群—禪	脂—支	開三	平—上
599		純—煩	禪—並	文—元	合三	平
600		雅—牙	疑	魚	開二	上—平
601		資—至	精—章	脂—質	開三	平—去
602		精—清	精—清	耕	開三	平
603		歸—懷	見—匣	微	合三—合二	平
604	《問喪》	雞—笄	見	支—脂	開四	平
605		斯—纚	心	支	開三	平—上
606		匍—扶	並	魚	合一—合三	平
607		匐—服	並	職	合三	入
608		數—時	山—禪	侯—之	合三—開三	去—平
609	《服問》	説—税	書	月	合三	去
610	《間傳》	枲—似	心—邪	之	開三	上
611		纖—綅	心	談—侵	開三	平
612	《深衣》	續—裕	邪—余	屋	合三	入
613		鉤—鉤	見	侯	開一	平
614		要—優	影	宵—幽	開三	去—平
615		政—正	章	耕	開三	去
616	《投壺》	浮—趵	並	幽	開三—開二	平
617		浮—符	並	幽—侯	開三—合三	平
618		踰—遙	余	侯—宵	合三—開三	平
619	《儒行》	信—申	心—書	眞	開三	去—平
620		信—身	心—書	眞	開三	去—平
621		閔—文	明	文	開三—合三	上—平
622		厭—魘	影	談	開三	去—上
623		充—統	昌—透	冬	合三—合一	平—去
624	《大學》	謙—慊	溪	談	開四	平—上

			聲紐	韻部	開合等	聲調
625		致—至	端—章	質	開三	去
626		恂—峻	心	眞—文	合三	平—去
627		懫—憲	端	質	開三	去
628		諟—題	禪—定	支	開三—開四	上—平
629		僨—犇	幫	文	合一	平
630		戾—吝	來	質—文	開四—開三	入—去
631		懫—懫	端—章	質	開三	入
632		命—慢	明	耕—元	開三—合一	去
633		矩—巨	見—群	魚	開三	上
634		倍—偝	並	之	開一—合一	上—去
635		彥—盤	疑—並	元	開三—合一	去—平
636	《昏義》	醴—禮	來	脂	開四	上
637		資—齊	精—從	脂	開三—開四	平
638	《鄉飲酒禮》	揚—騰	余—定	陽—蒸	開三—開一	平
639		僎—遵	崇—精	元—文	合二—合一	去—平
640		愁—揫	崇—精	幽	開三	平
641		察—殺	初—山	月	開二	入
642	《射義》	譽—與	余	魚	開三	去—上
643		賁—憤	並	文	合一—合三	平—上
644		延—誓	余—禪	元—月	開三	平—入
645		壯—將	精	陽	開三	去—平
646		卒—倅	精—清	物	合一	入—去
647		序—徐	邪	魚	開三	上—平
648		期—勤	群	之—文	開三	平
649		揚—騰	余—定	陽—蒸	開三—開一	平
650	《聘義》	潤—濡	日	眞—侯	合三	去—平
651		磻—玟	明	文—微	開三—合一	平
652		孚—浮	滂—並	幽	合三—開三	平
653		尹—筠	余—匣	眞	合三—開三	上—平
654		孚—扶	滂—並	幽—侯	合三	平
655		孚—妣	滂—幫	幽—侯	合三	平
656		勝—陳	書—定	蒸—眞	開三	去—平
657	《喪服四制》	諒—梁	來	陽	開三	去—平
658		闇—鶴	影	侵	開一	去—平
659		髽—免	莊—明	歌—元	合二—開三	平—上
660	《儀禮·士冠禮》	旅—臚	來	魚	開三	上—平
661		闌—槷	疑	月	開四—開三	入
662		闑—蠥	曉—精	職—覺	開三—合三	入
663		甌—廡	明	魚	合三	上
664		纁—熏	曉	文	合三	平
665		缺—頍	溪	月—支	合四—合三	入—上
666		蔮—頍	見	職—支	合二—合三	入—上

667		櫛一節	莊一精	質	開三	入
668		壹一一	影	質	開三	入
669		紒一結	見	月一質	開二一開四	入
670		匲一纂	心一崇	元	合一一合二	去
671		坫一檐	端一余	談	開四一開三	去
672		盥一浣	見一匣	元	合一	去一上
673		袗一均	章一見	文一眞	開三一合三	上一平
674		枋一柄	幫	陽	合三一開三	平一上
675		葉一擖	余一溪	葉一月	開三	入
676		焠一呼	清一曉	物一魚	合一	入一平
677		醴一禮	來	脂	開四	上
678		醴一禮	來	脂	開四	上
679		禮一醴	來	脂	開四	上
680		紒一結	見	月一質	開二一開四	入
681		攝一聶	書一泥	緝	開三	入
682		鼏一密	明	錫一質	開四一開三	入
683		扃一鉉	見一匣	耕一眞	合四	平一上
684		儷一離	來	支一歌	開四一開三	去一平
685		蠃一蝸	來一見	歌	合一一合二	上一平
686		嚌一祭	從一精	脂一月	開四一開三	去一入
687		某一謀	明	之	開一一開三	上一平
688		眉一麋	明	脂	開三	平
689		格一挌	見	鐸一魚	開二	入一上
690		甫一父	幫一並	魚	合三	上
691		病一秉	並一幫	陽	開三	去一上
692		亶一癉	端	元一歌	開一	上
693		甫一父	幫一並	魚	合三	上
694		甫一斧	幫	魚一侯	合三	上
695	《士昏禮》	禮一醴	來	脂	開四	上
696		醴一禮	來	脂	開四	上
697		阿一胲	影一見	歌	合一一合三	平一上
698		葉一擖	余一溪	葉一月	開三	入
699		肫一純	章一禪	文	合三	平
700		純一鈞	禪一見	文一眞	合三	平
701		髀一脾	並	支	開四一開三	上一平
702		扃一鉉	見一匣	耕一眞	合四	平一上
703		鼏一密	明	錫一質	開四一開三	入
704		纁一熏	曉	文	合三	平
705		枋一柄	幫	陽	合三一開三	平一上
706		湆一汁	溪一章	緝	開三	入
707		宵一綃	心	宵	開三	平
708		景一憬	見	陽	開三一合三	上

709		御 — 訝	疑	魚	開三 — 開二	去
710		止 — 趾	章	之	開三	上
711		醴 — 禮	來	脂	開四	上
712		郤 — 綌	溪	鐸	開三	入
713		啓 — 開	溪	脂 — 微	開四 — 開一	上 — 平
714		說 — 稅	書	月	合三	入
715		侍 — 待	禪 — 定	之	開三 — 開一	去 — 上
716		舅 — 咎	群	幽	開三	上
717		黍 — 稷	書 — 精	魚 — 職	開三	上 — 入
718		始 — 姑	書 — 見	之 — 魚	開三 — 合一	上 — 平
719		錦 — 帛	見 — 並	侵 — 鐸	開三 — 開一	上 — 入
720		並 — 併	並 — 幫	陽 — 耕	開四 — 開三	上 — 去
721		與 — 豫	余	魚	開三	上 — 去
722		弗 — 不	幫	物	合三	入
723		橋 — 鎬	群 — 匣	宵	開三 — 開一	平 — 上
724		於 — 于	影 — 匣	魚	開三 — 合三	平
725		視 — 示	禪 — 船	脂	開三	去
726		毋 — 無	明	魚	合三	平
727	《士相見禮》	頭 — 脰	定	侯	開一	平 — 去
728		不 — 非	幫	物 — 微	合三	入 — 平
729		不 — 非	幫	物 — 微	合三	入 — 平
730		壹 — 一	影	質	開三	入
731		頭 — 脰	定	侯	開一	平 — 去
732		妥 — 綏	透 — 心	歌 — 微	合一 — 合三	上 — 平
733		伸 — 信	書 — 心	眞	開三	平 — 去
734		早 — 蚤	精	幽	開一	上
735		毋 — 無	明	魚	合三	平
736		眾 — 終	章	冬	合三	去 — 平
737		毋 — 無	明	魚	合三	平
738		父 — 甫	並 — 幫	魚	合三	上
739		壹 — 一	影	質	開三	入
740		宅 — 託	定 — 透	鐸	開二 — 開一	入
741		茅 — 苗	明	幽 — 宵	開二 — 開三	平
742		菫 — 薰	曉	文	合一 — 合三	平
743		曳 — 抴	余	月	開三	入
744	《鄉飲酒禮》	厭 — 揖	影	談 — 緝	開三	去 — 入
745		挩 — 說	透 — 書	月	合一 — 合三	入
746		一 — 壹	影	質	開三	入
747		疑 — 疑	疑	之	開三	平
748		厭 — 揖	影	談 — 緝	開三	去 — 入
749		辯 — 徧	並 — 幫	元 — 眞	開三 — 開四	上 — 去
750		辯 — 徧	並 — 幫	元 — 眞	開三 — 開四	上 — 去

751		辯 — 徧	並 — 幫	元 — 眞	開三 — 開四	上 — 去
752		說 — 稅	書	月	合三	入
753		遵 — 撰	精 — 崇	文 — 元	合一 — 合二	平 — 去
754		遵 — 全	精 — 從	文 — 元	合一 — 合三	平
755		胳 — 骼	見	鐸	開一 — 開二	入
756		釋 — 舍	書	鐸 — 魚	開三	入 — 去
757		如 — 若	日	魚 — 鐸	開三	平 — 入
758		縮 — 蹙	山 — 精	覺	合三	入
759	《鄉射禮》	厭 — 揖	影	談 — 緝	開三	去 — 入
760		挩 — 說	透 — 書	月	合一 — 合三	入
761		盥 — 浣	見 — 匣	元	合一	去 — 上
762		壹 — 一	影	質	開三	入
763		遵 — 撰	精 — 崇	文 — 元	合一 — 合二	平 — 去
764		觶 — 之	章	支 — 之	開三	去 — 平
765		挾 — 接	匣 — 精	葉	開四 — 開三	入
766		說 — 稅	書	月	合三	入
767		豫 — 序	余 — 邪	魚	開三	去 — 上
768		豫 — 謝	余 — 邪	魚 — 鐸	開三	去 — 入
769		后 — 後	匣	侯	開一	上
770		俟 — 立	崇 — 來	之 — 緝	開三	上 — 入
771		堂 — 序	定 — 邪	陽 — 魚	開一 — 開三	平 — 上
772		貫 — 關	見	元	合一 — 合二	去 — 平
773		上 — 尚	禪	陽	開三	上 — 去
774		縮 — 蹙	山 — 精	覺	合三	入
775		以 — 與	余	之 — 魚	開三	上
776		籌 — 數	心 — 山	元 — 侯	合一 — 合三	去
777		與 — 豫	余	魚	開三	上 — 去
778		膱 — 植	章 — 禪	職	開三	入
779		膱 — 戠	章 — 莊	職 — 之	開三	入 — 去
780		與 — 豫	余	魚	開三	上 — 去
781		韜 — 翿	透 — 定	幽	開一	平 — 去
782		糅 — 縮	日 — 山	幽 — 覺	開三 — 合三	平
783		皮 — 繁	並	歌 — 元	開三 — 合三	平
784		樹 — 竪	禪	侯	合三	去 — 上
785		糅 — 綯	日 — 透	幽	開三 — 開一	平
786		弓 — 肱	見	蒸	合三 — 合一	平
787		有 — 又	匣	之	開三	上 — 去
788	《燕禮》	錫 — 緆	心	錫	開四	入
789		賓 — 擯	幫	眞	開三	平 — 去
790		觚 — 觶	見 — 章	魚 — 支	合一 — 開三	平 — 去
791		觚 — 爵	見 — 精	魚 — 藥	合一 — 開三	平 — 入
792		媵 — 揚	余	蒸 — 陽	開三	去 — 平

793		滕一騰	余一定	蒸	開三一開一	去一平
794		辯一徧	並一幫	元一眞	開三一開四	上一去
795		觚一觶	見一章	魚一支	合一一開三	平一去
796		觶一觚	章一見	支一魚	開三一合一	去一平
797		觶一觚	章一見	支一魚	開三一合一	去一平
798		賜一錫	心	錫	開三一開四	入
799		腆一殄	透一定	文	開四	上
800	《大射》	干一豻	見一匣	元	開一	平
801		參一糝	心	侵	開一	平一上
802		錫一裼	心	錫	開四	入
803		絺一綌	透一溪	微一鐸	開三	平一入
804		箭一晉	精	元一眞	開三	去
805		頌一庸	邪一余	東	合三	去一平
806		獻一莎	曉一心	元一歌	開三一合一	去一平
807		滕一騰	余一定	蒸	開三一開一	去一平
808		適一造	書一清	錫一幽	開三一開一	入一上
809		辯一徧	並一幫	元一眞	開三一開四	上一去
810		首一手	書	幽	開三	上
811		俟一待	崇一定	之	開三一開一	上
812		於一于	影一匣	魚	開三一合三	平
813		挾一接	匣一精	葉	開四一開三	入
814		聲一磬	書一溪	耕	開三一開四	平一去
815		異一辭	余一邪	職一之	開三	去一平
816		俟一立	從一來	之一緝	開三	上一入
817		獲一護	匣	鐸	合二一合一	入
818		釋一舍	書	鐸一魚	開三	入一去
819		且一阻	精	魚	開三	平一上
820		梱一魁	溪	文一微	合一	上一平
821		貫一關	見	元	合一一合二	去一平
822		梱一魁	溪	文一微	合一	上一平
823		維一緡	余一匣	微一文	合三一開三	平
824		順一循	船一邪	文	合三	去一平
825		揉一紐	日一泥	幽	開三	平一上
826		獲一筭	匣一心	鐸一元	合二一合一	入一去
827		縮一蹙	山一精	覺	合三	入
828		席一筵	邪一余	鐸一元	開三	入一平
829		觶一觚	章一見	支一魚	開三一合一	去一平
830		觶一觚	章一見	支一魚	開三一合一	去一平
831		觶一觚	章一見	支一魚	開三一合一	去一平
832		壹一一	影	質	開三	入
833	《聘禮》	管一官	見	元	合一	上一平
834		布一敷	幫一滂	魚	合一一合三	去一平

835		帥 — 率	山	物	合三	入
836		繰 — 璪	心 — 精	宵	開一	平 — 上
837		膻 — 膳	章 — 禪	元	開三	平 — 去
838		與 — 豫	余	魚	開三	上 — 去
839		皮 — 幣	並	歌 — 月	開三	平 — 入
840		裼 — 賜	心	錫	開四 — 開三	入
841		訝 — 梧	疑	魚	開二 — 合一	去 — 平
842		歸 — 饋	見 — 群	微 — 物	合三	平 — 入
843		籔 — 數	心 — 山	侯	開一 — 合三	上 — 去
844		籔 — 逾	心 — 余	侯	開一 — 合三	上 — 平
845		揖 — 讓	影 — 日	緝 — 陽	開三	入 — 去
846		並 — 併	並 — 幫	陽 — 耕	開四 — 開三	上 — 去
847		壹 — 一	影	質	開三	入
848		饗 — 鄉	曉	陽	開三	上 — 平
849		俶 — 淑	昌 — 禪	覺	合三	入
850		侑 — 宥	匣	之	開三	去
851		禮 — 體	來	脂	開四	上
852		帥 — 率	山	物	合三	入
853		禮 — 體	來	脂	開四	上
854		膻 — 膳	章 — 禪	元	開三	平 — 去
855		赴 — 訃	滂	屋	合三	去
856		軷 — 祓	並 — 幫	月	合一 — 合三	入
857		資 — 齎	精	脂	開三 — 開四	平
858		至 — 砥	章	質 — 脂	開三	入 — 上
859		繰 — 藻	心 — 精	宵	開一	平 — 上
860		繰 — 璪	心 — 精	宵	開一	平 — 上
861		絢 — 約	曉 — 余	眞	合四 — 合三	去 — 平
862		肆 — 肄	心 — 余	質	開三	入
863		皇 — 王	匣	陽	合一 — 合三	平
864		于 — 爲	匣	魚 — 歌	合三	平
865		晦 — 悔	曉	之	合一	去
866		閒 — 干	見	元	開二 — 開一	平
867		禮 — 體	來	脂	開四	上
868		公 — 君	見	東 — 文	合一 — 合三	平
869		盼 — 紛	並 — 滂	文	合三	平
870		餁 — 腍	日	侵	開三	上
871		羹 — 羔	見	陽 — 宵	開二 — 開一	平
872		歸 — 饋	見 — 群	微 — 物	合三	平 — 入
873		餼 — 既	曉 — 見	物	開三	入
874		閾 — 蹙	曉 — 精	職 — 覺	開三 — 合三	入
875		籔 — 逾	心 — 余	侯	開一 — 合三	上 — 平
876		稯 — 緵	精	東	合一	平

877	《公食大夫禮》	饗 — 鄉	曉	陽	開三	上 — 平
878		扃 — 鉉	見 — 匣	耕 — 眞	合四	平 — 上
879		霂 — 密	明	錫 — 質	開四 — 開三	入
880		奠 — 委	定 — 影	耕 — 微	開四 — 合三	去 — 上
881		待 — 持	定	之	開一 — 開三	上 — 平
882		倫 — 論	來	文	合三	平
883		簋 — 軌	見	幽	合三	上
884		並 — 併	並 — 幫	陽 — 耕	開四 — 開三	上 — 去
885		壹 — 一	影	質	開三	入
886		饛 — 麋	泥 — 明	脂	開三	平
887		涪 — 汁	溪 — 章	緝	開三	入
888		鮨 — 鰭	群	脂	開三	平
889		腳 — 香	曉	陽	開三	平
890		臐 — 薰	曉	文	合三	平
891		騰 — 朕	定 — 余	蒸	開一 — 開三	平 — 去
892		壹 — 一	影	質	開三	入
893		與 — 豫	余	魚	開三	上 — 去
894		饗 — 鄉	曉	陽	開三	上 — 平
895		毋 — 無	明	魚	合三	平
896		並 — 併	並 — 幫	陽 — 耕	開四 — 開三	上 — 去
897		苦 — 芐	溪 — 匣	魚	合一	上
898		萑 — 莞	匣 — 見	元	合一	平
899		訝 — 梧	疑	魚	開二 — 合一	去 — 平
900	《覲禮》	賜 — 錫	心	錫	開三 — 開四	入
901		帥 — 率	山	物	合三	入
902		繅 — 璪	心 — 精	宵	開一	平 — 上
903		玉 — 圭	疑 — 見	屋 — 支	合三 — 合四	入 — 平
904		嘉 — 賀	見 — 匣	歌	開二 — 開一	平 — 去
905		實 — 寔	船 — 禪	質 — 錫	開三	入
906		是 — 氏	禪	支	開三	上
907		尚 — 上	禪	陽	開三	去 — 上
908		瘞 — 殪	影	質	開四	入
909	《喪服》	升 — 登	書 — 端	蒸	開三 — 開一	平
910	《士喪禮》	綴 — 對	端	月 — 物	合三 — 合一	去
911		銘 — 名	明	耕	開四 — 開三	平
912		末 — 施	明 — 並	月	合一 — 開一	入
913		緇 — 精	莊 — 精	耕	開二 — 開三	平
914		緇 — 緅	莊	耕	開二	平
915		環 — 還	匣	元	合二	平
916		檡 — 澤	書 — 定	鐸	開二 — 開三	入
917		王 — 玉	匣 — 疑	陽 — 屋	合三	平 — 入
918		幀 — 縈	明 — 影	錫 — 耕	開四 — 合三	入 — 平

919		帽 — 涓	明 — 見	錫 — 元	開四 — 合四	入 — 平
920		牢 — 樓	來	幽 — 侯	開一	平
921		樓 — 縷	來 — 影	侯 — 幽	開一 — 開三	平
922		旁 — 方	並 — 幫	陽	開一 — 合三	平
923		鄉 — 面	曉 — 明	陽 — 元	開三	平 — 去
924		笏 — 忽	曉	物	合一	入
925		褖 — 緣	透 — 余	元	合一 — 合三	去 — 平
926		髺 — 括	見	月	合一	入
927		免 — 統	明	元	開三	上
928		抵 — 振	章	文	開三	去
929		澳 — 緣	泥 — 余	元	合一 — 合三	平
930		蚤 — 爪	精 — 莊	幽	開一 — 開二	上
931		鞈 — 合	見 — 匣	緝	開二 — 開一	入
932		久 — 灸	見	之	開三	上
933		冪 — 密	明	錫 — 質	開四 — 開三	入
934		掔 — 捥	影	元	合一	去
935		麗 — 連	來	支 — 元	開四 — 開三	去 — 平
936		髻 — 括	見	月	合一	入
937		鬚 — 剔	心 — 透	錫	開四	入
938		帛 — 迫	滂 — 幫	鐸	開一 — 開二	入
939		冪 — 密	明	錫 — 質	開四 — 開三	入
940		並 — 併	並 — 幫	陽 — 耕	開四 — 開三	上 — 去
941		朼 — 匕	幫	脂	開三	上
942		髀 — 脾	並	支	開四 — 開三	上 — 平
943		帛 — 迫	滂 — 幫	鐸	開一 — 開二	入
944		柢 — 胝	端	脂	開四	上
945		侇 — 夷	余	脂	開三	平
946		扃 — 鉉	見 — 匣	耕 — 眞	合四	平 — 上
947		予 — 與	余	魚	開三	上
948		冪 — 密	明	錫 — 質	開四 — 開三	入
949		縢 — 旬	定	蒸 — 眞	開一 — 開四	平 — 去
950		葅 — 芋	精 — 匣	魚	開三 — 合三	平 — 去
951		蠃 — 蝸	來 — 見	歌	合一 — 合二	上 — 平
952		褶 — 襲	邪	緝	開三	入
953		鬐 — 耆	群	微 — 脂	開三	平
954		首 — 手	書	幽	開三	上
955		基 — 期	見 — 群	之	開三	平
956		述 — 術	船	物	合三	入
957		闌 — 枿	疑	月	開四 — 開三	入
958		闃 — 蠻	曉 — 精	職 — 覺	開三 — 合三	入
959	《既夕禮》	啓 — 開	溪	脂 — 微	開四 — 開一	上 — 平
960		銘 — 名	明	耕	開四 — 開三	平

961		免 — 統	明	元	開三	上
962		久 — 灸	見	之	開三	上
963		瓿 — 廡	明	魚	合三	上
964		霝 — 密	明	錫 — 質	開四 — 開三	入
965		翦 — 淺	精 — 清	元	開三	上
966		披 — 蕃	滂 — 幫	歌 — 元	開三 — 合三	平
967		棧 — 轏	崇	元	開二	去
968		杅 — 桴	匣 — 明	魚 — 幽	合三 — 開三	平
969		髀 — 脾	並	支	開四 — 開三	上 — 平
970		蠃 — 蝸	來 — 見	歌	合一 — 合二	上 — 平
971		特 — 俎	定 — 莊	職 — 魚	開一 — 開三	入 — 上
972		算 — 筴	心 — 初	元 — 錫	合一 - 開二	去 — 入
973		屬 — 燭	章	屋	合三	入
974		窆 — 封	幫	談 — 東	開三 — 合三	去 — 平
975		軛 — 厄	影	錫	開二	入
976		處 — 居	昌 — 見	魚	開三	去 — 平
977		于 — 於	匣 — 影	魚	合三 — 開三	平
978		第 — 茨	莊 — 從	脂	開三	上 — 平
979		班 — 胖	幫 — 滂	元	開二 — 合一	平 — 去
980		校 — 枝	見 — 章	宵 — 支	開二 — 開三	去 — 平
981		倫 — 論	來	文	合三	平
982		赴 — 訃	滂	屋	合三	去
983		掘 — 圿	群 — 溪	物 — 侵	合三 — 開三	入 — 上
984		埾 — 役	余	錫	合三	入
985		說 — 稅	書	月	合三	入
986		幦 — 冪	明	錫	開四	入
987		菆 — 騶	莊	侯	開三	平
988		錧 — 鐻	見 — 匣	元 — 月	合一 — 開二	上 — 入
989		鑣 — 苞	幫	宵 — 幽	開三 — 開二	平
990		髦 — 毛	明	宵	開一	平
991		犬 — 大	溪 — 定	元 — 月	合四 — 開一	上 — 去
992		軶 — 拱	見	東	合三	上
993		刊 — 竿	溪 — 見	元	開一	平
994		鞮 — 殺	余 — 山	月	開三 — 開二	入
995		膻 — 膳	章 — 禪	元	開三	平 — 去
996		啟 — 開	溪	脂 — 微	開四 — 開一	上 — 平
997		槀 — 潦	見 — 來	宵	開一	上
998		沽 — 古	見	魚	合一	平 — 上
999		柲 — 枈	幫	質	開三	入
1000		撻 — 銽	透 — 見	月	開一 — 合一	入
1001		惡 — 堊	影	鐸	開一	入
1002	《士虞禮》	藉 — 席	從 — 邪	鐸	開三	入

1003		扃—鉉	見—匣	耕—眞	合四	平—上
1004		縮—麙	山—精	覺	合三	入
1005		扃—鉉	見—匣	耕—眞	合四	平—上
1006		冪—密	明	錫—質	開四—開三	入
1007		啓—開	溪	脂—微	開四—開一	上—平
1008		墮—綏	定—心	歌—微	合一—合三	上—平
1009		播—半	幫	歌—元	合一	去
1010		枚—个	明—見	微—魚	合一—開一	平—去
1011		酳—酌	余—章	眞—藥	開三	去—入
1012		謖—休	心—曉	職—幽	合三	入—平
1013		膃—股	見—影	魚—錫	開三—合一	入—上
1014		扃—鉉	見—匣	耕—眞	合四	平—上
1015		冪—密	明	錫—質	開四—開三	入
1016		柢—胝	端	脂	開四	上
1017		鬐—耆	群	脂	開三	平
1018		苦—枯	溪	魚	合一	上—平
1019		苦—苻	溪—匣	魚	合一	上
1020		説—稅	書	月	合三	入
1021		綏—墮	心—定	微—歌	合三—合一	平—上
1022		啓—開	溪	脂—微	開四—開一	上—平
1023		齊—粢	從—精	脂	開四—開三	平
1024		溲—醙	山	幽	開三	平
1025		袼—古	匣—見	緝—魚	開二—合一	入—上
1026		他—它	透	歌	開一	平
1027		餞—踐	從	元	開三	去—上
1028		鮀—廡	明	魚	合三	上
1029		脡—挺	透—定	耕	開四	上
1030		縮—麙	山—精	覺	合三	入
1031		謖—休	心—曉	職—幽	合三	入—平
1032		説—稅	書	月	合三	入
1033		與—豫	余	魚	開三	上—去
1034		席—筵	邪—余	鐸—元	開三	入—平
1035		隮—齊	精—從	脂	開四	平
1036		班—辨	幫—並	元	開二—開三	平—上
1037		班—胖	幫—滂	元	開二—合一	平—去
1038		搔—爪	心—莊	幽	開一—開二	平—上
1039		鬋—揃	精	元	開三	上
1040		揃—鬋	精	元	開三	上
1041		搔—蚤	心—精	幽	開一	平—上
1042		頭—脰	定	侯	開一	平—去
1043		膃—嗌	影	錫	開三	入
1044		溲—醙	心	幽	開三	平

1045		朞 — 基	見	之	開三	平
1046		常 — 祥	禪 — 邪	陽	開三	平
1047		禫 — 導	定	侵 — 幽	開一	上 — 去
1048	《特牲饋食禮》	諏 — 詛	精	侯 — 魚	合三 — 開三	平 — 去
1049		齴 — 槷	疑	月	開四 — 開三	入
1050		闑 — 麷	曉 — 精	職 — 覺	開三 — 合三	入
1051		宿 — 羞	心	覺 — 幽	合三 — 開三	入 — 平
1052		宿 — 速	心	覺 — 屋	合三 — 合一	入
1053		宿 — 肅	心	覺	合三	入
1054		冪 — 密	明	錫 — 質	開四 — 開三	入
1055		復 — 反	並 — 幫	覺 — 元	合三	入 — 上
1056		饎 — 糦	昌	之	開三	去
1057		饎 — 鰡	昌	之	開三	去
1058		用 — 于	余 — 匣	東 — 魚	合三	去 — 平
1059		冪 — 密	明	錫 — 質	開四 — 開三	入
1060		墮 — 挼	心 — 泥	歌	合一	上
1061		渹 — 汁	溪 — 章	緝	開三	入
1062		侑 — 又	匣	之	開三	去
1063		个 — 枚	見 — 明	魚 — 微	開一 — 合一	去 — 平
1064		酳 — 酌	余 — 章	眞 — 藥	開三	去 — 入
1065		酒 — 之	精 — 章	幽 — 之	開三	上 — 平
1066		醋 — 酢	清 — 從	鐸	合一 — 開一	入
1067		妥 — 挼	透 — 泥	歌	合一	上
1068		挂 — 卦	見	支	合二	去
1069		挩 — 說	透 — 書	月	合一 — 合三	入
1070		更 — 受	見 — 禪	陽 — 幽	開二 — 開三	平 — 上
1071		更 — 受	見 — 禪	陽 — 幽	開二 — 開三	平 — 上
1072		籑 — 餕	崇 — 精	元 — 文	合二 — 合三	去
1073		苦 — 芐	溪 — 匣	魚	合一	上
1074		刉 — 切	清	文 — 質	合一 — 開四	上 — 入
1075		縠 — 穀	匣 — 見	屋	合一	入
1076	《少牢饋食禮》	宿 — 肅	心	覺	合三	入
1077		宿 — 羞	心	覺 — 幽	合三 — 開三	入 — 平
1078		甒 — 烝	精 — 章	蒸	開三	去 — 平
1079		胖 — 辯	滂 — 並	元	合一 — 開三	去 — 上
1080		髀 — 脾	並	支	開四 — 開三	上 — 平
1081		並 — 併	並 — 幫	陽 — 耕	開四 — 開三	上 — 去
1082		冪 — 密	明	錫 — 質	開四 — 開三	入
1083		甒 — 廡	明	魚	合三	上
1084		冪 — 幎	明	錫	開四	入
1085		啓 — 開	溪	脂 — 微	開四 — 開一	上 — 平
1086		柄 — 枋	幫	陽	開三 — 合三	上 — 平

1087		杫 一 匕	幫	脂	開三	上
1088		切 一 刌	清	質 一 文	開四 一 合一	入 一 上
1089		拒 一 距	群	魚	開三	上
1090		被 一 髲	並	歌	開三	上
1091		錫 一 緆	心	錫	開四	入
1092		鬄 一 緆	心	錫	開四	入
1093		蠃 一 蝸	來 一 見	歌	合一 一 合二	上 一 平
1094		干 一 肝	見	元	開一	平
1095		辯 一 徧	並 一 幫	元 一 眞	開三 一 開四	上 一 去
1096		醋 一 酌	余 一 章	眞 一 藥	開三	去 一 入
1097		縮 一 蹙	山 一 精	覺	合三	入
1098		綏 一 按	心 一 泥	微 一 歌	合三 一 合一	平
1099		墮 一 肵	定 一 群	歌 一 微	合一 一 開三	上 一 平
1100		墮 一 按	心 一 泥	歌	合一	上
1101		來 一 釐	來	之	開一 一 開三	平
1102		赦 一 格	見	魚 一 鐸	開二	上 一 入
1103		錄 一 福	來 一 幫	屋 一 職	合三	入
1104		眉 一 微	明	脂 一 微	開三 一 合三	平
1105		替 一 秩	透 一 定	質	開四 一 開三	入
1106		替 一 載	透 一 定	質	開四	入
1107		挂 一 卦	見	支	合二	去
1108		綏 一 按	心 一 泥	微 一 歌	合三 一 合一	平
1109		綏 一 肵	心 一 群	微	合三 一 開三	平
1110		謖 一 休	心 一 曉	職 一 幽	合三	入 一 平
1111		資 一 齎	精	脂	開三 一 開四	平
1112		辯 一 徧	並 一 幫	元 一 眞	開三 一 開四	上 一 去
1113		一 一 壹	影	質	開三	入
1114	《有司徹》	攝 一 聶	書 一 泥	葉	開三	入
1115		蟳 一 尋	邪	談 一 侵	開三	平
1116		扃 一 鉉	見 一 匣	耕 一 眞	合四	平 一 上
1117		冪 一 密	明	錫 一 質	開四 一 開三	入
1118		侑 一 宥	匣	之	開三	去
1119		縮 一 蹙	山 一 精	覺	合三	入
1120		並 一 併	並 一 幫	陽 一 耕	開四 一 開三	上 一 去
1121		涪 一 汁	溪 一 章	絹	開三	入
1122		膴 一 尋	曉	魚	合一 一 合三	平
1123		挑 一 抌	透 一 余	宵 一 幽	開四	平
1124		腶 一 斷	端	元	合一	去
1125		帨 一 說	透 一 書	月	合一 一 合三	入
1126		壹 一 一	影	質	開三	入
1127		骼 一 胳	見	鐸	開二 一 開一	入
1128		若 一 如	日	鐸 一 魚	開三	入 一 平

1129		辯 — 徧	並 — 幫	元 — 眞	開三 — 開四	上 — 去
1130		義 — 曦	疑	歌	開三	去
1131		儀 — 議	疑	歌	開三	平 — 去
1132		酌 — 爵	章 — 精	藥	開三	入
1133		釂 — 爵	章 — 精	支 — 藥	開三	去 — 入
1134		髀 — 脾	並	支	開四 — 開三	上 — 平
1135		摭 — 拂	章 — 端	鐸 — 錫	開三 — 開四	入
1136		綏 — 挼	心 — 泥	微 — 歌	合三 — 合一	平
1137		綏 — 墮	心 — 定	微 — 歌	合三 — 合一	平 — 上
1138		綏 — 捼	心 — 日	微	合三	平
1139		酢 — 酌	從 — 章	鐸 — 藥	開一 — 開三	入
1140		籑 — 餕	崇 — 精	元 — 文	合二 — 合三	去
1141		佑 — 侑	匣	之	開三	去
1142		屝 — 茀	並 — 滂	微 — 物	合三	去 — 入
1143	《詩經·召南·野有死麕》	純 — 屯	禪 — 透	文	合三 — 合一	平 — 上
1144	《邶風·綠衣》	綠 — 褖	來 — 透	屋 — 元	合三 — 合一	入 — 去
1145	《雄雉》	伊 — 繄	影	脂	開三 — 開四	平
1146	《新台》	殄 — 腆	定 — 透	文	開四	上
1147	《鄘風·干旄》	祝 — 屬	章	覺 — 屋	合三	入
1148	《衛風·碩人》	說 — 襫	書 — 邪	月 — 物	合三	入
1149	《王風·揚之水》	其 — 記	群 — 見	之	開三	平 — 去
1150		其 — 己	群 — 見	之	開三	平 — 上
1151	《鄭風·大叔于田》	忌 — 己	群 — 見	之	開三	去
1152	《齊風·盧令》	鬈 — 權	群	元	合三	平
1153	《載驅》	豈 — 闓	溪	微	開三 — 開一	上
1154	《唐風·山有樞》	愉 — 偷	余 — 透	侯	合三 — 合一	平
1155	《秦風·蒹葭》	伊 — 繄	影	脂	開三 — 開四	平
1156	《陳風·澤陂》	蕳 — 蓮	見 — 來	元	開二 — 開四	平
1157	《曹風·鳲鳩》	騏 — 綦	群	之	開三	平
1158	《豳風·七月》	喜 — 饎	曉 — 昌	之	開三	上 — 去
1159	《東山》	伊 — 繄	影	脂	開三 — 開四	平
1160		窴 — 塡	定	眞	開四	平
1161		窴 — 塵	定	眞	開四 — 開三	平
1162		栗 — 裂	來	質 — 月	開三	入
1163	《小雅·鹿鳴》	示 — 寘	船 — 章	脂 — 錫	開三	去 — 入
1164	《常棣》	不 — 拊	幫 — 滂	之 — 侯	開三 — 合三	入 — 上
1165	《采薇》	腓 — 芘	並	微 — 脂	合三 — 開三	平 — 去
1166	《吉日》	祁 — 麎	群 — 禪	脂 — 文	開三	平
1167	《白駒》	伊 — 繄	影	脂	開三 — 開四	平
1168	《斯干》	猶 — 瘉	余	幽 — 侯	開三 — 合三	平 — 上
1169		芋 — 幠	匣 — 曉	魚	合三 — 合一	去 — 平

1170	《節南山》	氐 — 桎	端 — 章	脂 — 質	開四 — 開三	平 — 入
1171		勿 — 末	明	物 — 月	合三 — 合一	入
1172	《大東》	舟 — 周	章	幽	開三	平
1173		裘 — 求	群	之 — 幽	開三	平
1174	《鼓鐘》	猶 — 瘳	余	幽 — 侯	開三 — 合三	平 — 上
1175	《甫田》	攘 — 穰	日 — 泥	陽	開三 — 開一	平
1176	《大田》	俶 — 熾	昌	覺 — 職	合三 — 開三	入
1177		載 — 蕾	精 — 莊	之	開一 — 開三	上 — 平
1178	《角弓》	遺 — 隨	余 — 邪	微 — 歌	合三	平
1179	《菀柳》	蹈 — 悼	定	幽 — 藥	開一	去 — 入
1180	《都人士》	吉 — 姞	見 — 群	質	開三	入
1181		厲 — 裂	來	月	開三	入
1182	《瓠葉》	斯 — 鮮	心	支 — 元	開三	平
1183	《大雅·韓奕》	實 — 寔	船 — 禪	質 — 錫	開三	入
1184	《江漢》	旬 — 營	邪 — 余	眞 — 耕	合三	平
1185	《常武》	繹 — 驛	余	鐸	開三	入
1186		敦 — 屯	端 — 定	文	合一	平
1187	《召旻》	潰 — 匯	匣	物 — 微	合一	入 — 上
1188		頻 — 濱	並 — 幫	眞	開三	平
1189	《周頌·思文》	立 — 粒	來	緝	開三	入
1190	《有瞽》	田 — 軸	定 — 余	眞	開四 — 開三	平 — 去
1191		俶 — 熾	昌	覺 — 職	合三 — 開三	入
1192		載 — 蕾	精 — 莊	之	開一 — 開三	上 — 平
1193	《商頌·那》	置 — 植	章 — 禪	錫 — 職	開三	入
1194	《烈祖》	賚 — 來	來	之	開一	去 — 平
1195	《玄鳥》	肇 — 兆	定	宵	開三	上
1196	《長髮》	隕 — 圓	匣	文	合三	上 — 平

6. 服虔音讀材料

	服虔《漢書注》					
序號	篇名	音注字組	聲母	韻部	等呼	聲調
1	《漢書·高帝紀》	準 — 拙	章	文 — 物	合三	上 — 入
2		告 — 嗥	見 — 幽	覺 — 幽	開一	入 — 平
3		儋 — 擔	端	談	開一	平
4		麗 — 歷（麗食其 — 歷異基）	來	支 — 錫	開四	去
5		食 — 異（麗食其 — 歷異基）	船 — 余	職	開三	入
6		其 — 基（麗食其 — 歷異基）	見	之	開三	平
7		巨 — 渠	群	魚	開三	上 — 平
8		走 — 奏	精	侯	開一	上 — 去
9		傅 — 附	幫 — 並	魚 — 侯	合三	去
10		樐 — 衛	匣	月	合三	入
11		潏 — 潏	滂	質	開四	入
12	《文帝紀》	喋 — 蹀	定	葉	開四	入
13		酺 — 蒲	並	魚	合一	平
14		阽 — 坫	端	談	開四	去
15	《武帝紀》	怵 — 裔	透 — 余	物 — 月	合三 — 開三	入
16		燭 — 注	章	屋	合三	入
17	《成帝紀》	傂 — 斯	心	支	開三	平
18	《昭帝紀》	鉤 — 軥	見	侯	開一	平
19	《宣帝紀》	澓 — 馥	並	覺	合三	入
20		閼 — 焉（閼氏 — 焉支）	影	眞 — 元	開四 — 開三	平
21		氏 — 支（閼氏 — 焉支）	禪 — 章	支	開三	上 — 平
22		谷 — 鹿	見	屋	合一	入
23	《異姓諸侯王表》	瘥 — 慘	清	元 — 侵	開三 — 開一	平
24	《百官公卿表》	騪 — 搜	山	幽	開三	平
25	《古今人表》	淪 — 鰥	來 — 見	文	合三 — 合二	平
26	《禮樂志》	吟 — 含	疑 — 匣	侵	開三 — 開一	平
27		唭 — 湛	定	侵	開一 — 開二	上
28	《郊祀志》	傳 — 傳	定	元	合三	去
29	《五行志》	鷙 — 陟	章 — 端	職	開三	入
30		霿 — 霧	明	東	合一	平
31		觭 — 奇	群	歌	開三	平
32		辟 — 僻	並	錫	開三	入
33		辟 — 僻	並	錫	開三	入

34		眊一耄	明	宵	開一	去
35		朒一忸	泥	覺一幽	合三一開三	入一上
36	《地理志》	獷一鞏	見	陽一東	合三	上
37		蟬一提	禪一定	元一支	開三一開四	平
38	《藝文志》	栩一詡	曉	魚	合三	上
39		瘝一瘃	昌	月	開三	入
40	《陳勝項籍傳》	惴一章瑞反	章	歌	合三	去
41		檥一蟻	疑	歌	開三	上
42	《楚元王傳》	轑一勞	來	幽一宵	開一	上一平
43	《季布欒布田叔傳》	轍一柳	定一來	月一幽	開三	入一上
44	《高五王傳》	扐一勒	來	職	開一	入
45	《張陳王周傳》	坯一頤	余	之	開三	平
46		甀一士垢反	從一崇	侯	開一	平一上
47		沮一阻	從一莊	魚	開三	上
48	《樊酈滕灌傅靳周傳》	蹳一撥	幫	月	合一	入
49		酈一蒯	並一溪	微	合一一合二	平一去
50	《酈陸朱劉叔孫傳》	魋一椎	章	微	合三	平
51	《蒯伍江息夫傳》	蠆一捷	端一從	月一葉	開四一開三	入
52	《萬石衛直周張傳》	咸一減	匣一見	侵	開二	平一上
53	《文三王傳》	格一格	見	鐸	開二	入
54	《賈誼傳》	蟂一梟	見	宵	開四	平
55		嬗一蟬	禪	元	開三	去一平
56		挺一挺	定	耕	開四	上
57	《爰盎鼂錯傳》	假一假	見	魚	開二	去
58	《賈鄒枚路傳》	畀一畀	幫	支一質	開三	平一入
59	《竇田灌韓傳》	遲一企	溪	支	開三	上
60	《景十三王傳》	荃一蓀	清一心	元一文	合三一合一	平
61		鉤一拘	見	侯	合三	平
62	《李廣蘇建傳》	媒一欺	明一溪	之	合一一開三	平
63	《衛青霍去病傳》	票一飄（票姚一飄搖）	滂	宵	開三	平
64		姚一搖（票姚一飄搖）	余	宵	開三	平
65		葷一熏	曉	文	合三	平
66	《杜周傳》	抵一紙	端一章	脂一支	開四一開三	上
67	《杜周傳》	陒一義	見一曉	歌	合三一開三	上一平
68	《張騫李廣利傳》	滇一顚	端	眞	開四	平
69		蔡一蔡	清	月	開一	入
70	《嚴朱吾丘主父徐嚴終王賈傳》	轎一橋	群	宵	開三	去一平
71		唅一含	匣	侵	開一	平
72	《東方朔傳》	礜一暴	並	覺一藥	開二一開一	入
73		筦一管	見	元	合一	平

74		鼨 － 縱（鼨鼨 － 縱 劬）	精	耕 － 東	開三 － 合三	平 － 去
75		鼨 － 劬（鼨鼨 － 縱 劬）	群	侯	合三	平
76	《公孫劉田王楊蔡陳鄭傳》	澎 － 彭	並	陽	開二	平
77		蠡 － 離	來	支 － 歌	開三	平
78	《楊胡朱梅云傳》	窾 － 款	溪	元	合一	上
79	《趙充國辛慶忌傳》	媀 － 兒	日	支	開三	平
80		句 － 鉤	見	侯	開一	平
81	《傅常鄭甘陳段傳》	龜 － 丘（龜茲 － 丘慈）	見 － 溪	之	合三 － 開三	平
82		茲 － 慈（龜茲 － 丘慈）	精 － 徒	之	開三	平
83		墊 － 墊	定	侵	開四	去
84	《趙尹韓張兩王傳》	噭 － 叫	見	宵 － 幽	開四	去
85		咷 － 滌	定	宵 － 覺	開一 － 開四	平 － 入
86	《宣元六王傳》	胸 － 劬	群	侯	合三	平
87		臑 － 奴溝反	泥	宵 － 侯	開一	去 － 平
88		臑 － 又音奴皋反	泥	宵 － 幽	開一	去 － 平
89	《匡張孔馬傳》	鼎 － 當	端	耕 － 陽	開四 － 開一	上 － 平
90	《揚雄傳》	惝 － 敞	昌	陽	開三	上
91		踢 － 石炅反	透 － 禪	陽 － 質	開一 － 開三	平 - 入
92		虓 － 哮	曉	幽	開二	平
93		䯻 - 窟	溪	物	合一	入
94		掜 － 睨	疑	支	開四	去
95		芭 － 葩	幫 － 滂	魚	開二	平
96	《匈奴傳》	蹛 － 帶	端	月	開一	入
97		眩 － 縣	匣	眞 － 元	合四	去
98	《外戚傳》	儀 － 螘	疑	歌	開三	平 － 上
99		璩 － 衛	定 － 匣	元 － 月	合三	上 － 入
100	《王莽傳》	摽 － 摽	滂	宵	開三	平
101		煒 － 暉	匣 － 曉	微	合三	上 － 平
102		遷 － 仙	清 － 心	元	開三	平
103	《敍傳》	陻 － 因	影	文 － 眞	開三	平
104	《史記·始皇本紀》	陘 － 刑	匣	耕	開四	平
105		並 － 傍	並	陽	開四 － 開一	上 － 去
106		儋 － 擔	端	談	開一	平
107	《項羽本紀》	甄 － 淺	從 － 清	侯 － 元	開一 － 開三	平 － 上
108		擠 － 濟	精	脂	開四	上
109		傅 － 附	幫 － 並	魚 － 侯	合三	去
110	《高祖本紀》	準 － 拙	章	文 － 物	合三	上 － 入
111		潷 － 柀	滂	質	開四	入
112	《河渠書》	顏 － 崖	疑	元 － 支	開二	平

113	《外戚世家》	娙 — 妍	匣 — 疑	耕 — 元	開四	平
114	《絳侯世家》	沮 — 阻	從 — 莊	魚	開三	上
115		蓨 — 條	定	幽	開四	平
116		提 — 弟	定	支 — 脂	開四	平 — 上
117		提 — 啼	定	支	開四	平
118	《張耳陳餘列傳》	筬 — 編	幫	元 — 眞	開三	平
119	《李將軍列傳》	數 — 朔	山	侯 — 鐸	合三 — 開二	上 — 入
120	《衛將軍驃騎列傳》	蠡 — 離	來	支 — 歌	開三	平
121		谷 — 鹿	見	屋	合一	入
122		剽 — 飄（剽姚 — 飄搖）	滂	宵	開三	平
123		姚 — 搖（剽姚 — 飄搖）	余	宵	開三	平
124		郅 — 窒	章 — 端	質	開三	入
125	《東越列傳》	䕝 — 瑩	影 — 匣	耕	合三	平
126	《太史公自敘》	繳 — 叫	見	宵 — 幽	開四	上 — 去

7. 應劭音讀材料

應劭《漢書注》

序號	篇名	音注字組	聲母	韻部	等呼	聲調
1	《高帝紀》	鹵 — 虜	來	魚	合一	上
2		嶢 — 堯	疑	宵	開四	平
3		爲 — 爲	匣	歌	合三	平
4		垓 — 該	見	之	開一	平
5		閩 — 文	明	文	開三 — 合三	平
6		耐 — 能	泥	之	開一	去
7	《高后紀》	餐 — 飡	清	元	開一	平
8	《文帝紀》	愜 — 篋	溪	葉	開四	入
9	《武帝紀》	貤 — 移	余	月 — 歌	開三	入 — 平
10		灊 — 潛	從	侵	開三	平
11	《昭帝紀》	町 — 挺	透 — 定	耕	開四	上
12	《宣帝紀》	狦 — 訕	山	元	開二	去
13	《元帝紀》	懭 — 曠	溪	陽	開一 — 合一	上 — 去
14	《異姓諸侯王表》	閻 — 檐	余	談	開三	平
15		譜 — 補	幫	魚	合一	上
16	《諸侯王表》	狙 — 音若蛆反	清	魚	開三	平
17	《百官公卿表》	蹏 — 啼	定	支	開四	平
18	《郊祀志》	鄗 — 臛	匣 — 曉	宵 — 覺	開一 — 合一	上 — 入
19		螾 — 蚓	余	眞	開三	上
20		腄 — 甀	定	微	合三	去
21	《五行志》	奋 — 本	幫	元 — 文	合一	上
22		笯 — 奴	泥	魚	合一	上 — 平
23		笯 — 又乃互反	泥	魚	合一	上 — 去
24		迋 — 音若狂反	群	陽	合三	上 — 平
26	《地理志》	駣 — 桃	定	幽 — 宵	開一	平
25		酇 — 嵯	精 — 從	元 — 歌	開一	去 — 上
27		裴 — 非	並 — 幫	微	合一 — 合三	平
28		拘 — 矩	見	侯	合三	平 — 上
29		滱 — 彄	溪	侯	開一	去 — 平
30		陘 — 刑	匣	耕	開四	平
31		繹 — 亦	余	鐸	開三	入
32		復 — 腹	並 — 幫	屋	合三	入
33		鄚 — 莫	明	鐸	開一	入
34		蓨 — 條	定	幽	開四	平
35		朸 — 力	來	職	開三	入
36		菅 — 姦	見	元	開二	平

37		獟 — 箆	曉	幽 — 魚	開二 — 合一	平 — 上
38		茬 — 淄	莊	之	開三	平
39		椑 — 稗	幫 — 並	支	開三 — 開二	平 — 去
40		郯 — 談	定	談	開一	平
41		賁 — 肥	並	文 — 微	合三	平
42		承 — 證	禪 — 章	蒸	開三	平 — 去
43		肝 — 吁（肝眙 — 吁怡）	曉	魚	合三	平
44		眙 — 怡（肝眙 — 吁怡）	余	之	開三	平
45		汗 — 干	匣 — 見	元	開一	去 — 平
46		孱 — 踐	崇 — 從	元	開二 — 開三	平 — 上
47		鐔 — 淫	余	侵	開三	平
48		錫 — 陽	余	陽	開三	平
49		墊 — 徒浹反	定	侵 — 葉	開四 — 開二	去 — 入
50		汁 — 十	章 — 禪	緝	開三	入
51		葭 — 家（葭明 — 家盲）	見	魚	開二	平
52		明 — 盲（葭明 — 家盲）	明	陽	開三 — 開二	平
53		郖 — 壽	禪	幽	開三	去
54		虒 — 斯	心	支	開三	平
55		樊 — 蒲北反	並	職	開一	入
56		且 — 苴	精	魚	合一 — 開三	上 — 平
57		伶 — 鈴	來	耕	開四	平
58		竝 — 伴	並	陽 — 元	開四 — 合一	上
59		復 — 腹	並 — 幫	屋	合三	入
60		允 — 鉛（允吾 — 鉛牙）	余	文 — 元	合三	上 — 平
61		吾 — 牙（允吾 — 鉛牙）	疑	魚	合一 — 開二	平
62		枹 — 鈇	幫	幽 — 魚	開二 — 合三	平
63		开 — 羌肩反	見 — 溪	元	開四	平
64		獂 — 完	疑 — 匣	元	合三 — 合一	平
65		敦 — 屯	端 — 定	文	合一	平
66		祖 — 罝	精	魚	合一 — 開三	上 — 平
67		眴 — 旬	心 — 邪	眞	合三	平
68		卷 — 菌	見 — 群	元 — 文	合三	上
69		氏 — 支	禪 — 章	支	開三	上 — 平
70		眴 — 煦	曉	侯	合三	去
71		龜 — 丘（龜茲 — 丘慈）	見 — 溪	之	合三 — 開三	平
72		茲 — 慈（龜茲 — 丘慈）	精 — 徒	之	開三	平
73		令 — 鈴	來	耕	開三 — 開四	去 — 平
74		慮 — 閭	來	魚	開三	去 — 平
75		番 — 盤	滂 — 並	元	合三 — 合一	平
76		沓 — 長答反	定	緝	開一	入
77		蛦 — 移	余	歌	開三	平
78		麋 — 彌	明	脂	開三	平

79		寵 — 龍	透 — 來	東	合三	上 — 平
80		陘 — 刑	匣	耕	開四	平
81		夏 — 賈	匣 — 見	魚	開二	上
82		蕃 — 皮	幫 — 並	元 — 歌	合三 — 開三	平
83		嶧 — 驛	余	鐸	開三	入
84	《陳勝項籍傳》	夥 — 禍	曉	歌	合一	上
85		淅 — 折	章	月	開三	入
86	《楚元王傳》	橆 — 摹	明	魚	合一	平
87	《張陳王周傳》	峜 — 沙	山	歌	開二	平
88	《賈誼傳》	釐 — 禧	來 — 曉	之	開三	平
89	《東方朔傳》	狋 — 銀	疑	支 — 文	開四 — 開三	平
90		眭 — 桂	匣 — 見	支	合四	平 — 去
91	《蕭望之傳》	選 — 刷	心 — 山	元 — 月	合三 — 合二	上 — 入
92	《揚雄傳》	衿 — 衿	見	侵	開三	平
93		瞵 — 鄰	來	眞	開三	平
94	《酷吏傳》	睊 — 睊	見	元	開二	去
95	《敍傳》	麔 — 畜	曉	幽 — 覺	開三 — 合三	去 — 入
96		酋 — 酋	從	幽	開三	平
97		閈 — 扞	匣	元	開一	去
98	《史記·高祖本紀》	給 — 殆	定	之	開一	上
99		釁 — 曡	曉	文	開三	去
100		鹵 — 虜	來	魚	合一	上
101	《齊太公世家》	令 — 鈴	來	耕	開三 — 開四	去 — 平
102	《屈原賈生列傳》	斡 — 笰	影 — 見	月 — 元	合一	入 — 上
103		坱 — 央	影	陽	開三	平
104		軋 — 乙	影	月 — 質	開二 — 開三	入
105	《黥布列傳》	番 — 保	襌 — 幫	歌 — 幽	合三 — 開一	平 — 上
106	《酈生陸賈列傳》	鯫 — 促	精 — 清	侯 — 屋	開一 — 合三	平 — 入
107	《匈奴列傳》	獂 — 完	疑 — 匣	元	合三 — 合一	平
108	《司馬相如列傳》	豻 — 顏	匣 — 疑	元	開一 — 開二	平

8. 高誘音讀材料

	高誘《淮南子注》、《呂氏春秋注》					
序號	篇名	音注字組	聲母	韻部	等呼	聲調
1	《淮南·原道》	滑 — 汩	見	沒	合一	入
2		橫 — 桄	匣 — 見	陽	合二 — 合一	平
3		澅 — 歌	見	歌	開一	平
4		骼 — 格	見	鐸	開二	入
5		抮 — 畛	章	文	開三	上
6		艵 — 嶷	山 — 疑	職	開三	入
7		錣 — 炳	端 — 日	月	合三	入
8		霄 — 消	心	宵	開三	平
9		霄 — 綃	心	宵	開三	平
10		霓 — 翟	定	宵 — 藥	開四 — 開三	平 — 入
11		劉 — 留	來	幽	開三	平
12		距 — 距	群	魚	開三	上
13		粹 — 崇	心	物	合三	去
14		蹠 — 摭	章	鐸	開三	平
15		蛟 – 交 [緩氣言乃得耳]	見	宵	開二	平
16		窠 — 科	溪	元 — 歌	合一	上 — 平
17		蝰 — 什	定 — 禪	緝	開三	入
18		墝 — 墝	溪	宵	開二	平
19		漁 — 語	疑	魚	開二	平 — 去
20		潭 — 覃	定	侵	開一	平
21		蹍 — 展	泥 — 端	元	開三	上
22		錞 — 頓	定 — 端	文	合一	平 — 去
23		底 — 紙	端 — 章	脂 — 支	開四 — 開三	上
24		洞 — 同	定	東	合一	去 — 平
25		潯 — 覃	邪 — 定	侵	開三 — 開一	平
26		裛 — 弱	泥 — 日	藥	開四 — 開三	入
27		滾 — 緷	清 — 心	微 – 物	合一	平 — 入
28		灖 — 滅	明	歌 – 月	開三	平 — 入
29		苽 — 觚	見	魚	合一	平
30		蔣 — 槳	精	陽	開三	上 — 平
31		朗 — 朗	來	陽	開一	上
32		慊 — 慊	溪	談	開四	上
33		蟯 — 饒	日	宵	開三	平
34		蚑 — 蚑	群	支	開三	平
35		營 — 營	匣 — 余	耕	合三	平

36		抗 — 扣	溪	陽 — 幽	開一	去
37		連 — 連	來	元	開三	平
38		嶁 — 嶁	來	侯	開一	上
39		壑 — 赫	曉	鐸	開一 — 開二	入
40		睯 — 睯	曉	文	合一	平
41	《俶真》	霄 — 綃	心	宵	開三	平
42		霓 — 翟	定	宵 — 藥	開四 — 開三	平 — 入
43		摻 — 參	山	侵	開三	平
44		蚑 — 蚑	群	支	開三	平
45		噲 — 噲	溪	月	合二	去
46		萑 — 唯	余	微	合三	平
47		蒿 — 扈	匣	魚	合一	上
48		汪 — 汪	影	陽	合一	平
49		攉 — 鎬	溪 — 匣	藥 — 宵	開二 — 開一	入 — 上
50		掩 — 奄	影	談	開三	上
51		舛 — 舛	昌	文	合三	上
52		苑 — 苑	影	元	合三	上
53		茫 — 莽	明	陽	開一	平 — 上
54		沈 — 沈	定	侵	開三	平
55		煬 — 養	余	陽	開三	平 — 上
56		弊 — 跋	並	月	開三 — 合一	入
57		撥 — 殺 [讀楚人言殺]	山	月	開二	入
58		骭 — 閈	見 — 匣	元	開一	去
59		楯 — 允	端 — 余	文	合一 — 合三	上
60		垓 — 垓	見	之	開一	平
61		坫 — 坫	端	談	開四	去
62		呴 — 吁	曉	魚	合三	去 — 平
63		鑄 — 祝	章	幽 — 覺	合三	去 — 入
64		傘 — 蘗	疑	月	開三	入
65		濞 — 濞	滂	支	開四	去
66		鏤 — 婁	來	幽	開一	去 — 平
67		苻 — 麰	並 — 滂	魚 — 幽	合三	平
68		犧 — 希	曉	支 — 微	開三	平
69		剞 — 技	見 — 群	支	開三	上
70		刷 — 蹶	見	物 — 月	合三	入
71		涔 — 曷 [急氣閉口言也]	崇 — 匣	侵 — 月	開三 — 開一	平 — 入
72		瀾 — 閑	匣	元	開二	平
73		被 — 被	並	歌	開三	上
74		施 — 易	書 — 余	歌 — 錫	開三	平 — 入
75		懣 — 懣	明	元	合一	平
76		鮭 — 傒	匣	歌 — 支	合二 — 開四	上 — 平

77		易 — 易	余	錫	開三	入
78		薶 — 倭	明 — 影	之 — 微	開二 — 合一	平
79		傀 — 雷	來	微	合一	平
80		嫛 — 唴	山 - 清	盍	開二 — 開三	入
81		蠆 — 釋	透 - 書	月 — 鐸	開二 — 開三	入
82	《天文》	洞 — 桐	定	東	合一	去 — 平
83		灟 — 鐲	禪 — 崇	屋	合三 — 開二	入
84		膲 — 醮	精	宵	開三	平 — 去
85		蕁 — 覃	邪 — 定	侵	開三 — 開一	平
86		標 — 標	幫	宵	開三	平
87		肶 — 肶	滂	物	開三	入
88		連 — 爛	來	元	開三 — 開一	平 — 去
89		麃 — 貓	幫 — 明	宵	開三	平
90		單 — 丹	端	元	開一	平
91		困 — 群	溪 — 群	文	合一 — 合三	去 — 平
92	《地形》	樊 — 飯	並	元	合三	平 — 去
93		殯 — 胤	余	眞	開三	平 — 去
94		元 — 穴 [讀常山人謂伯爲穴之穴]	疑 - 匣	元 — 質	合三 — 合四	平 — 入
95		斥 — 斥	昌	鐸	開三	入
96		罱 — 罱	見	元	合三	去
97		旄 — 繆 [急氣言乃得之]	明	宵 — 幽	開一 — 開三	平
98		翕 — 脅	曉	緝 - 盍	開三	入
99		卷 — 卷 [籠口言乃得]	昌	文	合三	上
100		句 — 九	見	侯 - 幽	開一 - 開三	平 - 上
101		硥 — 蚌	明 — 並	東	開二	平 - 上
102		耽 — 褶	端 - 邪	盍 - 緝	開三	入
103		橫 — 橫	明	元	合一	平
104		菌 — 臺	群	文	合三	上 — 平
105		潭 — 譚	定	侵	開一	平
106		煖 — 暵	泥 - 曉	元	合一 — 開一	上 — 去
107	《時則》	其 — 該	群 - 見	之	開三 — 開一	平
108		撲 — 撲	滂	屋	合一	入
109		穈 — 虆	來	微	合三	平 — 上
110		箎 — 池	定	支	開三	平
111		蚈 — 奚	見 - 匣	脂 — 支	開四	平
112		苑 — 智	影	元 — 月	合三	去 — 入
113		苑 — 蔓	影	元	合三 — 合一	上 — 平
114		漁 — 語	疑	魚	開三	平 — 去
115		楝 — 練	來	元	開四	去
116		豢 — 豢	匣	元	合二	去

117		粹 — 崇	心	物	合三	去
118		儺 — 難	泥	歌 — 元	開一	平
119		窖 — 窖	見	覺	開二	去
120		觓 — 仇	群	幽	開三	平
121		苦 — 鹽	溪 - 見	魚	合一	上
122		交 — 校	見	宵	開二	平 — 去
123		酋 — 酋	從	幽	開三	平
124		齊 — 齊	從	脂	開四	平
125		湛 — 審	定 — 書	侵	開二 — 開三	上
126		熹 — 熾	曉 — 昌	之	開三	平 - 去
127		漁 — 語	疑	魚	開三	平 — 去
128		平 — 評	並	耕	開三	平
129	《覽冥》	區 — 嘔	溪 — 影	魚 — 侯	合三 — 開一	平
130		歇 — 鴦	影	魚 — 陽	合一 — 開三	平
131		唈 — 姶	影	緝	開三 — 開一	入
132		運 — 圍	匣	文 — 微	合三	去 — 平
133		夫 — 夫	幫	魚	合三	平
134		狋 — 遺〔讀中山人相遺物之遺〕	余	幽 — 微	開三 — 合三	去
135		過 — 過	見	歌	合一	去
136		倨 — 虛	見 - 曉	魚	開三	去 — 平
137		蹎 — 塡	端 - 定	眞	開四	平
138		壚 — 纑	來	魚	合一	平
139		絡 — 路	來	鐸	開一 — 合一	入 — 去
140		蹞 — 蹯	並	元	合三	平
141		璧 — 辟	幫	錫	開三	入
142		軵 — 楫	日	東	合三	平
143		瀷 — 敕〔讀燕人強春言敕同〕	透	職	開三	入
144	《精神》	芒 — 莽	明	陽	開一	平 — 上
145		芠 — 權	明 — 群	文 — 元	合三	平
146		瀆 — 項	匣	東	合一 — 開二	上
147		鴻 — 贛	匣 — 見	東 — 侵	合一 — 開一	平 — 去
148		洞 — 同	定	東	合一	去 — 平
149		歙 — 脅	曉	緝 — 盍	開三	入
150		踆 — 踆	清	文	合三	平
151		薄 — 薄	並	鐸	開一	入
152		煬 — 養	余	陽	開三	平 — 上
153		樊 — 飯	並	元	合三	平 — 去
154		芒 — 莽	明	陽	開一	平 — 上
155		逯 — 綠	來	屋	合三	入
156		渾 — 渾	匣	文	合一	平
157		渾 — 揮	匣 — 曉	文 — 微	合一 — 合三	平

158		枅 — 雞	見	脂 - 支	開四	平
159		糲 — 賴	來	月	開一	去
160		粢 — 齊	精 — 從	脂	開三 — 開四	平
161		任 — 任	日	侵	開三	去
162		膌 — 歇	溪 — 曉	月	開三	入
163		爝 — 括［爝營，讀曰括撮也］	章 — 見	屋 — 月	合三 — 合一	入
164		營 — 撮［爝營，讀曰括撮也］	余 — 清	耕 — 月	合三 — 合一	平 — 入
165		篿 — 顓	章	元	合三	平
166		越 — 越	匣	月	合三	入
167		跔 — 軥	見	魚	合三	平
168		仇 — 仇	群	幽	開三	平
169	《本經》	倪 — 倪	透	月	合一	入
170		芒 — 芒	明	陽	開一	平
171		衰 — 崔	山 — 清	微	合三	平
172		挐 — 茹	泥 — 日	魚	開三 — 合一	平
173		剞 — 技	見 — 群	支	開三	上
174		劂 — 蹶	見	物 — 月	合三	入
175		削 — 綃	心	藥 — 宵	開三	入 — 平
176		菌 — 綸	群 — 見	文	合三 — 合二	上 — 平
177		露 — 路［讀南陽人言道路之路］	來	鐸	合一	入
178		膡 — 殆（緩氣言之）	定	蒸 — 之	開一	平 — 去
179		蛩 — 珙	群 — 見	東	合三	平 — 上
180		距 — 拒	群	魚	開三	上
181		猰 — 軋	影	月	開二	入
182		牢 — 霤［楚人謂牢爲霤］	來	幽	開一 — 開三	平 — 去
183		貐 — 瘉	余	魚	合三	上
184		歇 — 魯	曉	絹 - 盍	開三	入
185		苑 — 宛	影	元	合三	平
186		儼 — 儼	疑	談	開三	上
187		淌 — 敞	透 - 昌	陽	開一 - 開三	上
188		瀷 — 敕［讀燕人強春言敕之敕］	透	職	開三	入
189		淢 — 郁	匣 — 影	職 — 之	合三	入 — 去
190		抳 — 嶷	山 — 疑	職	開三	入
191		挐 — 挐	日	魚	開三	平
192		湡 — 愚	疑	魚	合三	平
193		蓮 — 蓮	來	元	開四	平
194		甬 — 踴	余	東	合三	上
195		道 — 道	定	幽	開一	上
196		殄 — 典	定 - 端	文	開四	上

197		鏤 — 婁	來	侯	開一	去 – 平
198		蠃 — 蠃	來	歌	合一	上
199		衰 — 崔	山 — 清	微	合三	平
200		惓 — 朓 [籠口言之也]	昌 — 章	文 — 侯	合三	上
201		行 — 行	匣	陽	開一	平
202		傒 — 雞	匣 – 見	支	開四	平
203	《主術》	贉 — 贉	透	侯	開一	上
204		徽 — 縗	曉 – 清	微	合三 — 合一	平
205		歙 — 協	曉	緝 – 盍	開三	入
206		苦 — 鹽	溪 – 見	魚	合一	上
207		嫚 — 慢	明	元	開二	去
208		枅 — 雞	見	脂 — 支	開四	平
209		劗 — 攢	精	元	合一	上
210		鶪鶊，讀曰私鈚頭，二字三音				
211		橈 — 嬈	日	宵	開三	平 — 上
212	《氾論》	蟁 — 蚊	明	陽	開二	平
213		綖 — 恬	透 — 定	談	開一 — 開四	上 — 平
214		纋 — 優	影	幽	開三	平
215		洞 — 桐	定	東	合一	去 — 平
216		屬 — 濁	禪	屋	合三	上
217		詢 — 后	曉 – 匣	幽	開一	去 — 上
218		槽 — 蟧	從	幽	開一	平
219		銷 — 綃	心	宵	開三	平
220		轉 — 傳	端 — 定	元	合三	去
221		泯 — 汶	明	眞 — 文	開三 — 合三	上 – 去
222		勞 — 勞	來	宵	開一	平
223		紿 — 代	定	之 — 職	開一	上 — 去
224		衰 — 縗	山 — 心	微 — 物	合三 — 合一	平 — 入
225		微 — 滅	明	微 — 月	開三	平 — 入
226		乾 — 乾	群	元	開三	平
227		鵠 — 告	匣 — 見	覺	合一 — 開一	入
228		頜 — 合	匣	侵 – 緝	開一	平 — 入
229		濫 — 斂	來	談	開一 — 開三	去 — 上
230		䎃 — 茸 [急察言之]	日	東	合三	平
231	《說山》	輴 — 輴	透	文	合三	平
232		埵 — 亝 [作江淮間人言能得之]	端 — 禪	歌	合一 — 合三	上 — 平
233		澳 — 奧	影	覺	開一	去
234		揲 — 揲	定	葉	開四	入
235		倕 — 惴	禪 — 章	支	合三	平 — 去
236		社 — 社	禪	魚	開三	上

237		竅一科	溪	元一歌	合一	上一平
238		礛一廉	見一來	談	開二一開三	去一平
239		荷一胡[讀如燕人強秦言胡同]	匣	歌一魚	開一一合一	平
240		癏一蜚	明一幫	支一微	開三一合三	上
241		簀一績	莊一精	錫	開二一開四	入
242		顫一顫	章	元	開三	去
243		嫫一模	明	魚	合一	平
244		瓵一甌	見	支	合三	平
245		撽一檠	群	耕	開三	平
246		齊一齏	從一精	脂	開四	平
247		轔一蘭[急舌言之乃得也]	來	眞	開三	平一去
248	《說林》	梘一氾	滂	談	合三	去
249		任一任	日	侵	開三	去
250		鉒一柱	端一定	魚	合三	去一上
251		鐑一彗	邪	月	合三	去
252		礛一廉	見一來	談	開二一開三	去一平
253		軒一軒	日	東	合三	平
254		錞一頓	定一端	文	合一	平一去
255		匰一鐻	群一見	魚一鐸	合三	平一入
256		俎一鉏[讀燕言鉏同也]	清一崇	魚	開三	平
257		薂一敵	定	錫	開四	入
258		癏一蜚	明一幫	支一微	開三一合三	上
259		走一奏	精	幽	開一	上一去
260		槮一穆	山一心	侵	開三一開一	平一上
261		蚑一蹊	見一匣	脂一支	開四	平
262		醯一盎	影	陽	開一	平
263		孑一絜	見	月	開三一開四	入
264		蠆一恋	泥	之一職	開一一合三	去一入
265		轔一隣[急氣言乃得之也]	來	眞	開三	平
266		杕一杕	定	月	開四	去
267	《脩務》	解一解	見	錫	開二	上
268		嗜一權[急氣言之]	群	元	合三	平
269		膎一夔	群	脂	合三	平
270		嫫一模	明	魚	合一	平
271		仳一痱	滂一並	脂一微	開三一合三	上一去
272		倠一咄	曉	微	合三一合一	平
273		駤一質[緩氣言之者在舌頭乃得]	端一章	質	開三	入
274		訬一訬[燕人言趨操善趍者謂之訬]	明	宵	開三	上

275		蚑一蚑	群	支	開三	平
276		蟯一饒	日	宵	開三	平
277		徽一維	曉一清	微	合三一合一	平
278		攫一句	見	鐸-幽	合三一開一	入一平
279		摽一摽	並	宵	開三	上
280		撖一敬	群一見	耕	開三	平一去
281		礛一濫	見一來	談	開二一開三	去一平
282		營一營	余	耕	合三	平
283		鉦一稔	日	侵	開三	上
284		憚一探	定一透	元一侵	開一	去
285		長一長	端	陽	開三	上
286	《呂覽·孟春紀》	飭一敕	透	職	開三	入
287		髊一漬	從	支一錫	開三	平一入
288	《本生》	捆一骨	見	沒	合一	入
289		惽一悶	明	眞一文	開三一合一	平一去
290	《重己》	鞃一懣	明	元	合一	平一去
291		煇一亶	章一端	元	開三一開一	上
292		酏一蚔	余一船	歌	開三	平
293	《去私》	犨一笢	透-定	文	開一一合一	平一上
294	《孟夏·尊師》	蠲一圭	見	元一支	合四	平
295	《用眾》	跖一摭	章	鐸	開三	入
296	《仲夏紀》	渾一袞	匣-見	文	合一	平一上
297	《大樂》	沌一屯	定	文	合一	上一平
298	《適樂》	詹一澹	章-定	談	開三一開一	平一去
299	《古樂》	關一遏	影	月	開一	入
300	《季夏·音律》	飭一敕	透	職	開三	入
301	《明理》	暈一君	匣-見	文	合三	去一平
302		陴一髀	並	支	開三一開四	平一上
303	《孟秋·蕩兵》	坿一符	並	侯	合三	平
304	《振亂》	蘄一祈	群	微	開三	平
305	《仲秋·愛士》	淢一郁	匣-影	職	合三	入
306	《季秋紀》	墐一斤	群-見	文	開三	去一平
307	《孟冬紀》	觓一仇	群	幽	開三	平
308		璽一徙	心	脂一支	開三	上
309	《仲冬紀》	湛一審	定-書	侵	開二一開三	上
310		饎一熾	昌	之一職	開三	去一入
311	《至忠》	怒一弩	泥	魚	合一	去一上
312	《忠廉》	演一胤	余	元一眞	開三	上一去
313	《本味》	侁一莘	山	文一眞	開三	平
314		爟一權	見-群	元	合一一合三	去一平
315		掔一椀	溪一影	眞一元	開四一合一	平一上
316	《愼大》	郼一衣	影	微	開三	平

317		殷 — 衣 [兗州人謂 殷氏皆曰衣]	影	文 — 微	開三	平
318	《權勛》	逆 — 虎	疑 - 曉	鐸 — 魚	開三 — 合一	入 — 上
319	《下賢》	就 — 由	從 - 余	幽	開三	去 — 平
320		鵠 — 浩	匣	覺 — 幽	合一 — 開一	入 — 上
321	《知接》	詤 — 誣	曉 - 明	陽 — 魚	合一 — 合三	上 — 平
322	《不屈》	斂 — 魯	來 - 曉	談 — 葉	開三	上 — 入
323	《離俗》	裹 — 撓	泥	藥 — 宵	開四 — 開二	上
324	《恃君》	樊 — 匐	並	職	開一 — 合三	入
325	《觀表》	肕 — 穹	溪	幽 — 蒸	開一 — 合三	平
326	《慎行》	闔 — 鴻 [緩氣言之]	匣	東	合一	去 — 平
327	《任地》	蜮 — 螣	匣 — 定	職 — 蒸	合三 — 開一	入 — 平
328	《審時》	噮 — 餲	影	元 — 月	合四 — 開三	去 — 入

附錄（二）：經師音讀材料中開合口互注表

經師	序號	音注字組	聲母	韻部	等呼	聲調
鄭玄	114	芨 — 沛	並 — 滂	月	合一 — 開一	入
杜子春	160	欒 — 樂	來	元 — 藥	合一 — 開一	平 — 入
鄭玄	305	鴻 — 侯	匣	東 — 侯	合一 — 開一	平
高誘	320	鵠 — 浩	匣	覺 — 幽	合一 — 開一	入 — 上
高誘	147	鴻 — 贛	匣 — 見	東 — 侵	合一 — 開一	平 — 去
高誘	227	鵠 — 告	匣 — 見	覺	合一 — 開一	入
鄭玄	912	末 — 旆	明 — 並	月	合一 — 開一	入
鄭玄	1010	枚 — 个	明 — 見	微 — 魚	合一 — 開一	平 — 去
鄭眾	181	帆 — 芒	曉 — 明	陽	合一 — 開一	平
高誘	106	煖 — 嘆	泥 — 曉	元	合一 — 開一	上 — 去
許慎	138	譜 — 筰	清 — 從	歌 — 鐸	合一 — 開一	去 — 入
鄭玄	1066	醋 — 酢	清 — 從	鐸	合一 — 開一	入
許慎	833	醅 — 棻	滂 — 並	之 — 職	合一 — 開一	平 — 入
鄭玄	70	敦 — 燾	端 — 定	文 — 幽	合一 — 開一	平
鄭玄	271	穀 — 告	見	屋 — 覺	合一 — 開一	入
鄭玄	387	鵠 — 鴞	匣	覺 — 宵	合一 — 開三	入 — 平
鄭眾	31	皇 — 義	匣 — 疑	陽 — 歌	合一 — 開三	平 — 去
鄭眾	167	互 — 巨	匣 — 群	魚	合一 — 開三	去 — 上
鄭眾	9	柜 — 柜	匣 — 見	魚	合一 — 開三	去 — 上
許慎	829	酴 — 廬	定 — 來	魚	合一 — 開三	平
鄭玄	410	荼 — 舒	定 — 書	魚	合一 — 開三	平
鄭眾	277	荼 — 舒	定 — 書	魚	合一 — 開三	平
鄭眾	288	荼 — 舒	定 — 書	魚	合一 — 開三	平

鄭玄	1099	墮 — 斫	定 — 群	歌 — 微	合一 — 開三	上 — 平
許慎	120	跛 — 彼	幫	歌	合一 — 開三	上
高誘	130	歊 — 鳶	影	魚 — 陽	合一 — 開三	平
服虔	62	媒 — 欺	明 — 溪	之	合一 — 開三	平
杜子春	172	沒 — 汲	明 — 見	物 — 緝	合一 — 開三	入
杜子春	142	樟 — 梓	溪 — 精	魚 — 之	合一 — 開三	平 — 上
鄭玄	358	庫 — 廄	溪 — 見	魚 — 幽	合一 — 開三	去
鄭玄	141	判 — 辨	滂 — 並	元	合一 — 開三	去 — 上
鄭玄	1079	胖 — 辯	滂 — 並	元	合一 — 開三	去 — 上
鄭眾	159	判 — 辨	滂 — 並	元	合一 — 開三	去 — 上
鄭玄	287	都 — 豬	端	魚	合一 — 開三	平
鄭玄	403	端 — 冕	端 — 明	元	合一 — 開三	平 — 上
鄭玄	404	端 — 冕	端 — 明	元	合一 — 開三	平 — 上
應劭	56	且 — 苴	精	魚	合一 — 開三	上 — 平
應劭	66	祖 — 罝	精	魚	合一 — 開三	上 — 平
杜子春	28	菹 — 葅	精	魚	合一 — 開三	平
杜子春	97	菹 — 鉏	精 — 崇	魚	合一 — 開三	平
鄭興	9	菹 — 藉	精 — 從	魚 — 鐸	合一 — 開三	平 — 入
許慎	786	銛 — 棪	見 — 余	月 — 談	合一 — 開三	入 — 上
許慎	787	銛 — 桑欽讀若鐮	見 — 來	月 — 談	合一 — 開三	入 — 平
鄭玄	201	觚 — 觶	見 — 章	魚 — 支	合一 — 開三	平 — 去
鄭玄	790	觚 — 觶	見 — 章	魚 — 支	合一 — 開三	平 — 去
鄭玄	795	觚 — 觶	見 — 章	魚 — 支	合一 — 開三	平 — 去
杜子春	118	爟 — 樵	見 — 精	元 — 宵	合一 — 開三	去 — 平
鄭玄	791	觚 — 爵	見 — 精	魚 — 藥	合一 — 開三	平 — 入
鄭玄	972	算 — 筴	心 — 初	元 — 錫	合一 — 開二	去 — 入
高誘	146	澒 — 項	匣	東	合一 — 開二	上
杜子春	74	縵 — 慢	明	元	合一 — 開二	去
許慎	432	蕳 — 蠻	明	元	合一 — 開二	平
許慎	635	汦 — 槃	曉 — 山	月	合一 — 開二	入
鄭眾	282	帤 — 絮	泥	魚	合一 — 開二	平 — 上
應劭	61	吾 — 牙（允吾 — 鉛牙）	疑	魚	合一 — 開二	平
杜子春	47	總 — 儳	精 — 崇	東 — 談	合一 — 開二	上 — 平
鄭玄	988	錧 — 鐏	見 — 匣	元 — 月	合一 — 開二	上 — 入
杜子春	98	館 — 飽	見 — 幫	元 — 幽	合一 — 開二	去 — 上
鄭玄	62	裸 — 埋	見 — 明	元 — 之	合一 — 開二	去 — 平
許慎	755	輪 — 戻	來	文 — 質	合一 — 開四	去 — 入
許慎	500	穎 — 齧	來 — 疑	微 — 月	合一 — 開四	上 — 入
杜子春	106	鴃 — 結	匣 — 見	覺 — 質	合一 — 開四	入
鄭玄	1074	刊 — 切	清	文 — 質	合一 — 開四	上 — 入
鄭眾	217	轈 — 輇	端 — 來	物 — 耕	合一 — 開四	入 — 平
鄭玄	525	綠 — 籔	來	屋 — 侯	合三 — 開一	入 — 上
高誘	327	蛾 — 膡	匣 — 定	職 — 蒸	合三 — 開一	入 — 平
許慎	354	樕 — 藪	山 — 心	侯	合三 — 開一	平 — 上

鄭眾	124	封 — 倗	幫 — 並	東 — 蒸	合三 — 開一	平
鄭玄	263	味 — 沬	明	物	合三 — 開一	去
鄭眾	87	趨 — 跢	清 — 端	侯 — 月	合三 — 開一	平 — 入
高誘	129	區 — 謳	溪 — 影	魚 — 侯	合三 — 開一	平
許慎	277	筟 — 彄	滂 — 溪	幽 — 侯	合三 — 開一	平
應劭	105	毟 — 保	禪 — 幫	歌 — 幽	合三 — 開一	平 — 上
杜子春	44	中 — 得	端	冬 — 職	合三 — 開一	平 — 入
高誘	278	攫 — 句	見	鐸 — 幽	合三 — 開一	入 — 平
杜子春	126	軷 — 別	並	月	合三 — 開三	入
鄭玄	324	袝 — 備	並	侯 — 職	合三 — 開三	去
鄭玄	1165	腓 — �	並	微 — 脂	合三 — 開三	平 — 去
鄭眾	266	服 — 負	並	職 — 之	合三 — 開三	入 — 上
杜子春	147	妢 — 邠	並 — 幫	文	合三 — 開三	平
杜子春	154	伏 — 偪	並 — 幫	職	合三 — 開三	入
許慎	406	穮 — 靡	並 — 明	微 — 歌	合三 — 開三	上
杜子春	94	防 — 披	並 — 滂	陽 — 歌	合三 — 開三	平
鄭眾	96	防 — 披	並 — 滂	陽 — 歌	合三 — 開三	平
鄭玄	421	揄 — 搖	余	侯 — 宵	合三 — 開三	平
鄭玄	618	踰 — 遙	余	侯 — 宵	合三 — 開三	平
鄭玄	823	維 — 繽	余 — 匣	微 — 文	合三 — 開三	平
鄭玄	653	尹 — 筠	余 — 匣	眞	合三 — 開三	上 — 平
許慎	405	牏 — 一曰若紐	余 — 泥	侯 — 幽	合三 — 開三	平 — 上
許慎	451	僇 — 雡	來	覺 — 幽	合三 — 開三	入 — 上
許慎	452	僇 — 一曰且也	來 — 清	覺 — 魚	合三 — 開三	入 — 上
杜子春	62	位 — 涖	匣 — 來	物 — 質	合三 — 開三	入
鄭眾	48	位 — 立	匣 — 來	物 — 緝	合三 — 開三	入
鄭玄	977	于 — 於	匣 — 影	魚	合三 — 開三	平
鄭玄	968	杆 — 桙	匣 — 明	魚 — 幽	合三 — 開三	平
許慎	544	黌 — 闋	匣 — 見	月	合三 — 開三	入
許慎	117	齭 — 楚	山 — 初	魚	合三 — 開三	上
鄭玄	608	數 — 時	山 — 禪	侯 — 之	合三 — 開三	去 — 平
鄭玄	267	封 — 窆	幫	東 — 談	合三 — 開三	平 — 去
鄭玄	272	封 — 窆	幫	東 — 談	合三 — 開三	平 — 去
鄭玄	288	封 — 窆	幫	東 — 談	合三 — 開三	平 — 去
鄭玄	298	封 — 窆	幫	東 — 談	合三 — 開三	平 — 去
鄭玄	320	封 — 窆	幫	東 — 談	合三 — 開三	平 — 去
鄭玄	321	封 — 窆	幫	東 — 談	合三 — 開三	平 — 去
鄭玄	537	封 — 窆	幫	東 — 談	合三 — 開三	平 — 去
鄭玄	674	枋 — 柄	幫	陽	合三 — 開三	平 — 上
鄭玄	705	枋 — 柄	幫	陽	合三 — 開三	平 — 上
應劭	82	蕃 — 皮	幫 — 並	元 — 歌	合三 — 開三	平
許慎	462	褮 — 靜	影 — 從	耕	合三 — 開三	平 — 上
鄭玄	1051	宿 — 羞	心	覺 — 幽	合三 — 開三	入 — 平
鄭玄	1077	宿 — 羞	心	覺 — 幽	合三 — 開三	入 — 平

鄭玄	1109	綏 — 肵	心 — 群	微	合三 — 開三	平
鄭玄	1176	俶 — 熾	昌	覺 — 職	合三 — 開三	入
鄭玄	1191	俶 — 熾	昌	覺 — 職	合三 — 開三	入
許慎	688	娓 — 媚	明	微 — 脂	合三 — 開三	上 — 去
杜子春	37	毀 — 甄	曉 — 溪	微 — 月	合三 — 開三	上 — 入
許慎	499	獮 — 翩	曉 — 滂	元 — 眞	合三 — 開三	平
鄭玄	492	毀 — 徹	曉 — 透	微 — 月	合三 — 開三	上 — 入
鄭玄	448	説 — 伸	書	月 — 眞	合三 — 開三	入 — 平
鄭眾	238	況 — 湄	書 — 明	月 — 脂	合三 — 開三	入 — 平
服虔	35	胹 — 忸	泥	覺 — 幽	合三 — 開三	入 — 上
許慎	73	趣 — 鼓	清 — 溪	侯 — 眞	合三 — 開三	去
鄭玄	247	傾 — 側	溪 — 精	耕 — 職	合三 — 開三	平 — 入
鄭玄	652	孚 — 浮	滂 — 並	幽	合三 — 開三	平
鄭眾	61	紛 — 豳	滂 — 幫	文	合三 — 開三	平
鄭玄	491	輇 — 蜃	禪	元 — 文	合三 — 開三	平 — 去
許慎	512	翩 — 捶	禪 — 章	文 — 之	合三 — 開三	上 — 平
鄭眾	10	珠 — 夷	章 — 余	侯 — 脂	合三 — 開三	平
許慎	826	孨 — 剸	章 — 精	元	合三 — 開三	上
許慎	785	鑴 — 瀸	精	元 — 談	合三 — 開三	平
鄭玄	1048	諏 — 詛	精	侯 — 魚	合三 — 開三	平 — 去
鄭玄	983	掘 — 坅	群 — 溪	物 — 侵	合三 — 開三	入 — 上
許慎	746	絢 — 鳩	群 — 見	侯 — 幽	合三 — 開三	平
鄭眾	99	簋 — 九	見	幽	合三 — 開三	上
服虔	67	陒 — 羲	見 — 曉	歌	合三 — 開三	上 — 平
應劭	71	龜 — 丘（龜茲 — 丘慈）	見 — 溪	之	合三 — 開三	平
服虔	81	龜 — 丘（龜茲 — 丘慈）	見 — 溪	之	合三 — 開三	平
鄭玄	438	蹶 — 距	見 — 群	月 — 魚	合三 — 開三	入 — 上
鄭眾	196	矩 — 距	見 — 群	魚	合三 — 開三	上
服虔	15	忧 — 裔	透 — 余	物 — 月	合三 — 開三	入
鄭眾	243	龍 — 尨	來 — 明	東	合三 — 開二	平
鄭玄	524	綠 — 角	來 — 見	屋	合三 — 開二	入
服虔	119	數 — 朔	山	侯 — 鐸	合三 — 開二	上 — 入
許慎	124	跰 — 彭	幫 — 並	陽	合三 — 開二	平
鄭玄	268	封 — 堋	幫 — 並	東 — 蒸	合三 — 開二	平
許慎	32	夢 — 萌	明	蒸 — 陽	合三 — 開二	平
鄭眾	244	茀 — 殺	滂 — 山	物 — 月	合三 — 開二	入
高誘	83	灟 — 鐲	禪 — 崇	屋	合三 — 開二	入
許慎	784	鉴 — 銑	余 — 心	耕 — 文	合三 — 開四	平 — 上
鄭玄	293	穆 — 繆	明	覺 — 幽	合三 — 開四	入 — 去
許慎	64	唬 — 暠	見	鐸 — 宵	合二 — 開一	入 — 上
許慎	59	哇 — 醫	影	支 — 之	合二 — 開三	平
許慎	356	柮 — 爾	泥 — 日	物 — 脂	合二 — 開三	入 — 上
鄭玄	659	鬌 — 免	莊 — 明	歌 — 元	合二 — 開三	平 — 上
鄭玄	310	瓜 — 蕡	見 — 並	魚 — 之	合二 — 開三	平

許慎	748	累 — 陌	匣 — 明	歌 — 鐸	合二 — 開二	上 — 入
許慎	547	馬 — 弦	匣	元 — 眞	合二 — 開四	平
高誘	76	鮭 — 傒	匣	歌 — 支	合二 — 開四	上 — 平
鄭玄	991	犬 — 大	溪 — 定	元 — 月	合四 — 開一	上 — 去
鄭玄	316	玄 — 軫	匣 — 章	眞 — 文	合四 — 開三	平
高誘	328	嚶 — 餲	影	元 — 月	合四 — 開三	去 — 入
鄭玄	318	淵 — 深	影 — 書	眞 — 侵	合四 — 開三	平
許慎	398	囧 — 賈侍中說讀與明同	見 — 明	耕 — 陽	合四 — 開三	上 — 平
鄭玄	459	雜 — 推	從 — 透	緝 - 微	開一 — 合一	入 - 平
許慎	446	佣 — 陪	並	蒸 — 之	開一 — 合一	平
鄭玄	634	倍 — 偝	並	之	開一 — 合一	上 — 去
高誘	139	絡 — 路	來	鐸	開一 — 合一	入 — 去
高誘	239	荷 — 胡 [讀如燕人強秦言胡同]	匣	歌 — 魚	開一 — 合一	平
應劭	18	郜 — 朧	匣 — 曉	宵 — 覺	開一 — 合一	上 — 入
鄭玄	127	侯 — 公	匣 — 見	侯 — 東	開一 — 合一	平
鄭玄	526	燾 — 錞	定	幽 — 文	開一 — 合一	去 — 平
鄭玄	527	燾 — 焞	定	幽 — 文	開一 — 合一	去 — 平
鄭玄	254	臺 — 壺	定 — 匣	之 — 魚	開一 — 合一	平
鄭玄	255	臺 — 狐	定 — 匣	之 — 魚	開一 — 合一	平
許慎	456	禱 — 督	定 — 端	幽 — 覺	開一 — 合一	去 — 入
鄭玄	184	漚 — 湊	影	侯 — 微	開一 — 合一	平
杜子春	75	納 — 內	泥	緝 — 物	開一 — 合一	入
應劭	13	廳 — 曠	溪	陽	開一 — 合一	上 — 去
鄭玄	508	坎 — 壙	溪	談 — 陽	開一 — 合一	上 — 去
許慎	374	鄁 — 陪	滂 — 並	蒸 — 之	開一 — 合一	平
許慎	770	壔 — 毒	端 — 定	幽 — 覺	開一 — 合一	上 — 入
鄭玄	1063	个 — 枚	見 — 明	魚 — 微	開一 — 合一	去 — 平
高誘	293	薱 — 笸	透 — 定	文	開一 — 合一	平 — 上
鄭玄	1000	撻 — 銛	透 — 見	月	開一 — 合一	入
高誘	324	樊 — 匐	並	職	開一 — 合三	入
鄭玄	922	旁 — 方	並 — 幫	陽	開一 — 合三	平
鄭玄	43	褸 — 屨	來	侯	開一 — 合三	平 — 去
鄭眾	188	貉 — 貆	匣	鐸 — 元	開一 — 合三	入 — 平
鄭玄	447	報 — 赴	幫 — 滂	幽 — 屋	開一 — 合三	去 — 入
許慎	311	餜 — 讀若楚人言志人	影	鐸 — 支	開一 — 合三	入 — 去
鄭玄	844	籔 — 逾	心 — 余	侯	開一 — 合三	上 — 平
鄭玄	875	籔 — 逾	心 — 余	侯	開一 — 合三	上 — 平
鄭玄	843	籔 — 數	心 — 山	侯	開一 — 合三	上 — 去
許慎	42	荓 — 冈	明	陽	開一 — 合三	上
高誘	264	蜚 — 惡	泥	之 — 職	開一 — 合三	去 — 入
高誘	325	朓 — 穹	溪	幽 — 蒸	開一 — 合三	平
鄭玄	93	裯 — 誅	端	幽 — 侯	開一 — 合三	上 — 平
鄭眾	5	糟 — 茜	精 — 山	幽 — 覺	開一 — 合三	平 — 入
應劭	106	顒 — 促	精 — 清	侯 — 屋	開一 — 合三	平 — 入

杜子春	105	鉤 — 拘	見	侯	開一 — 合三	平
鄭玄	330	告 — 鞠	見	覺	開一 — 合三	入
鄭玄	166	笱 — 筍	見 — 心	歌 — 眞	開一 — 合三	上
高誘	56	弊 — 跋	並	月	開三 — 合一	入
鄭眾	55	瓟 — 瓠	並 — 匣	宵 — 魚	開三 — 合一	平
鄭眾	177	廬 — 纑	來	魚	開三 — 合一	平
鄭玄	19	良 — 苦	來 — 溪	陽 — 魚	開三 — 合一	平 — 上
許慎	299	匬 — 灰	匣 — 曉	之	開三 — 合一	上平
許慎	300	匬 — 一日若賄	匣 — 曉	之	開三 — 合一	上
許慎	525	庫 — 逋	幫	支 — 魚	開三 — 合一	平
鄭玄	651	碈 — 玟	明	文 — 微	開三 — 合一	平
鄭玄	632	命 — 慢	明	耕 — 元	開三 — 合一	去
高誘	289	悗 — 悶	明	眞 — 文	開三 — 合一	平 — 去
鄭玄	501	冕 — 端	明 — 端	元	開三 — 合一	上 — 平
鄭玄	502	冕 — 冠	明 — 見	元	開三 — 合一	上 — 平
鄭玄	69	獻 — 莎	曉 — 心	元 — 歌	開三 — 合一	去 — 平
鄭玄	367	獻 — 莎	曉 — 心	元 — 歌	開三 — 合一	去 — 平
鄭玄	806	獻 — 莎	曉 — 心	元 — 歌	開三 — 合一	去 — 平
鄭玄	386	軒 — 胖	曉 — 滂	元	開三 — 合一	平 — 去
鄭玄	457	呻 — 慕	書 — 明	眞 — 鐸	開三 — 合一	平 - 入
鄭玄	718	始 — 姑	書 — 見	之 — 魚	開三 — 合一	上 — 平
高誘	172	挐 — 茹	泥 — 日	魚	開三 — 合一	平
許慎	614	忍 — 穎	疑	物 — 月	開三 — 合一	入
鄭玄	635	彥 — 盤	疑 — 並	元	開三 — 合一	去 — 平
高誘	318	逆 — 虎	疑 — 曉	鐸 — 魚	開三 — 合一	入 — 上
杜子春	63	蜃 — 謨	禪 — 明	文 — 魚	開三 — 合一	去 — 平
鄭玄	796	觶 — 觚	章 — 見	支 — 魚	開三 — 合一	去 — 平
鄭玄	797	觶 — 觚	章 — 見	支 — 魚	開三 — 合一	去 — 平
鄭玄	829	觶 — 觚	章 — 見	支 — 魚	開三 — 合一	去 — 平
鄭玄	830	觶 — 觚	章 — 見	支 — 魚	開三 — 合一	去 — 平
鄭玄	831	觶 — 觚	章 — 見	支 — 魚	開三 — 合一	去 — 平
鄭玄	1013	膉 — 股	見 — 影	魚 — 錫	開三 — 合一	入 — 上
許慎	802	斜 — 荼	邪 — 定	魚	開三 — 合一	平
鄭玄	257	祥 — 孫（申祥 — 顓孫）	邪 — 心	陽 — 文	開三 — 合一	平
許慎	604	羲 — 讀若《易》虙羲氏	並	物 — 職	開三 — 合三	入
鄭玄	617	浮 — 符	並	幽 — 侯	開三 — 合三	平
鄭玄	408	紕 — 埤	並	支	開三 — 合三	平
鄭玄	783	皮 — 繁	並	歌 — 元	開三 — 合三	平
許慎	503	籥 — 籥	余	藥	開三 — 合三	入
鄭玄	1168	猶 — 瘉	余	幽 — 侯	開三 — 合三	平 — 上
鄭玄	1174	猶 — 瘉	余	幽 — 侯	開三 — 合三	平 — 上
鄭玄	512	牖 — 墉	余	幽 — 東	開三 — 合三	上 — 平
高誘	134	狋 — 遺 [讀中山人相遺物之遺]	余	幽 — 微	開三 — 合三	去
鄭玄	309	淫 — 衆	余 — 章	侵 — 冬	開三 — 合三	平 — 去

鄭玄	429	頤 — 蠁	余 — 端	之 — 微	開三 — 合三	平
許慎	233	秷 — 煮	定 — 章	魚	開三 — 合三	上
鄭玄	974	窐 — 封	幫	談 — 東	開三 — 合三	去 — 平
鄭玄	1086	柄 — 枋	幫	陽	開三 — 合三	上 — 平
鄭玄	1164	不 — 柎	幫 — 滂	之 — 侯	開三 — 合三	入 — 上
鄭眾	123	窆 — 氾	幫 — 滂	談	開三 — 合三	去
鄭玄	14	禕 — 揄	影 — 余	歌 — 侯	開三 — 合三	平
鄭玄	724	於 — 于	影 — 匣	魚	開三 — 合三	平
鄭玄	812	於 — 于	影 — 匣	魚	開三 — 合三	平
鄭玄	514	胥 — 祝	心 — 章	魚 — 覺	開三 — 合三	平 — 入
鄭玄	782	糅 — 縮	日 — 山	幽 — 覺	開三 — 合三	平
應劭	5	閺 — 文	明	文	開三 — 合三	平
鄭玄	621	閔 — 文	明	文	開三 — 合三	上 — 平
鄭玄	126	瑉 — 瑌	明	文 — 魚	開三 — 合三	平
鄭玄	1104	眉 — 微	明	脂 — 微	開三 — 合三	平
高誘	221	泯 — 汶	明	眞 — 文	開三 — 合三	上 — 去
高誘	240	釁 — 蜃	明 — 幫	支 — 微	開三 — 合三	上
高誘	258	釁 — 蜃	明 — 幫	支 — 微	開三 — 合三	上
應劭	95	齅 — 畜	曉	幽 — 覺	開三 — 合三	去 — 入
許慎	7	珝 — 畜	曉	之 — 覺	開三 — 合三	去 — 入
許慎	214	齅 — 畜	曉	幽 — 覺	開三 — 合三	去 — 入
許慎	216	觳 — 咇	曉	質 — 微	開三 — 合三	入 — 上
許慎	491	欯 — 卉	曉	質 — 物	開三 — 合三	入
鄭玄	212	休 — 煦	曉	幽 — 侯	開三 — 合三	平 — 去
鄭眾	53	毀 — 徽	曉	文 — 微	開三 — 合三	去 — 平
鄭眾	60	毀 — 徽	曉	文 — 微	開三 — 合三	去 — 平
鄭玄	662	閾 — 蹙	曉 — 精	職 — 覺	開三 — 合三	入
鄭玄	874	閾 — 蹙	曉 — 精	職 — 覺	開三 — 合三	入
鄭玄	958	閾 — 蹙	曉 — 精	職 — 覺	開三 — 合三	入
鄭玄	1050	閾 — 蹙	曉 — 精	職 — 覺	開三 — 合三	入
鄭眾	86	矢 — 夫	書 — 幫	脂 — 魚	開三 — 合三	上 — 平
鄭玄	256	申 — 顓（申祥 — 顓孫）	書 — 章	眞 — 元	開三 — 合三	平
許慎	721	匿 — 讀如羊驪箠	泥 — 端	職 — 歌	開三 — 合三	入 — 平
高誘	271	仳 — 痱	滂 — 並	脂 — 微	開三 — 合三	上 — 去
鄭玄	966	披 — 藩	滂 — 幫	歌 — 元	開三 — 合三	平
許慎	828	眷 — 一曰若孿	疑 — 章	之 — 元	開三 — 合三	上
鄭玄	35	蜃 — 輇	禪	文 — 元	開三 — 合三	去 — 平
鄭玄	36	蜃 — 槫	禪	文 — 元	開三 — 合三	去 — 平
許慎	68	飁 — 祝	章	幽 — 覺	開三 — 合三	平 — 入
鄭眾	6	掌 — 主	章	陽 — 侯	開三 — 合三	上
鄭玄	673	袗 — 均	章 — 見	文 — 眞	開三 — 合三	上 — 平
服虔	74	鼲 — 縱（鼲貐 — 縱劬）	精	耕 — 東	開三 — 合三	平 — 去
鄭玄	560	進 — 餕	精	眞 — 文	開三 — 合三	去
鄭玄	950	菹 — 芋	精 — 匣	魚	開三 — 合三	平 — 去

許慎	43	尐 一 蕝	精 一 端	月	開三 一 合三	入
鄭玄	708	景 一 憬	見	陽	開三 一 合三	上
鄭眾	100	九 一 軌	見	幽	開三 一 合三	上
鄭眾	161	幾 一 胲	見	微 一 歌	開三 一 合三	上
鄭玄	291	京 一 原	見 一 疑	陽 一 元	開三 一 合三	平 一 去
鄭玄	513	徹 一 廢	透 一 幫	月	開三 一 合三	入
鄭玄	227	遷 一 還	清 一 匣	元	開三 一 合二	平
鄭玄	228	遷 一 還	清 一 匣	元	開三 一 合二	平
許慎	339	樗 一 華	透 一 匣	魚	開三 一 合二	平
許慎	9	玤 一 菶	並 一 幫	東	開二 一 合一	上
許慎	352	桻 一 鴻	匣	東	開二 一 合一	平
許慎	598	幸 一 一曰讀若瓠	匣	耕 一 魚	開二 一 合一	上 一 平
鄭玄	1025	祫 一 古	匣 一 見	緝 一 魚	開二 一 合一	入 一 上
鄭玄	979	班 一 胖	幫 一 滂	元	開二 一 合一	平 一 去
鄭玄	1037	班 一 胖	幫 一 滂	元	開二 一 合一	平 一 去
高誘	78	薶 一 倭	明 一 影	之 一 微	開二 一 合一	平
應劭	37	猇 一 箎	曉	幽 一 魚	開二 一 合一	平 一 上
杜子春	71	鏗 一 硍	溪 一 見	眞 一 文	開二 一 合一	平 一 上
鄭眾	189	樸 一 僕	滂 一 並	屋	開二 一 合一	入
鄭玄	841	訝 一 梧	疑	魚	開二 一 合一	去 一 平
鄭玄	899	訝 一 梧	疑	魚	開二 一 合一	去 一 平
鄭眾	150	涿 一 獨	端 一 定	屋	開二 一 合一	入
許慎	727	瓨 一 洪	見 一 匣	東	開二 一 合一	平
鄭玄	342	琢 一 篆	端 一 定	屋 一 元	開二 - 合三	入 - 上
鄭玄	359	琢 一 篆	端 一 定	屋 一 元	開二 - 合三	入 - 上
鄭玄	295	盼 一 班	並 一 幫	文 一 元	開二 一 合三	平
許慎	791	羅 一 媯	並 一 見	歌	開二 一 合三	上 一 平
應劭	62	枹 一 鈇	幫	幽 一 魚	開二 一 合三	平
許慎	159	奜 一 一曰讀若非	幫	文 一 微	開二 一 合三	平
杜子春	27	邦 一 域	幫 一 匣	東 一 職	開二 一 合三	平 一 入
鄭玄	229	苞 一 菲	幫 一 滂	幽 一 微	開二 一 合三	平
杜子春	5	盲 一 望	明	陽	開二 一 合三	平 一 去
杜子春	36	尨 一 龍	明 一 來	東	開二 一 合三	平
杜子春	109	駹 一 龍	明 一 來	東	開二 一 合三	平
鄭眾	162	駹 一 龍	明 一 來	東	開二 一 合三	平
杜子春	11	鴈 一 鶉	疑 一 禪	元 一 文	開二 一 合三	去 一 平
鄭玄	192	衡 一 橫	匣	陽	開二 一 合二	平
鄭玄	258	衡 一 橫	匣	陽	開二 一 合二	平
鄭玄	269	衡 一 橫	匣	陽	開二 一 合二	平
應劭	58	竝 一 伴	並	陽 一 元	開四 一 合一	上
鄭玄	1088	切 一 刊	清	質 一 文	開四 一 合一	入 一 上
高誘	315	擊 一 椀	溪 一 影	眞 一 元	開四 一 合一	平 一 上
許慎	630	濜 一 尊	精	文	開四 一 合一	去 一 平
鄭玄	880	奠 一 委	定 一 影	耕 一 微	開四 一 合三	去 一 上

鄭眾	85	燕 — 舞	影 — 明	元 — 魚	開四 — 合三	去 — 上
許慎	466	毯 — 選	心	文 — 元	開四 — 合三	上
鄭興	3	蕭 — 茜	心 — 山	幽 — 覺	開四 — 合三	平 — 入
鄭玄	441	繆 — 穆	明	幽 — 覺	開四 — 合三	去 — 入
鄭玄	918	幀 — 縈	明 — 影	錫 — 耕	開四 — 合三	入 — 平
鄭玄	194	髻 — 跀	見 — 疑	月	開四 — 合三	入
鄭玄	482	薊 — 繘	見 — 邪	月 — 屋	開四 — 合三	入
鄭眾	247	髻 — 刮	見	質 — 月	開四 — 合二	入
鄭玄	919	幀 — 涓	明 — 見	錫 — 元	開四 — 合四	入 — 平

附錄（三）：經師音讀材料中一三等互注表

經師	序號	音注字組	聲母	韻部	等呼	聲調
鄭玄	281	桓 — 宣	匣 — 心	元	合一 — 合三	平
鄭眾	228	搏 — 縛	定	元	合一 — 合三	平 — 上
鄭玄	929	渜 — 緣	泥 — 余	元	合一 — 合三	平
高誘	314	爟 — 權	見 — 群	元	合一 — 合三	去 — 平
鄭玄	925	褖 — 緣	透 — 余	元	合一 — 合三	去 — 平
鄭玄	776	筭 — 數	心 — 山	元 — 侯	合一 — 合三	去
鄭玄	420	褖 — 稅	透 — 書	元 — 月	合一 — 合三	去 — 入
許慎	458	襡 — 蜀	定 — 禪	屋	合一 — 合三	入
鄭眾	289	速 — 數	心 — 山	屋 — 侯	合一 — 合三	入 — 上
鄭玄	266	木 — 戍	明 — 書	屋 — 侯	合一 — 合三	入 — 去
應劭	27	裴 — 非	並 — 幫	微	合一 — 合三	平
鄭玄	465	賁 — 憤	並	文	合一 — 合三	平 — 上
鄭玄	643	賁 — 憤	並	文	合一 — 合三	平 — 上
鄭玄	300	論 — 倫	來	文	合一 — 合三	平
杜子春	159	臀 — 脣	定 — 船	文	合一 — 合三	平
鄭玄	742	董 — 薰	曉	文	合一 — 合三	平
高誘	91	困 — 群	溪 — 群	文	合一 — 合三	去 — 平
高誘	59	楯 — 允	端 — 余	文	合一 — 合三	上
杜子春	16	敦 — 純	端 — 禪	文	合一 — 合三	平
杜子春	81	焌 — 俊	精	文	合一 — 合三	去

鄭玄	754	遵 — 全	精 — 從	文 — 元	合一 — 合三	平
高誘	157	渾 — 揮	匣 — 曉	文 — 微	合一 — 合三	平
杜子春	125	軷 — 罰	並	月	合一 — 合三	入
鄭玄	856	軷 — 祓	並 — 幫	月	合一 — 合三	入
鄭玄	332	兑 — 説	定 — 余	月	合一 — 合三	去
鄭玄	455	兑 — 説	定 — 余	月	合一 — 合三	去
鄭玄	593	兑 — 説	定 — 余	月	合一 — 合三	去
鄭眾	254	撥 — 廢	幫	月	合一 — 合三	入
鄭玄	745	挩 — 説	透 — 書	月	合一 — 合三	入
鄭玄	760	挩 — 説	透 — 書	月	合一 — 合三	入
鄭玄	1069	挩 — 説	透 — 書	月	合一 — 合三	入
鄭玄	1125	帨 — 説	透 — 書	月	合一 — 合三	入
鄭玄	368	兊 — 汎	定 — 滂	月 — 侵	合一 — 合三	去
許慎	247	寽 — 律	來	月 — 物	合一 — 合三	入
鄭玄	286	奪 — 隧	定 — 邪	月 — 物	合一 — 合三	入
杜子春	56	韎 — 菋	明	月 — 物	合一 — 合三	入
鄭眾	45	韎 — 味	明	月 — 物	合一 — 合三	入
許慎	651	鮦 — 襱	定 — 來	東	合一 — 合三	平
鄭玄	868	公 — 君	見	東 — 文	合一 — 合三	平
鄭玄	697	阿 — 庪	影 — 見	歌	合一 — 合三	平 — 上
高誘	232	埵 — 埀 [作江淮間人言能得之]	端 — 禪	歌	合一 — 合三	上 — 平
杜子春	69	播 — 藩	幫	歌 — 元	合一 — 合三	去 — 平
鄭玄	1008	墮 — 綏	定 — 心	歌 — 微	合一 — 合三	上 — 平
鄭玄	732	妥 — 綏	透 — 心	歌 — 微	合一 — 合三	上 — 平
鄭眾	122	倅 — 卒	清 — 精	物	合一 — 合三	入
許慎	521	嶏 — 費	滂	物	合一 — 合三	入
鄭玄	444	皇 — 往	匣	陽	合一 — 合三	平 — 上
鄭玄	863	皇 — 王	匣	陽	合一 — 合三	平
高誘	321	謊 — 誣	曉 — 明	陽 — 魚	合一 — 合三	上 — 平
鄭玄	606	匍 — 扶	並	魚	合一 — 合三	平
鄭玄	834	布 — 敷	幫 — 滂	魚	合一 — 合三	去 — 平
鄭玄	1122	膴 — 冔	曉	魚	合一 — 合三	平
許慎	441	瞀 — 頊	明 — 疑	魚 — 屋	合一 — 合三	平 — 入
服虔	62	媒 — 欺	明 — 溪	之	合一 — 開三	平
鄭玄	141	判 — 辨	滂 — 並	元	合一 — 開三	去 — 上
鄭玄	1079	胖 — 辯	滂 — 並	元	合一 — 開三	去 — 上
鄭眾	159	判 — 辨	滂 — 並	元	合一 — 開三	去 — 上
鄭玄	403	端 — 冕	端 — 明	元	合一 — 開三	平 — 上
鄭玄	404	端 — 冕	端 — 明	元	合一 — 開三	平 — 上
杜子春	118	爟 — 燋	見 — 精	元 — 宵	合一 — 開三	去 — 平
許慎	786	銛 — 棪	見 — 余	月 — 談	合一 — 開三	入 — 上
許慎	787	銛 — 桑欽讀若鐮	見 — 來	月 — 談	合一 — 開三	入 — 平
許慎	120	跛 — 彼	幫	歌	合一 — 開三	上
鄭玄	1099	墮 — 肵	定 — 群	歌 — 微	合一 — 開三	上 — 平

杜子春	172	沒 — 汲	明 — 見	物 — 緝	合一 — 開三	入
鄭玄	387	鵠 — 鴞	匣	覺 — 宵	合一 — 開三	入 — 平
鄭眾	31	皇 — 義	匣 — 疑	陽 — 歌	合一 — 開三	平 — 去
鄭眾	167	互 — 巨	匣 — 群	魚	合一 — 開三	去 — 上
鄭眾	9	枑 — 柜	匣 — 見	魚	合一 — 開三	去 — 上
許慎	829	酴 — 廬	定 — 來	魚	合一 — 開三	平
鄭玄	410	荼 — 舒	定 — 書	魚	合一 — 開三	平
鄭眾	277	荼 — 舒	定 — 書	魚	合一 — 開三	平
鄭眾	288	荼 — 舒	定 — 書	魚	合一 — 開三	平
鄭玄	287	都 — 豬	端	魚	合一 — 開三	平
應劭	56	且 — 苴	精	魚	合一 — 開三	上 — 平
應劭	66	祖 — 罝	精	魚	合一 — 開三	上 — 平
杜子春	28	葅 — 菹	精	魚	合一 — 開三	平
杜子春	97	葅 — 鉏	精 — 崇	魚	合一 — 開三	平
杜子春	142	樟 — 梓	溪 — 精	魚 — 之	合一 — 開三	平 — 上
鄭玄	358	庫 — 廄	溪 — 見	魚 — 幽	合一 — 開三	去
鄭玄	201	瓠 — 觶	見 — 章	魚 — 支	合一 — 開三	平 — 去
鄭玄	790	瓠 — 觶	見 — 章	魚 — 支	合一 — 開三	平 — 去
鄭玄	795	瓠 — 觶	見 — 章	魚 — 支	合一 — 開三	平 — 去
鄭玄	791	瓠 — 爵	見 — 精	魚 — 藥	合一 — 開三	平 — 入
鄭興	9	葅 — 藉	精 — 從	魚 — 鐸	合一 — 開三	平 — 入
高誘	130	歍 — 鷖	影	魚 — 陽	合一 — 開三	平
鄭玄	1154	愉 — 偷	余 — 透	侯	合三 — 合一	平
鄭玄	323	數 — 速	山 — 心	侯 — 屋	合三 — 合一	去 — 入
鄭玄	473	數 — 速	山 — 心	侯 — 屋	合三 — 合一	去 — 入
鄭玄	99	樊 — 擊	並	元	合三 — 合一	平
鄭眾	102	篆 — 彖	定 — 透	元	合三 — 合一	上 — 去
高誘	113	苑 — 豋	影	元	合三 — 合一	上 — 平
許慎	66	𠔃 — 讙	曉	元	合三 — 合一	平
許慎	84	趡 — 讙	曉	元	合三 — 合一	平
許慎	273	榌 — 讙	曉	元	合三 — 合一	平
應劭	75	番 — 盤	滂 — 並	元	合三 — 合一	平
應劭	64	猨 — 完	疑 — 匣	元	合三 — 合一	平
應劭	107	猨 — 完	疑 — 匣	元	合三 — 合一	平
服虔	60	荃 — 蓀	清 — 心	元 — 文	合三 — 合一	平
許慎	822	阮 — 昆	疑 — 見	元 — 文	合三 — 合一	上 — 平
許慎	459	袢 — 普	並 — 滂	元 — 魚	合三 — 合一	平 — 上
鄭玄	623	充 — 統	昌 — 透	冬	合三 — 合一	平 — 去
許慎	627	沖 — 動	定	冬 — 東	合三 — 合一	平 — 上
杜子春	14	錄 — 祿	來	屋	合三 — 合一	入
杜子春	115	續 — 讀	邪 — 定	屋	合三 — 合一	入
鄭玄	1144	綠 — 褖	來 — 透	屋 — 元	合三 — 合一	入 — 去
高誘	163	燭 — 括 [燭營，讀曰括撮也]	章 — 見	屋 — 月	合三 — 合一	入
鄭玄	215	畏 — 隈	影	微	合三 — 合一	去 — 平

高誘	272	倠 一 虺	曉	微	合三 一 合一	平
高誘	204	徽 一 纆	曉 一 清	微	合三 一 合一	平
高誘	277	徽 一 維	曉 一 清	微	合三 一 合一	平
鄭玄	325	綏 一 墮	心 一 定	微 一 歌	合三 一 合一	平 一 上
鄭玄	1021	綏 一 墮	心 一 定	微 一 歌	合三 一 合一	平 一 上
鄭玄	1137	綏 一 墮	心 一 定	微 一 歌	合三 一 合一	平 一 上
鄭玄	1098	綏 一 按	心 一 泥	微 一 歌	合三 一 合一	平
鄭玄	1108	綏 一 按	心 一 泥	微 一 歌	合三 一 合一	平
鄭玄	1136	綏 一 按	心 一 泥	微 一 歌	合三 一 合一	平
鄭玄	239	綏 一 妥	心 一 透	微 一 歌	合三 一 合一	平 一 上
鄭玄	242	綏 一 妥	心 一 透	微 一 歌	合三 一 合一	平 一 上
高誘	224	衰 一 縗	山 一 心	微 一 物	合三 一 合一	平 一 入
鄭眾	166	墳 一 賁	並	文	合三 一 合一	平
許慎	628	沄 一 混	匣	文	合三 一 合一	平 一 上
許慎	649	鼠 一 昆	匣 一 見	文	合三 一 合一	上 一 平
鄭玄	81	運 一 煇	匣 一 見	文	合三 一 合一	去 一 上
許慎	805	輑 一 又讀若褌	溪 一 見	文	合三 一 合一	平
杜子春	15	淳 一 敦	禪 一 端	文	合三 一 合一	平
鄭玄	1143	純 一 屯	禪 一 透	文	合三 一 合一	平 一 上
許慎	135	諄 一 庉	章 - 定	文	合三 一 合一	平
鄭玄	584	肫 一 忳	章 一 定	文	合三 一 合一	平
許慎	265	騰 一 纂	精	文 一 元	合三 一 合一	上
鄭玄	531	輴 一 團	透 一 定	文 一 元	合三 一 合一	平
許慎	584	甈 一 豋	影	月 一 元	合三 一 合一	入 一 平
鄭玄	910	綴 一 對	端	月 一 物	合三 一 合一	去
許慎	56	啤 一 莑	並 一 幫	東	合三 一 合一	上
鄭玄	280	重 一 童	定	東	合三 一 合一	上 一 平
鄭玄	261	縱 一 摠	精	東	合三 一 合一	去 一 上
鄭玄	522	踊 一 哭	余 一 溪	東 一 屋	合三 一 合一	上 一 入
許慎	788	詭 一 跛	見 一 幫	歌	合三 一 合一	上
鄭玄	594	費 一 哱	並	物	合三 一 合一	去 一 入
鄭玄	595	費 一 悖	滂 一 並	物	合三 一 合一	去
鄭玄	596	費 一 悖	滂 一 並	物	合三 一 合一	去
許慎	498	頨 一 讀又若骨	章 一 見	物	合三 一 合一	入
許慎	629	泏 一 窟	端 一 溪	物	合三 一 合一	入
許慎	88	趉 一 窟	見 一 溪	物	合三 一 合一	入
鄭玄	333	蕢 一 出	群 一 溪	物 一 微	合三 一 合一	入 一 去
鄭玄	439	蕢 一 出	群 一 溪	物 一 微	合三 一 合一	入 一 去
許慎	434	帗 一 潑	幫 一 滂	物 一 月	合三 一 合一	入
鄭玄	1171	勿 一 末	明	物 一 月	合三 一 合一	入
高誘	164	營 一 撮 [燭營，讀曰括撮也]	余 一 清	耕 一 月	合三 一 合一	平 一 入
鄭玄	786	弓 一 肱	見	蒸	合三 一 合一	平
鄭眾	236	穹 一 空	溪	蒸 一 東	合三 一 合一	平
鄭玄	1052	宿 一 速	心	覺 一 屋	合三 一 合一	入

許慎	231	莔 — 末	明	覺 — 月	合三 — 合一	入
鄭玄	220	羽 — 扈	匣	魚	合三 — 合一	上
鄭玄	1169	芋 — 幠	匣 — 曉	魚	合三 — 合一	去 — 平
許慎	262	膴 — 謨	明	魚	合三 — 合一	上 — 平
鄭玄	392	毋 — 模	明	魚	合三 — 合一	平
鄭玄	378	膚 — 胖	幫 — 滂	魚 — 元	合三 — 合一	平 — 去
許慎	354	橾 — 藪	山 — 心	侯	合三 — 開一	平 — 上
鄭眾	87	趨 — 跢	清 — 端	侯 — 月	合三 — 開一	平 — 入
杜子春	44	中 — 得	端	多 — 職	合三 — 開一	平 — 入
鄭玄	525	綠 — 籔	來	屋 — 侯	合三 — 開一	入 — 上
許慎	277	筭 — 彄	滂 — 溪	幽 — 侯	合三 — 開一	平
鄭眾	124	封 — 倗	幫 — 並	東 — 蒸	合三 — 開一	平
應劭	105	罷 — 保	禪 — 幫	歌 — 幽	合三 — 開一	平 — 上
鄭玄	263	味 — 沫	明	物	合三 — 開一	去
高誘	327	蟚 — 腾	匣 — 定	職 — 蒸	合三 — 開一	入 — 平
高誘	278	攫 — 句	見	鐸 — 幽	合三 — 開一	入 — 平
高誘	129	區 — 謳	溪 — 影	魚 — 侯	合三 — 開一	平
高誘	264	蝥 — 恧	泥	之 — 職	開一 — 合三	去 — 入
鄭玄	43	婁 — 屨	來	侯	開一 — 合三	平 — 去
鄭玄	844	籔 — 逾	心 — 余	侯	開一 — 合三	上 — 平
鄭玄	875	籔 — 逾	心 — 余	侯	開一 — 合三	上 — 平
鄭玄	843	籔 — 數	心 — 山	侯	開一 — 合三	上 — 去
杜子春	105	鉤 — 拘	見	侯	開一 — 合三	平
應劭	106	齱 — 促	精 — 清	侯 — 屋	開一 — 合三	平 — 入
鄭玄	93	裯 — 誅	端	幽 — 侯	開一 — 合三	上 — 平
鄭玄	447	報 — 赴	幫 — 滂	幽 — 屋	開一 — 合三	去 — 入
高誘	325	叽 — 穹	溪	幽 — 蒸	開一 — 合三	平
鄭眾	5	糟 — 茜	精 — 山	幽 — 覺	開一 — 合三	平 — 入
鄭玄	166	笴 — 筍	見 — 心	歌 — 眞	開一 — 合三	上
高誘	324	樊 — 匐	並	職	開一 — 合三	入
鄭玄	330	告 — 鞠	見	覺	開一 — 合三	入
鄭眾	188	貉 — 貆	匣	鐸 — 元	開一 — 合三	入 — 平
許慎	311	餛 — 讀若楚人言恚人	影	鐸 — 支	開一 — 合三	入 — 去
鄭玄	922	旁 — 方	並 — 幫	陽	開一 — 合三	平
許慎	42	茻 — 冈	明	陽	開一 — 合三	上
鄭玄	1101	來 — 釐	來	之	開一 — 開三	平
杜子春	121	待 — 持	定	之	開一 — 開三	上 — 平
鄭玄	881	待 — 持	定	之	開一 — 開三	上 — 平
鄭玄	498	待 — 侍	定 — 禪	之	開一 — 開三	上 — 去
鄭玄	687	某 — 謀	明	之	開一 — 開三	上 — 平
鄭玄	576	栽 — 茲	精 — 從	之	開一 — 開三	平
鄭玄	1177	載 — 菑	精 — 莊	之	開一 — 開三	上 — 平
鄭玄	1192	載 — 菑	精 — 莊	之	開一 — 開三	上 — 平
服虔	107	虪 — 淺	從 — 清	侯 — 元	開一 — 開三	平 — 上

鄭玄	275	簍 — 柳	來	侯 — 幽	開一 — 開三	上
鄭玄	921	樓 — 縷	來 — 影	侯 — 幽	開一 — 開三	平
許慎	313	毃 — 莩	溪 — 滂	侯 — 幽	開一 — 開三	去 — 平
高誘	100	句 — 九	見	侯 — 幽	開一 — 開三	平 — 上
鄭玄	183	緅 — 爵	精	侯 — 藥	開一 — 開三	平 — 入
鄭眾	283	燂 — 朕	定	侵	開一 — 開三	平 — 上
許慎	386	鄿 — 灸	定 — 見	侵 — 之	開一 — 開三	平 — 上
許慎	830	譖 — 黜	見 — 余	侵 — 談	開一 — 開三	上 — 去
鄭玄	112	壇 — 墠	定 — 禪	元	開一 — 開三	平 — 上
鄭玄	495	襢 — 展	定 — 端	元	開一 — 開三	上
鄭眾	17	襢 — 展	定 — 端	元	開一 — 開三	上
鄭玄	188	瓚 — 餞	從 — 精	元	開一 — 開三	上 — 平
鄭玄	350	旦 — 神	端 — 船	元 — 眞	開一 — 開三	去 — 平
許慎	479	覒 — 苗	明	宵	開一 — 開三	去 — 平
鄭玄	550	蒿 — 藨	曉 — 幫	宵	開一 — 開三	平
許慎	49	犒 — 糗	定 — 溪	宵 — 幽	開一 — 開三	平
高誘	97	旄 — 繆 [急氣言乃得之]	明	宵 — 幽	開一 — 開三	平
高誘	182	牢 — 霤 [楚人謂牢爲霤]	來	幽	開一 — 開三	平 — 去
許慎	4	瓔 — 柔	泥 — 日	幽	開一 — 開三	平
許慎	764	堨 — 謁	影	月	開一 — 開三	入
許慎	103	遏 — 蝎	影 — 曉	月	開一 — 開三	入
許慎	60	舌 — 櫱	影 — 疑	月	開一 — 開三	入
鄭玄	570	塞 — 色	心	職	開一 — 開三	入
鄭玄	971	特 — 俎	定 — 莊	職 — 魚	開一 — 開三	入 — 上
許慎	425	瘟 — 脅	影 — 曉	葉	開一 — 開三	入
許慎	426	瘟 — 又讀若掩	影	葉 — 談	開一 — 開三	入 — 上
鄭玄	891	騰 — 媵	定 — 余	蒸	開一 — 開三	平 — 去
高誘	229	濫 — 斂	來	談	開一 — 開三	去 — 上
鄭玄	377	濫 — 涼	來	談 — 陽	開一 — 開三	去 — 平
鄭眾	142	柞 — 唶	從 — 精	鐸	開一 — 開三	入
鄭眾	203	柞 — 唶	從 — 精	鐸	開一 — 開三	入
鄭玄	518	堊 — 期	影 — 群	鐸 — 之	開一 — 開三	入 — 平
鄭玄	1139	酢 — 酌	從 — 章	鐸 — 藥	開一 — 開三	入
鄭玄	468	糠 — 相	溪 — 心	陽	開一 — 開三	平
高誘	187	淌 — 敞	透 - 昌	陽	開一 — 開三	上
服虔	91	踢 — 石反	透 — 禪	陽 — 質	開一 — 開三	平 - 入
鄭玄	771	堂 — 序	定 — 邪	陽 — 魚	開一 — 開三	平 — 上
鄭玄	5	豆 — 羞	定 — 心	侯 — 幽	開一 —開三	去 — 平
許慎	299	㚔 — 灰	匣 — 曉	之	開三 — 合一	上平
許慎	300	㚔 — 一曰若賄	匣 — 曉	之	開三 — 合一	上
鄭玄	718	始 — 姑	書 — 見	之 — 魚	開三 — 合一	上 — 平
鄭玄	501	冕 — 端	明 — 端	元	開三 — 合一	上 — 平
鄭玄	502	冕 — 冠	明 — 見	元	開三 — 合一	上 — 平
鄭玄	386	軒 — 胖	曉 — 滂	元	開三 — 合一	平 — 去

鄭玄	635	彥 — 盤	疑 — 並	元	開三 — 合一	去 — 平
鄭玄	69	獻 — 莎	曉 — 心	元 — 歌	開三 — 合一	去 — 平
鄭玄	367	獻 — 莎	曉 — 心	元 — 歌	開三 — 合一	去 — 平
鄭玄	806	獻 — 莎	曉 — 心	元 — 歌	開三 — 合一	去 — 平
鄭眾	55	瓢 — 瓠	並 — 匣	宵 — 魚	開三 — 合一	平
許慎	525	庫 — 逋	幫	支 — 魚	開三 — 合一	平
鄭玄	796	觶 — 觚	章 — 見	支 — 魚	開三 — 合一	去 — 平
鄭玄	797	觶 — 觚	章 — 見	支 — 魚	開三 — 合一	去 — 平
鄭玄	829	觶 — 觚	章 — 見	支 — 魚	開三 — 合一	去 — 平
鄭玄	830	觶 — 觚	章 — 見	支 — 魚	開三 — 合一	去 — 平
鄭玄	831	觶 — 觚	章 — 見	支 — 魚	開三 — 合一	去 — 平
鄭玄	651	磻 — 玟	明	文 — 微	開三 — 合一	平
高誘	56	弊 — 跋	並	月	開三 — 合一	入
許慎	614	忍 — 穎	疑	物 — 月	開三 — 合一	入
高誘	289	惛 — 悶	明	眞 — 文	開三 — 合一	平 — 去
鄭玄	457	呻 — 慕	書 — 明	眞 — 鐸	開三 — 合一	平 - 入
鄭玄	632	命 — 慢	明	耕 — 元	開三 — 合一	去
高誘	318	逆 — 虎	疑 — 曉	鐸 — 魚	開三 — 合一	入 — 上
鄭玄	257	祥 — 孫（申祥 — 顓孫）	邪 — 心	陽 — 文	開三 — 合一	平
鄭玄	19	良 — 苦	來 — 溪	陽 — 魚	開三 — 合一	平 — 上
鄭眾	177	廬 — 繻	來	魚	開三 — 合一	平
高誘	172	挐 — 茹	泥 — 日	魚	開三 — 合一	平
許慎	802	斜 — 荼	邪 — 定	魚	開三 — 合一	平
鄭玄	1013	膕 — 股	見 — 影	魚 — 錫	開三 — 合一	入 — 上
鄭玄	811	俟 — 待	崇 — 定	之	開三 — 開一	上
許慎	141	詒 — 睞	曉 — 來	之	開三 — 開一	上 — 去
鄭玄	715	侍 — 待	禪 — 定	之	開三 — 開一	去 — 上
高誘	107	其 — 該	群 — 見	之	開三 — 開一	平
高誘	260	罧 — 糝	山 — 心	侵	開三 — 開一	平 — 上
服虔	26	吟 — 含	疑 — 匣	侵	開三 — 開一	平
高誘	25	潯 — 覃	邪 — 定	侵	開三 — 開一	平
高誘	85	蟳 — 覃	邪 — 定	侵	開三 — 開一	平
許慎	130	羊 — 能	日 — 泥	侵 — 之	開三 — 開一	上 — 平
許慎	421	突 — 導	書 — 定	侵 — 幽	開三 — 開一	平 — 去
鄭眾	133	椹 — 報	端 — 匣	侵 — 文	開三 — 開一	平
高誘	71	涔 — 曷 [急氣閉口言也]	崇 — 匣	侵 — 月	開三 — 開一	平 — 入
鄭玄	719	錦 — 帛	見 — 並	侵 — 鐸	開三 — 開一	上 — 入
高誘	88	連 — 爛	來	元	開三 — 開一	平 — 去
鄭眾	33	廛 — 壇	定	元	開三 — 開一	平
鄭玄	575	踐 — 纘	從 — 精	元	開三 — 開一	上 — 去
高誘	291	輝 — 亶	章 — 端	元	開三 — 開一	上
鄭眾	237	翦 — 戔	精 — 從	元	開三 — 開一	上 — 平
服虔	23	瘠 — 慘	清	元 — 侵	開三 — 開一	平
鄭玄	355	獻 — 儺	曉 — 泥	元 — 歌	開三 — 開一	去 — 平

許慎	236	挑 — 洮	定 — 透	宵	開三 — 開一	上 — 平
鄭玄	723	橋 — 鎬	群 — 匣	宵	開三 — 開一	平 — 上
鄭玄	785	糅 — 綯	日 — 透	幽	開三 — 開一	平
鄭玄	1153	豈 — 闓	溪	微	開三 — 開一	上
許慎	347	杝 — 他	定 — 透	支 — 歌	開三 — 開一	去 — 平
鄭眾	221	頎 — 懇	群 — 溪	文	開三 — 開一	平 — 上
許慎	757	蠆 — 賴	來	月	開三 — 開一	入
許慎	153	喆 — 沓	定	緝	開三 — 開一	入
高誘	131	唈 — 始	影	緝	開三 — 開一	入
鄭玄	290	植 — 特	禪 — 定	職	開三 — 開一	入
鄭玄	82	陟 — 德	端	職	開三 — 開一	入
鄭玄	301	棘 — 僰	見 — 並	職	開三 — 開一	入
鄭玄	793	媵 — 騰	余 — 定	蒸	開三 — 開一	去 — 平
鄭玄	807	媵 — 騰	余 — 定	蒸	開三 — 開一	去 — 平
鄭玄	338	繒 — 贈	從	蒸	開三 — 開一	平 — 去
鄭玄	909	升 — 登	書 — 端	蒸	開三 — 開一	平
鄭玄	331	承 — 贈	禪 — 從	蒸	開三 — 開一	平 — 去
鄭眾	68	仍 — 乃	日 — 泥	蒸 — 之	開三 — 開一	平 — 上
許慎	428	痭 — 柟	日 — 泥	談	開三 — 開一	平
高誘	298	詹 — 澹	章 — 定	談	開三 — 開一	平 — 去
許慎	335	棪 — 導	余 — 定	談 — 幽	開三 — 開一	上 — 去
鄭玄	302	即 — 則	精	質 — 職	開三 — 開一	入
鄭玄	590	吉 — 告	見	質 — 覺	開三 — 開一	入
鄭玄	808	適 — 造	書 — 清	錫 — 幽	開三 — 開一	入 — 上
鄭玄	210	昔 — 錯	心 — 清	鐸	開三 — 開一	入
鄭眾	269	昔 — 錯	心 — 清	鐸	開三 — 開一	入
鄭玄	1175	攘 — 饟	日 — 泥	陽	開三 — 開一	平
鄭玄	388	將 — 牂	精	陽	開三 — 開一	平
許慎	626	漾 — 蕩	邪 — 定	陽	開三 — 開一	上
鄭玄	354	禳 — 儺	余 — 泥	陽 — 歌	開三 — 開一	平
鄭玄	638	揚 — 騰	余 — 定	陽 — 蒸	開三 — 開一	平
鄭玄	649	揚 — 騰	余 — 定	陽 — 蒸	開三 — 開一	平